U0025511

古典詩歌研究彙刊

第十八輯

龔鵬程 主編

第9冊

明代李東陽詩歌理論研究

柯惠馨 著

國家圖書館出版品預行編目資料

明代李東陽詩歌理論研究／柯惠馨 著 -- 初版 -- 新北市：花木蘭文化出版社，2015〔民 104〕

目 2+204 面；17×24 公分

（古典詩歌研究彙刊 第十八輯；第 9 冊）

ISBN 978-986-404-301-9（精裝）

1.（明）李東陽 2. 詩歌 3. 詩評

820.91　　104014043

古典詩歌研究彙刊

第十八輯　第九冊　　ISBN：978-986-404-301-9

明代李東陽詩歌理論研究

作　　者　柯惠馨

主　　編　龔鵬程

總 編 輯　杜潔祥

副總編輯　楊嘉樂

編　　輯　許郁翎

出　　版　花木蘭文化出版社

社　　長　高小娟

聯絡地址　235 新北市中和區中安街七二號十三樓

電話：02-2923-1455／傳眞：02-2923-1452

網　　址　http://www.huamulan.tw 信箱 hml 810518@gmail.com

印　　刷　普羅文化出版廣告事業

初　　版　2015 年 9 月

全書字數　146456 字

定　　價　第十八輯 13 冊（精裝）新台幣 20,000 元

明代李東陽詩歌理論研究

柯惠馨 著

作者簡介

柯惠馨，台中外埔人，一九八六年生。台南大學國語文學系、新竹教育大學中國語文碩士畢業，現為新竹教育大學中文系兼任講師、中興大學中文系博士生。曾獲花蓮文學獎新詩首獎、高雄港都文學獎新詩獎、金車短詩行優選、台中詩人節第一名、好詩大家寫佳作等。學術研究方向為明代詩學理論與批評、台灣現代詩等。

提　要

綜觀明代復古派的思潮，多以前後七子成為開端，對李東陽以及其所領導的茶陵派略而避談，或者直接歸類至臺閣體一環，如此評斷似乎有欠公允。李東陽詩歌理論在明代詩學上的地位有其樞紐性質，就整個明初地域詩學而言，多以地域為區分，李東陽首度打破此概念，而能兼納百川，達到詩歌理論上的初步整合，尤其詩論可以看到相當多樣的詩歌理論與概念，幾乎影響了後來復古派的流行。這讓筆者不禁要疑惑，究竟李東陽所倡之詩歌理論與概念為何？能夠引起巨大影響。但又為何於現在研究者中無法受到全面重視呢？故本文預計透過李東陽詩歌本身之根源、本質、創作、批評、詩史觀等概念，逐一進行細膩分析，以期對李東陽詩歌理論有更全面的釐清。

目 次

第一章　緒　論

「詩文之所以代變，有不得不然者。一代之文，沿襲既久，不容人人皆道此語。」〔註 1〕，說明了文學形式與內容上的轉變與發展，皆與時代更迭無法脫鉤。一代一代的文學，皆是當時精神所產生的軌跡與產物。有了文學與時代之間的先備基礎，便可以對本文所欲探究的詩歌與時代之轉變，有了更深一層的理解。

第一節　研究動機與目的

中國文學中，詩文的發展淵源流長，但有明一代，卻呈現否定的態度，反而是戲曲與小說等俗文學，受到注目。如劉大杰於《中國文學發展史》中提到：「明代的君主皇族，頗喜藝文，獎勵文學，優遇作者。在這樣的環境下，明代的文人雖也作了一定的努力，但在古文、詩、詞一類的舊體文學方面，很少獨創的成績。前人評論詩文，多侈談唐、宋，對於明代頗有微詞。」〔註 2〕，葉慶炳也認同此觀念，在《中國文學史》中談到明代文學爲「性靈、情志？喪

〔註 1〕〔清〕顧炎武：《日知錄導讀》（成都：巴蜀書社，1992 年 4 月），〈詩體代降〉，頁 45。

〔註 2〕劉大杰：《中國文學發展史・下》（上海：復旦大學出版社，2006 年 1 月），〈明代的社會文學思想・舊文體的衰微〉，頁 82。

殆盡，影響所及，則散文、詩歌頹然不振。」〔註 3〕，當然，也不乏有肯定明代詩文者，如袁行霈於《中國文學史》中就提到公安、竟陵等對詩歌的代變作出努力，但仍然大篇幅肯定「隨著接受對象的下層化、市民化而更加面向現實，創作主體精神更加高揚，從而突出個性與人欲的表露。」的戲曲與小說，認爲此類作品才是明代文學改變的主體。〔註 4〕綜觀明代研究重心也多於思想、戲曲、小說，以及明末的小品方面，對於明代的詩文創作普遍認爲缺乏獨創性與情志的抒發，只是一味在復古上尋求蛛絲馬跡。

然而，根據前人的考察，可以見得明人在詩文創作上數量十分豐富，並非一般文學史與批評史中所說的創作不足。以下製表 1-1〔註 5〕將明人創作量做一分類：

表 1-1

《四庫全書》	詩文集 230 家，存目 131 家
簡錦松〈論明代文學思潮中的學古與求眞〉	詩文集 752 家
錢謙益《列朝詩集》	詩歌 2000 餘家
朱彜尊《明詩綜》	詩歌 3400 餘家
陳田《明詩記事》	詩歌 4000 餘家
沈德潛《明詩別裁集》	1010 餘篇

由上表即可得知，明人在詩文的創作上，數量十分驚人。然而，何以在評價上仍然顯現與實質數量相互背離的落差呢？正如蔡英俊先生所言：「近代以來對於傳統詩論的歷史發展的理解，在某種程度上來說，大體是得自明、清兩代詩論家的詮釋觀點。」〔註 6〕以現

〔註 3〕葉慶炳：《中國文學史》（臺灣：學生書局，1987 年 8 月），〈明代文學思想與散文〉，頁 258。

〔註 4〕袁行霈：《中國文學史・第四卷・第七編》（臺北：五南書局，2003 年），〈明代文學〉，頁 656。

〔註 5〕卓福安：《王世貞詩文論研究》（東海大學中國文學研究所博士論文，2003 年），頁 2。

〔註 6〕蔡英俊：《中國古典詩論中「語言」與「意義」的論題——「意在言

今文學史的觀點上而言，確實明人的詩歌創作上都不足爲談。明代在復古運動的倡導下，詩文往往以學古爲佳，演變愈烈，甚至與剽竊古人詩作脫不了干係。然而，李東陽（1447～1516）可謂明代復古最有系統的第一人，他所著之《懷麓堂詩話》中不乏復古的觀念，「宋詩深，卻去唐遠；元詩淺，卻去唐近。顧元不可爲法，所謂『取法乎中，僅得其下』。」〔註7〕同時也顯現了李東陽崇唐黜宋元的詩學觀念。又說：「律詩起承轉合，不爲無法，但不可泥，泥於法而爲之，則撐拄對待，四方八角，無圓活生動之意。」〔註8〕，李東陽雖崇尚復古，但又主張不泥古，能在其中找到「不經人道語」〔註9〕的獨創與靈活。復古的先聲於明代，可以從李東陽談起，但值得思考的是：李東陽的復古理論究竟把明代文學帶往何種境界？而明人的復古理論又在李東陽的身上獲得甚麼樣的改變與革新？

詩歌發展的觀察發現，明代之前，中國詩歌多雜漫無章，信手拈來的論述，縱有其精闢之處也多在遞嬗的過程中挾泥沙而俱下。隨著時代演變，詩歌發展至明代已臻成熟，如胡應麟（1551～1602）所言：「盛唐而後，樂選律絕，種種具備。無復堂奧可開，門戶可立。」〔註10〕，加上宋代「尚理」的觀念融入其中，使得明代的詩文，做爲傳統文學主要形式的詩歌散文，經歷了漢魏六朝以至唐宋一千餘年發展後，已難別開生面，表現創新，於是逐漸趨往復古的方向邁進，縱觀明代的詩文演變可以應證此說。明代詩歌隨著教育與科舉的普及下，以及詩社與講學活動的興起，人民識字率大增，

外」的用言方式與「含蓄」的美典》（臺北：臺灣學生書局，2001年），頁154。

〔註7〕〔明〕李東陽：《李東陽集（三）》（湖南：嶽麓書社，2008年12月），〈懷麓堂詩話〉，頁1503。

〔註8〕〔明〕李東陽：《李東陽集（三）》，〈懷麓堂詩話〉，頁1508。

〔註9〕〔明〕李東陽：《李東陽集（三）》，〈懷麓堂詩話〉，頁1504。

〔註10〕〔明〕胡應麟：《詩藪》續編卷一（上海：上海古籍出版社，1979年11月），〈國朝上〉，頁349。

文學也相對大眾化〔註 11〕，導致明代詩文創作者的階層下放，不再以權力獨尊。更精確來說，明代詩歌的貢獻並非在於文類的創新與發展，而是詩學〔註 12〕理論的開展與完備。從詩學理論的相關性，可以輕易的聯想到「詩話」。連文萍《明代詩話考述》中以六點來說明明代詩話在中國文學史或中國文學批評史上的貢獻。

> 一、明代詩話在數量上大大超越前代，且開創詩話創作與編刊的新體例。二、明人在詩話體例的開創上，又有集一人之詩以爲詩話。三、明人對於歷代詩話的整編，也有成績，特別是爲數極多的詩法與詩話的彙編。四、明人標榜辨體的詩話數量亦多。五、明人不斷利用詩話來回顧、省視前代以及當代的作品的精神，以及不少詩話的嚴謹創作態度，均使得明代詩話更加理論化、系統化，也足以提供今人在從事批評研究上的借鏡作用。六、詩話是一種社群的產物，特別是明代詩話與詩社的關係極爲密切，由明代詩話發展的軌跡，不但可以與清代、民國的詩話互爲映證，也能提供現代詩歌研究發展上的思考。〔註 13〕

由上述可知，詩話到明代算是高度發展的文體。蔡鎭楚先生的《中國歷代詩話書目》中更說明明代詩話乃「上承宋代詩話，下啓清代詩話，向著文學理論批評的正確方向繼續向前發展，在詩歌體制源流與作家作品研究諸方面，獲得了可喜的成績。」〔註 14〕，可知明代詩話具有其承先啓後的關鍵性，也在批評史上獲得高度注意。

〔註 11〕詳情參見許建崑：〈文學大眾化與大眾文學化——重構明代文學史論述的主軸〉，南華大學文學系編《明清文學與學術思想研討會論文集》，2004 年 5 月 1 號舉辦，頁 332～345。

〔註 12〕根據《中國詩學通論》所闡述的「詩學」，可以得知詩學乃是「關於詩的理論與品評」。見袁行霈、孟二冬、丁放《中國詩學理論》（安徽：教育出版社，1994 年 12 月），頁 3。

〔註 13〕連文萍：《明代詩話考述》（東吳大學中國文學研究所博士論文，1998 年），頁 413～414。

〔註 14〕蔡鎭楚：《中國詩話史》（湖南：湖南文藝出版社，1988 年 5 月第 1 版第 1 刷），頁 138。

明初以程朱理學建國，高度強權的壓力下，造成臺閣文風大盛。然而，自臺閣體走向明中葉前七子所帶領的復古派興起前，經歷了一個過渡時期，即是李東陽所帶領的茶陵派。探討李東陽承先啓後的地位之前，我們先來爲臺閣體作一個觀念的釐清與分析。

何謂「臺閣體」？唐章懷太子註《後漢書》時云：「臺閣謂尚書也。」〔註15〕兩漢時期的尚書稱爲中臺，屬於內閣大臣，掌管實權；唐代行三省制，尚書爲中臺，門下爲東臺，中書爲西臺；直至明代，臺閣形成了廣狹兩義：一則專指內閣大臣。《明史・職官志》云：

> （洪武）十三年正月，誅丞相胡惟庸，遂罷中書省。（其官屬盡革，惟存中書舍人。）九月，置四輔官，以儒士王本等爲之。（置四輔官，告太廟，以王本、杜祐、龔學爲春官，杜學、趙民望、吳源爲夏官，兼太子賓客。秋、冬官缺，以本等攝之。一月內分司上中下三旬。位列公、侯、都督之次。）尋亦罷。十五年，倣宋制，置華蓋殿、武英殿、文淵閣、東閣諸大學士，（禮部尚書邵質爲華蓋，檢討吳伯宗爲武英，翰林學士宋訥爲文淵，典籍吳沈爲東閣。）又置文華殿大學士，徵耆儒鮑恂、余詮、張長年等爲之，以輔導太子。秩皆正五品。……成祖即位，特簡解縉、胡廣、楊榮等直文淵閣，參預機務。閣臣之預務自此始。」〔註16〕

自太祖廢除丞相直統六部後，成祖又命楊士奇爲參之政務。宣德一朝，朝政主掌於三楊，正統後，朝綱腐敗，閣臣於是有輔佐之實。明代無宰相，但臺閣大臣卻執行宰相之務，於是臺閣乃指行使實權的內閣大臣。二則指館閣。羅玘（1447～1519）於〈館閣壽詩序〉中云：

> 今言館，合翰林、詹事、春坊、司經局皆館也，非必謂史館也。今言閣，東閣也，凡館之官，晨會必於斯，故亦曰閣也，非必謂內閣也。〔註17〕

〔註15〕〔宋〕范曄著、〔唐〕李賢等註《後漢書》（北京：中華書局，1997年版），頁1658。

〔註16〕〔清〕張廷玉等撰：《明史》卷七十二〈執官一〉，（北京：中華書局，1974年7月），頁19。

〔註17〕〔明〕羅玘《圭峰集》卷一〈館閣壽詩序〉（臺北：臺灣商務印書館

依照羅玘所言，臺閣除了內閣外，尚有其他諸館。如內閣大學士、翰林、詹事、春坊……皆可稱之爲館閣或臺閣之臣。若再以與羅玘同時代的李東陽來探討，〈匏翁家藏集序〉中曾提及：

取甲科，官史局，文名滿天下，老居臺閣，弗究厥施，而終始於所謂文者。〔註 18〕

「匏翁」即是吳寬。吳寬十六歲入禮部尚書，卻屢不重用，中外皆爲之惜〔註 19〕。李東陽在此處所指之「臺閣」，當然不可能爲「內閣」之意。由此可以知道，李東陽「臺閣」二字與羅玘的「館閣」，有其相同之處。是故，至明代臺閣體有廣、狹兩意義，一爲專指內閣大臣之詩文；另一爲館閣人之詩文。然而，專指內閣大臣的「臺閣體」，又以當時的館閣名臣「三楊」爲代表，錢謙益於《列朝詩集小傳．楊少師士奇》中云：「國初相業稱三楊，公爲之首。其詩文號『臺閣體』。」〔註 20〕由此可知，臺閣體的文學以楊士奇爲主軸，輔以楊溥與楊榮，以及館閣諸臣子做爲明代當時的文壇走向。

以三楊爲主要的文壇領袖的臺閣體，主要盛行時間在於永樂至正統間，但隨著時代的遷徙，政治與社會的轉變導致臺閣文風無法適應現實。正統十四年的「土木堡之變」讓明初的開國盛世一夕之間轉下坡，穩定平和的「仁宣之治」已逝，取而代之的是社會矛盾與現實的衝突，以皇權爲基礎的臺閣體，在缺少穩固的基礎下，自然的崩解，衰亡後的文壇，形成了景泰年間黑暗時期。儘管天順、景泰年間，文壇上仍然有景泰十子（劉溥、湯胤勣、蘇平、蘇正、沈愚、王淮、晏鐸、鄒亮、蔣主忠、王貞慶）、理學五賢（吳與弼、薛瑄、陳獻章、羅倫、莊昶），以及蘇州文學的復興，但是卻如同飄

影印文淵閣四庫全書，1983 年初版），頁 9b。

〔註 18〕〔明〕李東陽：《李東陽集（三）》，〈匏翁家藏集序〉，頁 979。

〔註 19〕〔清〕張廷玉等撰：《明史》第 16 冊，卷一百八十四，〈列傳〉，頁 4883～4884。

〔註 20〕〔清〕錢謙益：《列朝詩集小傳》，（上海：上海古籍出版社，2008 年 4 月第 1 刷），〈楊少師士奇〉，頁 162。

在天際的雲朵，並未形成波瀾壯闊的海浪。

《明詩別裁集》中沈德潛（1673～1769）曾說：「永樂以還，體崇臺閣，骫骳不振。」〔註21〕，由此可知，臺閣體於明代成為一個極重要的指標。眞正讓文壇有了一線生機者，必須要等到成化時期，李東陽一席人出現，一洗前朝「永樂以還，尚臺閣體，諸大老倡之，眾人靡然和之，相習成風，而眞詩漸亡矣。」〔註22〕的狀況，茶陵派一起，馬上造成「永樂以後詩，茶陵起而振之，如老鶴一鳴，喧啾俱廢。」〔註23〕，由此可知，茶陵派的出現，與臺閣體狀態形成對比性的反差。李東陽乃茶陵派的領袖人物，在其帶領下，一洗文壇的浮靡之風，又將文學風氣帶往何處？以下就其文壇的地位與文學見解做分析，以期藉由著對李東陽的瞭解，為明代文壇釐清更多的實際狀況。

一、李東陽文壇地位論述

明代復古運動於前後七子為最著名，根據廖可斌於《復古派與明代文學思潮》一書中的說法，弘治（1488～1505）、正德（1506～1521）、嘉靖（1522～1566）、隆慶（1567～1572）、萬曆（1573～1627），一直至明末，兩三百餘年間，幾乎都壟罩在復古運動的浪潮下，無論李夢陽、何景明所帶來的第一次復古運動；或者李攀龍、謝榛的第二次復古運動；亦或是明末的復社、幾社等等，無不在復古的旗幟下，左右著明代文壇的方向。〔註24〕復古聲浪影響明代如此劇烈，那麼就不能不瞭解復古先聲李東陽，以及其文壇地位與影響。

李東陽，字賓之，茶陵人，以戍籍居京師。〔註25〕李東陽於當

〔註21〕〔清〕沈德潛等編：《明詩別裁集》（上海：上海古籍出版社，2008年4月第4刷），頁1～4。

〔註22〕〔清〕沈德潛等編：《明詩別裁集・卷三》，〈解縉條〉，頁59

〔註23〕〔清〕沈德潛等編：《明詩別裁集・卷三》，〈李東陽條〉，頁75。

〔註24〕詳情參閱廖可斌：《復古派與明代文學思潮（上）、（下）》，（臺北：文津出版社，1994年2月初版）。

〔註25〕〔清〕張廷玉等撰：《明史》第16冊，卷一百八十一，〈列傳〉，頁

時不僅是明代著名的宰相，更是全國文學的領袖。《明史》裡記載：「弘治時，宰相李東陽主文柄，天下翕然宗之。」〔註 26〕，其他文獻中也提到李東陽主掌文柄約四十餘年：「蓋操文柄四十餘年，出其門者號有家法。雖在疎逖，亦竊效其詞規字體，以競風韻之末而鳴一時，豈偶然哉？」〔註 27〕，由「出其門者號有家法」可以知道李東陽於當時文壇有一定的地位，門人以出其門、施其法爲旗幟，甚至私下學其詞規字體者也大有人在。

就文學的發展演變而觀，李東陽的出現，也爲明代文壇帶來一定的影響。李東陽之前，臺閣體盛行，馬積高・黃鈞於《中國古代文學史》中對臺閣體這樣評論：

> 從永樂到天順（西元 1403～1464）的幾十年中，明代政治比較安定。文壇出現了由宰輔權臣楊士奇（西元 1365～1444，有《東里全集》九十七卷）、楊溥（西元 1372～1446 年，有《楊溥文集十二卷》、《詩集》四卷）和楊榮（西元 1371～1440，有《楊文敏集》二十五卷）所倡導的「臺閣體」。三楊在政治上廉潔正直，歷事成祖、仁宗、宣宗、英宗四朝，爲極人臣，備受寵信。他們所寫的，除了朝廷詔令奏議外，多屬應制、頌聖或者應酬、題贈之作，飽含富貴福澤之氣，多以粉飾太平、歌功頌德爲主旨；貌似雍容典雅，平正醇實，實則脱離社會生活，既缺乏深湛切實的內容，又少縱橫馳騁的氣度。〔註 28〕

以及劉大杰於《中國文學發展史》中也對「臺閣體」這樣評論：

> 從永樂到成化的幾十年中，明代政治比較安定，文學上所出現的，是由宰輔權臣所領導的臺閣體。那一種作品，缺少現實內容與氣度，大多是一些歌功頌德，雍容典麗的應酬詩文。當日的代表，是稱爲三楊的楊士奇、楊榮、楊溥。

4820。

〔註 26〕〔清〕張廷玉等撰：《明史》第 24 冊，卷二八六，〈列傳〉，頁 7348。

〔註 27〕〔明〕李東陽：《李東陽集（一）》，〈懷麓堂文集後序〉，頁 4。

〔註 28〕馬積高・黃鈞：《中國古代文學史（四）》，（臺北：萬卷樓，1998 年初版），頁 23。

〔註 29〕

清人沈德潛（1673～1769）於《明詩別裁集》中說到：「永樂以還，體崇臺閣，骩骳不振。」〔註 30〕又《四庫總目提要》中《倪文僖集三十二卷》提要也說明：「三楊臺閣之體，至弘、正之間而極弊，冗闒膚廓，幾於萬喙一音。」〔註 31〕再者《襄毅文集十五卷》中更說明「明自正統以後，正德以前，金華、青田流風漸遠，而茶陵、震澤猶未奮興。數十年間，惟相沿臺閣之體，漸就庸膚。」〔註 32〕更有《類博稿十卷附錄二卷》提要中提到：「正統、成化以後，臺閣之體漸成嘽緩之音。」〔註 33〕，透過以上評論，可以得知臺閣體於正統年間已日漸爲士人所不滿，文體風格也漸爲士人所不足，正因時局代變，導致臺閣不符當代，「時運交移，質文代變」〔註 34〕，於是出現對文壇影響力巨大的李東陽。明人胡應麟於《詩藪》中談到：

> 成化以還，詩道旁落，唐人風致，幾於盡隳。獨李文正才具宏通，格律嚴整，高步一時，興起何、李，厥功甚偉。是時中、晚、宋、元諸調雜興，此老砥柱其間，故不易也。

〔註 35〕

「成化以還，詩道旁落，唐人風致，幾於盡隳。」可以得知臺閣體於當時確實評價不佳，這裡談到的「唐人風致」，指的是唐人詩中的風韻與獨創意義，表現個人獨特風格的韻味。臺閣體以「雅正」爲宗，內容傾向貧乏的應制題贈、酬應之作，當然無法表現唐

〔註 29〕劉大杰《中國文學發展史（下）》，（臺北：華正書局，2004 年 3 月版），頁 998。

〔註 30〕〔清〕沈德潛等編：《明詩別裁集》，頁 1～4。

〔註 31〕〔清〕永瑢等撰：《四庫全書總目》（北京：中華書局，1965 年 6 月第 1 版第 1 刷），卷一七〇，集部二三，別集類二三，頁 1487。以下如有同引，則僅列出卷集別集頁數。

〔註 32〕卷一七〇，集部二三，別集類二三，頁 1487。

〔註 33〕卷一七〇，集部二三，別集類二三，頁 1487。

〔註 34〕〔梁〕劉勰《文心雕龍・時序篇》，（臺北：文史哲出版社，1984 年 3 月版），頁 269。

〔註 35〕〔明〕胡應麟：《詩藪・續編》（上海：古籍出版社，1979 年 11 月）卷一，〈國朝上〉，頁 345。

人獨特的詩意。「獨李文正才句宏通，格律嚴整，高步一時，興起何、李，厥功甚偉。」「獨」一字，正可以顯出李東陽於當時的突出性。格律嚴謹，講求音韻，以及辭意暢達的內容，在文壇上獨佔鰲頭，對提倡復古的李夢陽、何景明更有啓後之功。

談到李東陽對李夢陽、何景明的啓後之功，就不免要看到明人王世貞《藝苑卮言》裡面的一條資料：「長沙公少爲詩有聲，既得大位，愈自喜，携拔少年輕俊者，一時爭慕歸之。雖楷模不足，而鼓舞攸賴。長沙之於何、李也，其陳涉之啓漢高乎？」〔註 36〕，以及清人朱彝尊於《明詩綜》中也有相關的資料：「李公才情兼美，於何、李有倡始功，大似唐之燕、許。」〔註 37〕。另外，清人沈德潛於《說詩晬語》卷下：「永樂以還，崇『臺閣體』，諸大老倡之，眾人應之，相習成風，靡然不覺。李賓之（東陽）力挽頹瀾，李（夢陽）、何繼之，詩道復歸於正。」〔註 38〕觀其地位，正可以明白李東陽的承先啓後之重要性。這些資料中，一再的將李東陽與李（夢陽）、何（景明）並列，並以「繼之」說明二人對李東陽之關係。由此可以得知，部分學者認知李東陽爲李（夢陽）、何（景明）復古運動提倡先驅者。然而，可以確定的是，李東陽對於何、李必定有其相當的影響性。

清人魯九皋《詩學源流考》中：「永樂以還，崇尚臺閣，迄化、治之間，茶陵李東陽出而振之，俗尚一變。」〔註 39〕，可以得知李東陽所領之茶陵派，一洗之前臺閣之弊，又沈德潛《明詩別裁集》中也談到：「永樂以後詩，茶陵起而振之，如老鶴一鳴，喧啾俱廢。

〔註 36〕〔明〕王世貞著、羅仲鼎校注：《藝苑卮言校注》卷六（濟南：齊魯書社，1992 年 7 月第 1 版），頁 300。

〔註 37〕〔清〕朱彝尊選編：《明詩綜》卷二十六，《李東陽》引穆敬甫語（北京市：中華書局，2007 年版，第一刷），頁 45。

〔註 38〕〔清〕沈德潛《說詩晬語》卷下（北京：人民出版社，1979 年 9 月），頁 238。

〔註 39〕〔清〕魯九皋〈詩學源流考〉，收錄於郭紹虞編選・富壽蓀校點《清詩話續編》（上海：古籍出版社，1983 年 12 月），頁 1351。

後李、何繼起，廓而大之，駸駸乎稱一代之盛矣。」〔註 40〕由此可知，李東陽與茶陵派的出現，與臺閣體狀態形成對比性的反差。更具體一點來說，李東陽可以作爲臺閣體與復古派的銜接人物。王運熙、顧易生主編：《中國文學批評通史．伍．明代卷》中就這樣說明李東陽的地位：

> 李東陽的文學觀念頗爲複雜，既有復古的色彩，又有反復古的傾向；對於臺閣體既有有承襲，又有所批評。他是成化、弘治間文學風尚轉變時期的代表人物。〔註 41〕

就文壇地位而言，李東陽的存在，如同徐泰所言：「長沙李東陽大韶一奏，俗樂俱廢，中興宗匠，邈焉寡儔。」〔註 42〕，一掃前期糜爛不堪的舊習，文氣自然因之而提高，一反臺閣雅正卻日漸庸膚的狀態。然而，李東陽畢竟生於朝堂，長於內閣之中，「歷官館閣，四十年不出國門」〔註 43〕，雖有鑒於臺閣之弊，卻難盡脫其缺，這也與李夢陽後來譏其師爲「柄文者承弊襲常，方工浮雕之詞，取媚時眼。」〔註 44〕有關。導致部分學者將其視爲臺閣體的一環，或者視其爲臺閣體的演變階段。如簡錦松先生於《明代文學批評研究——成化、嘉靖中期篇》中：引宋佩韋劃出茶陵一派於臺閣之外，說明李東陽推翻另一虛構之三楊末流之臺閣體，是爲不知明代臺閣體與復古派之眞相，乃漫談故〔註 45〕，將李東陽所帶領的茶陵歸之臺閣體中。亦有學者以「後臺閣」〔註 46〕來稱呼之，強調其有別於臺閣體，但

〔註 40〕〔清〕沈德潛等編：《明詩別裁集》卷三，〈李東陽條〉，頁 34。

〔註 41〕王運熙、顧易生主編：《中國文學批評通史．伍．明代卷》（上海：古籍出版社，1996 年 2 月），頁 91。

〔註 42〕〔明〕徐泰《詩談》收錄於《學海類編》五十九冊（臺北：藝文出版社，1966 年），頁 88。

〔註 43〕〔清〕錢謙益：《列朝詩集小傳》（上海：上海古籍出版社，2008 年 4 月第 1 刷），〈丙集〉頁 245。

〔註 44〕〔明〕李夢陽《空同集》卷四十五，收錄於四庫全書本，〈朱淩谿先生墓誌銘〉。

〔註 45〕簡錦松：《明代文學批評研究》（臺北：臺灣學生書局，1989 年 2 月初版）。

〔註 46〕許建崑先生認爲「李東陽反臺閣，他本身也是臺閣人物，用現代語

又不能盡脫臺閣之氣的尷尬定位。

另外，也有部分將李東陽區隔於臺閣體之外的學者，如日本學者吉川幸次郎先生的《元明詩概說》〔註 47〕目錄中分成：「十四世紀後半：明代初期」、「十五世紀：明代中期之一中衰與復活」、「十六世紀：明代中期之二復古時代」、「十七世紀前半：明代末期」。其中「十五世紀：明代中期之一中衰與復活」此期目錄，再細分爲「第一節：明詩的中衰」、「第二節：沈周」、「第三節：祝允明、唐寅、文徵明」、「第四節：李東陽」，將李東陽視爲中期詩歌的復活者，一鳴先前的中衰與浮靡，也間接帶領了復古派的興起。另外值得注意的是，李曰剛於《中國詩歌流變史》中將李東陽所領之茶陵派，視爲一個流派討論。直接將茶陵派以三個區塊作劃分：領袖閣老李東陽；羽翼茶陵諸友執；鼓吹李門眾進士〔註 48〕，明顯得把茶陵作爲一個派別來處理，雖然他將茶陵派以中明（弘、正時期）區隔開，有其忽略之處，但是卻也不失爲對「李東陽的文壇定位」較爲重視的一個處理方式。

綜觀以上的論述，我們可以得出以下結論：

（一）李東陽於當時形成了「主文柄，天下翕然宗之。」〔註 49〕的境界，於是「出其門者號有家法」〔註 50〕，文壇地位頗高。

（二）李東陽出現於「臺閣體」之後，一改臺閣的「冗闒膚廓」〔註 51〕，形成「格律嚴整，高步一時」〔註 52〕的詩風，也爲後來的李、

彙解說，茶陵派或可稱爲『後臺閣』。」詳情可參見許建崑：〈文學大眾化與大眾文學化——重構明代文學史論述的主軸〉，南華大學文學系編《明清文學與學術思想研討會論文集》，2004 年 5 月 1 號舉辦，頁 332～345。

〔註 47〕〔日〕吉川幸次郎：《元明詩概說》（臺北：幼獅文化，1986 年 6 月）。

〔註 48〕李曰剛：《中國詩歌流變史（下）》（臺北：文津出版社，1987 年 2 月），頁 269。

〔註 49〕〔清〕張廷玉等撰：《明史》第 24 冊，卷二八六，〈列傳〉，頁 7348。

〔註 50〕〔明〕李東陽：《李東陽集（一）》，〈懷麓堂文集後序〉，頁 4。

〔註 51〕卷一七〇，集部二三，別集類二三，頁 1487。

〔註 52〕〔明〕胡應麟：《詩藪・續編》（上海：古籍出版社，1979 年 11 月）

何復古派帶來了啓蒙之效。

（三）雖然李東陽的出現對當時的文風有所幫助，但因其「歷官館閣，四十年不出國門」〔註 53〕，導致未能盡脫臺閣文氣，而被視爲臺閣體的延續或再興，引起復古派之後的譏諷，如李夢陽譏其師「柄文者承弊襲常，方工浮雕之詞，取媚時眼。」〔註 54〕。

（四）現今學者對於李東陽的看法主要以兩類爲主：一爲併入臺閣體中之再興；二爲承臺閣體啓復古派的轉銜地位。

儘管李東陽的地位在當時可謂炙手可熱，但究竟他上承臺閣體的何種風貌？又對臺閣末流做了哪些改變？再者，其爲開啓復古派的先聲，與李、何之復古派之間，又有何區別性？何以李夢陽先稱讚其師「我師崛起楊與李，力挽一髮迴千鈞，天球銀甕世希絕，鰲掣鯨翻難具陳。」〔註 55〕，呈現對李東陽的敬佩之情；但又譏「取媚時眼」〔註 56〕一褒一貶的態度，究竟其中的差別在何處？這也是學者沒有說明清晰之處。本文欲就李東陽本身之詩歌理論作探討，抽絲剝繭出承先啓後的關鍵所在。

二、李東陽文學之見解分析

若仔細閱讀李東陽《懷麓堂詩話》以及《李東陽集》中相關詩歌理論的文辭，可以大約歸納出李東陽的詩歌理論偏向下列四點：

（一）強調中和，提倡詩樂一體

李東陽於《懷麓堂詩話》中一再的強調音樂的重要性，並且強調

卷一，〈國朝上〉，頁 345。

〔註 53〕〔清〕錢謙益：《列朝詩集小傳》（上海：上海古籍出版社，2008 年 4 月第 1 刷），〈丙集〉頁 245。

〔註 54〕〔明〕李夢陽《空同集》卷四十五，收錄於四庫全書本，〈朱淩谿先生墓誌銘〉。

〔註 55〕〔明〕李夢陽《空同集》卷十九（臺北：偉文圖書出版社，1976 年 5 月），〈徐子將適湖湘，余實戀戀難別，走筆長句，述一代文人之盛，兼寓祝望焉耳〉，頁 451。

〔註 56〕〔明〕李夢陽《空同集》卷四十五，收錄於四庫全書本，〈朱淩谿先生墓誌銘〉。

音樂是詩文辨體的重要因素。〈鏡川先生詩集序〉中提到：「詩與諸經同名而體異，蓋兼比興、協音律、言志厲俗、乃其所尚。」〔註57〕，就「協音律」而言，李東陽將之視為詩的基本具備特徵，且極力強調「詩樂合一」的概念。在《懷麓堂詩話》開宗明義第一則即指出：

> 詩在六經中，別是一教，蓋六藝中之樂也。樂始於詩，終於律，人聲和則樂聲和。又取其聲之和者，以陶寫情性，感發志意，動盪血脈，流通精神，有至於手舞足蹈而不自覺者。後世詩與樂判而為二，雖有格律，而無音韻，是不過為排偶之文而已。〔註58〕

這段話中可以知道，可以歸納得知四層關係：

（一）六經中的「詩」，等同於六藝中的「樂」，定義上則說明了「詩樂合一」。

（二）「詩、樂」融合的過程乃是：始於詩、終於律。

（三）人聲與樂聲皆出自於人心，故人聲和則樂聲和；又可以深一層得知，「聲之和」則代表「詩樂合一」。

（四）後世之詩不復歌，故「後世詩與樂判而為二」。整個詩樂發展的過程，即是由合到分，故李氏倡再合之。

李東陽將音律視為詩的最主要必備特徵，透過人聲的和諧進而達到樂聲的和諧，樂聲和諧一致後，才能成就詩，否則僅是排偶之文，無法稱之為詩。藉由此說法，進而提出「格調」〔註59〕的觀念。《懷麓堂詩話》第六則：「詩必有具眼，亦必有具耳。眼主格，耳主聲。聞琴斷知為第幾絃，此具耳也；月下隔窗辨五色線，此具眼也。」〔註60〕，「具眼」乃是以辨識詩之時代的風格，也就是「格」；「具耳」則是對詩歌的音樂美而論，李東陽以詩歌具有自然音韻，即是指「調」。透過詩本身所透出的特殊格調，以耳聽之，自然能夠鑑別詩

〔註57〕〔明〕李東陽：《李東陽集（二）》，〈鏡川先生詩集序〉，頁483。
〔註58〕〔明〕李東陽：《李東陽集（三）》，〈懷麓堂詩話〉，頁1501。
〔註59〕關於格調的詳細說明，請詳參第四章第二節「格調論」。
〔註60〕〔明〕李東陽：《李東陽集（三）》，〈懷麓堂詩話〉，頁1502。

歌音韻之時代與風格。

故透過整個《懷麓堂詩話》來看，李東陽主張詩與音樂不可一分爲二，甚至構成詩的條件中，必須包含音韻的本質。再來看到第十八則：

> 陳公父論詩專取聲，最得要領。潘禎應嘗謂予詩宮聲也。予訝而問之，潘言其父受於鄉先輩曰：「詩有五聲，全輩者少，唯得宮聲者爲最優，蓋可以兼眾聲也。李太白、杜子美之詩爲宮，韓退之之詩爲角，以此例之，雖百家可知也。」予初欲求聲於詩，不過心口相語，然不敢以示人。聞潘言，始自信以爲昔人先得我心。天下之理，出於自然者，故不約而同也。趙撝謙嘗作《聲音文字通》十二卷，末有刻本。本入內閣，而亡其十一，止存總目一卷。以聲統字；字之於詩，亦有一本而分者。於此觀之，尤信。門人輩有聞予言，必讓予曰：「莫太洩漏天機否也？」〔註61〕

在這一則中，李東陽不斷提到「以聲統字」、「求聲於詩」乃是「天下之理」，也就是他所參悟出的「天機」。特意記述潘禎父子以及鄉前輩以五聲喻詩的觀念，並謂「天下之理，出於自然，固不約而同也」主要都在於體現對詩中音樂性的強調。以格調論詩中，他更偏嗜於調，即是「音韻」。這一觀念我們可以參照成復旺等《中國文學理論史》（三）：

> 宮、商、角、徵、羽五聲，本爲中國古代音樂術語。詩作爲一種語言的藝術，本無所謂五聲。但詩是可以諷詠的；更重要的是，在詩中寄遇著一個人、乃至一個時代的情感、情緒：這正是語音樂相通的地方。因此，反復諷詠，進入詩的情感、情緒以後，也會感覺到一種或低回宛轉，或高亢激越之類的感受，就像聽一首歌、一支曲那樣。在這個意義上，詩似乎也就具有了五聲。……宮是中國古代中最基本的調式，調性典雅沉重，所以說『最優』、『可以兼眾聲』。李、杜之詩是中國古代詩歌的典範，風格壯闊

〔註61〕〔明〕李東陽：《李東陽集（三）》，〈懷麓堂詩話〉，頁1505。

> 而豐富，即正調，故比之爲宮。……李東陽強調詩之格調，就是爲了提倡以李杜爲代表的盛唐詩的那種寬宏而豐富的時代格調。……李東陽之所謂『聲』或『調』，要加以簡單的解釋，可以説近似於現代音樂理論中的『音調』，意思是指『有特定風格的音樂語言』。以聲論詩，求詩之調，是李東陽分析詩的方法，也是他長期參悟、比較詩的藝術風格之獨得之秘。所以他極爲珍視，稱爲『天機』。

就李東陽的音韻觀而言，所講求的是「中和美」，如其中第十八則「詩有五聲，全備者少，唯得宮聲者爲最優，蓋可以兼眾聲也。李太白、杜子美之詩爲宮，韓退之之詩爲角，以此例之，雖百家可知也。」可以很清楚的明白李東陽提倡「宮聲」正因其兼眾聲，能包羅萬象；又第一則開宗明義說明：「人聲和則樂聲和。又取其聲之和者，以陶寫情性，感發志意，動盪血脈，流通精神。」〔註62〕講求的是不偏不移，儒家中庸之道。然而，「中庸」二字在朱熹《中庸章句》的解釋如下：「中庸者，不偏不倚，無過不及，而常行之理，乃天命所當然，精微之極致也。」〔註63〕，行爲上避免極端，並且具有和平的胸襟以及相容並蓄的寬容精神，明辨各種觀點相互爲用不相互排斥，正可以扣合於李東陽對於「宮聲」相容並包的觀念上，強調「宮聲」可以「兼眾聲」，達到「最優」的境界。

朱熹於中庸的註釋上也對「中和」、「中庸」作一個關聯性的詮釋：「中庸之中，實兼中和之義」〔註64〕，所謂中和，乃眞善美的綜合，「和」是儒家經典觀念，「喜怒哀樂之未發，謂之中；發而皆中節，謂之和。中者也，天下之大本也；和也者，天下之達道也。」〔註65〕。「中」，乃是自然未表露情緒，內心處靜淡然的心態，不偏

〔註62〕〔明〕李東陽：《李東陽集（三）》，〈懷麓堂詩話〉，頁1501。

〔註63〕〔宋〕朱熹：《中庸章句》（臺北：中國子學名著集成編印基金會，1987年），頁4。

〔註64〕〔宋〕朱熹：《中庸章句》，頁4。

〔註65〕方向東注評：《〈大學〉、〈中庸〉注評》（南京：鳳凰出版社，2006年6月），頁27。

不倚的本性；「和」，則是因時而發的合宜狀態，表現在音律上，則形成了李東陽所說：「人聲和則樂聲和。又取其聲之和者，以陶寫情性，感發志意，動盪血脈，流通精神。」〔註 66〕，因此符合李東陽所說「善用其情者，無它，亦不失其正而已。」〔註 67〕這裡的「正」即是指中和之美的要求，強調不偏不倚，不失大度的特色。

（二）主張詩文有別，必須明辨之

通過文體的辨析，李東陽將詩歌由眾文體當中抽離出來，明確的說明詩文之不同體，確立其獨特地位，並且突出了詩的審美觀念與功用，豐富其內涵。就李東陽的觀念中，先秦時代，「詩即樂、樂即詩」，但是隨著音樂與詩歌的分離，以及格律論詩，詩歌於是開始了與諸經在體制上的不同差異，無怪乎李東陽於《懷麓堂詩話》的九十五則才說：「予輩留心體製」〔註 68〕。《懷麓堂詩話》開宗明義第一條更說到：「詩在六經，別是一教，蓋六藝中之樂也」〔註 69〕，說明詩的重要性以及與其他五經並峙的獨立地位，當然，李東陽說明詩文有別必須辨之，以及詩文不同體的言論，不只出現一次，以下羅列幾則其他言論證明之：

> 言之成章者爲文，文之成聲者爲詩。詩與文同謂之言，亦各有體，而不相亂。若典、謨、誦、誥、誓、命、爻、象之謂文；風、雅、頌、賦、比、興之爲詩，變於後世，則凡序、記、書、疏、箴、銘、贊、頌之屬皆文也，辭、賦、歌、行、吟、謠之屬皆詩也。〔註 70〕

> 詩與諸經名同而體異。蓋兼比興，協音律，言志厲俗，乃其所尚。後之文皆出於經。而所謂詩者，其名固未改者，但限以聲韻，例以格式，各雖同而體尚亦各異……故惟其

〔註 66〕〔明〕李東陽：《李東陽集（三）》，〈懷麓堂詩話〉，頁 1501。
〔註 67〕〔明〕李東陽：《李東陽集（三）》，〈懷麓堂詩話〉，頁 1516。
〔註 68〕〔明〕李東陽：《李東陽集（三）》，〈懷麓堂詩話〉，頁 1521。
〔註 69〕〔明〕李東陽：《李東陽集（三）》，〈懷麓堂詩話〉，頁 1501。
〔註 70〕〔明〕李東陽：《李東陽集（三）》，〈匏翁家藏集序〉，頁 979。

異於文者，故雖以文章名者，或有憾焉。〔註71〕

上述的文章段落中，強調詩文各異，在漫長的發展歷程中，詩與文的涇渭分明。而在〈春雨堂詩稿序〉中提到：「古之六經，《易》、《書》、《春秋》、《禮》、《樂》皆文也，惟『風雅頌』則謂之《詩》，今其爲體固在也。」〔註72〕可見早在諸經當中，詩與文就有所區別，不可同一而論之。

然而，李東陽所提出來的詩文之辨，不只是總體詩與文之間的泛泛辨析，他所關注的有詩歌與其他文體上外在的差異，如詩與文、詞、畫之間；詩歌內部古體、近體、樂府之間的區別；亦包含詩歌風格的迥異之處。主要辨析以「詩歌」爲重心，著力詩文之體裁與風格之間的差異。如《懷麓堂詩話》中第十四則「詩與文不同體」、四十七則「詩太拙則近於文，太巧則近於詞」、第二則「古詩與律不同體，必各用其體，乃爲合格。然律猶可漸出古意，古不可涉律。」、第四十二則「陶詩質厚近古，越讀而越見其妙。」、第四十一則「今之詩歌者，其聲調有輕重、輕濁、長短、高下、緩急之異，聽之者不問其爲吳、爲越也。」、第六十九則「朝廷典則之詩，謂之『臺閣氣』；隱逸恬澹之詩，謂之『山林氣』。此二氣者，必有其一，卻不可少。」等，不只提到詩文的差別，更細分了詩當中的律與古詩差異，以及個人詩風的迥然不同與地區性的分別，風格上也有題材的不同面向。

談到李東陽的辨體以及各種文體之間差異性，就不免要提到他所強調的辨別能力，他將詩的「音樂性」視爲詩的具備根本，所以詩文在六經之間必然分別，因此，在〈春雨堂稿序〉中就提到：「夫文者，言之成章，而詩者又其成聲者也。章之爲用，貴乎紀述鋪敘，發揮而藻飾，操縱開闔，惟所欲爲，而必有一定之準。若歌吟詠嘆，流通動盪之用，則存乎聲，而高下長短之節，亦截乎不可亂。……

〔註71〕〔明〕李東陽：《李東陽集（二）》，〈鏡川先生詩集序〉，頁483。
〔註72〕〔明〕李東陽：《李東陽集（三）》，〈懷麓堂詩話〉，頁959。

古之六經，《易》、《書》、《春秋》、《禮》、《樂》皆文也，惟『風雅頌』則謂之《詩》，今其爲體固在也。」〔註 73〕。故可知，詩歌的音樂性喪失，於是導致詩文混淆。從根本上著手，詩文之間的差異，就是李東陽認爲詩文必須相互分離的主要原因：詩歌具備著文所缺乏的審美與音樂功能，能夠歌吟詠歎的效用，全仰賴韻律的音樂性。詩樂本一體，加上樂始於情，於是有了抒情的詩歌產生。

總體統合來說，可以將李東陽所主張的詩文辨體作一個分析，並且釐清在他的觀念中，何謂詩？何謂文？在他的文章當中，這兩種文類是壁壘分明的，這在〈匏翁家藏集序〉中的分類最爲明顯：「若典、謨、誦、誥、誓、命、爻、象之謂文；風、雅、頌、賦、比、興之爲詩，變於後世，則凡序、記、書、疏、箴、銘、贊、頌之屬皆文也，辭、賦、歌、行、吟、謠之屬皆詩也。」〔註 74〕。胡應麟在《詩藪》中提到：「文章自有體裁，凡爲某體，務須尋其本色，庶幾當行。」〔註 75〕根據此脈絡而下，就不能不清楚詩文之間的本色異同。在《尚書・堯典》中有這麼一段詮釋：「詩言志，歌永言，聲依永，律和聲。」〔註 76〕，另外《毛詩・序》當中提有這麼一段話：「詩可『經夫婦，成孝敬，厚人倫，美教化，移風俗。』」〔註 77〕可以清楚的明白，李東陽是乃是以此作爲詩文辨體的切入觀點。在〈鏡川先生詩集序〉中就曾經提到：「詩，蓋兼比興，協音律，言志厲俗，乃其所尚。」〔註 78〕來作爲詩文之別的最大不同。而《懷麓堂詩話》第二十二則李東陽對於「比興」這樣詮釋：

〔註 73〕〔明〕李東陽：《李東陽集（三）》，〈春雨堂詩稿序〉，頁 959。

〔註 74〕〔明〕李東陽：《李東陽集（三）》，〈匏翁家藏集序〉，頁 979。

〔註 75〕〔明〕胡應麟：《詩藪》（上海：古籍出版社，1979 年 11 月），〈內編・卷一〉，頁 21。

〔註 76〕〔漢〕孔安國：《尚書注疏》卷三（臺北市：藝文印書館，十三經注疏本，1979 年），頁 46。

〔註 77〕〔漢〕毛亨傳、〔漢〕鄭玄箋、〔唐〕孔穎達疏：《毛詩正義》（北京：北京大學出版社，2000 年 12 月），〈毛詩正義序〉，頁 3。

〔註 78〕〔明〕李東陽：《李東陽集（二）》，〈鏡川先生詩集序〉，頁 483。

> 詩有三義，賦止居一，而比興居其二。所謂比興者，皆託物寓情而爲之者也。蓋正言直述，則易於窮盡，而難於感發。爲有所寓託，形容摹寫，反復諷詠，以俟人之自得，言有盡而意無窮，則神爽飛動，手舞足蹈而不自覺。此詩之所以貴情思而輕事實也。〔註 79〕

由上可知，李東陽特別著重於「比興」、「反復諷詠」，期待達到「言有盡而意無窮」，以及「神爽飛動，手舞足蹈而不自覺。」的境界。在這樣的流通過程中，音律形成了重要的特徵，「人聲和則樂聲和，又取其聲之和，以陶寫情性，感發志意，動湯血脈，流通精神，有至於手舞足蹈而不自覺者。」〔註 80〕同樣也是李東陽所提倡的音樂與詩之間的關聯。當然，這裡的「聲」並非單純指「格律」而已，更包含了詩歌的自然之音，也可以說是自然節奏，本質上與「樂」也相通，於是乎，我們可以說詩與文的最大差異就在於此，所以〈滄洲詩集序〉中明確的提到：「詩之體與文異……蓋其所謂有異於文者，以其有聲律諷詠，能使人反復諷詠，以達情思，感發志氣……。」〔註 81〕可以知道其所倡詩文不同體本身在於音樂性，以及是否能夠達到節奏上的反復吟誦，而感發情志。

談到這裡，不免就可以與第一點「強調中和，提倡詩樂一體」相互連結，正因爲詩文不同體，其區別性在於音樂性，可以反復誦詠爲詩；不能則爲文。因此詩與樂形成了不可二分的狀態，也連帶著拉出了李東陽提倡「格調」〔註 82〕的音韻觀。後世詩樂分離的現象，李東陽是極其不滿的，於《懷麓堂詩話》第一條則開宗明義說道：「後世詩與樂判而爲二，雖有格律，而無音韻，是不過爲排偶之文而已。使徒以文而已也，則古之教何必以詩律爲哉！」〔註 83〕可

〔註 79〕〔明〕李東陽：《李東陽集（三）》，〈懷麓堂詩話〉，頁 1506。
〔註 80〕〔明〕李東陽：《李東陽集（三）》，〈懷麓堂詩話〉，頁 1501。
〔註 81〕〔明〕李東陽：《李東陽集（二）》，〈滄洲詩集序〉，頁 443。
〔註 82〕「格調」部分的分析，將於第四章第二節〈格調論〉當中做詳細說明。
〔註 83〕〔明〕李東陽：《李東陽集（三）》，〈懷麓堂詩話〉，頁 1501。

以見到李東陽對於詩樂二分，重點在於有格律而無音韻，因此可以區分詩文之別，導致其對後世無韻之詩極度不滿。

（三）詩主盛唐，兼取眾長，師古而不泥古

李東陽詩歌主唐，屢次可見於其《懷麓堂詩話》當中，如第八則：「宋詩深，卻去唐遠；元詩淺，去唐卻近。顧元不可為法，所謂『取法乎中，僅得其下』耳。」〔註84〕可以作為其對唐詩最大的認同。以唐詩作為詩歌的準繩，衡比宋詩與元詩，認為宋詩雖然寓意深遠，但其距離唐詩的風雅精神卻十分遙遠；元詩雖較宋詩離唐較近，但是卻不能法之。就李立慶校釋「元不可法」的說法，可以歸納成兩個原因：一為取法乎上；二為元詩的成就以及大家不多。〔註85〕在這則論調當中，宋詩、元詩、唐詩之間的關係，展現了李東陽崇唐黜宋抑元的詩學觀。這也可以反映到宋代嚴羽《滄浪詩話・詩辨》中針對「宋詩」所言：「以文字為詩，以才學為詩，以議論為詩。……蓋於一唱三歎之音，有所歉焉。且其作多務使事，不問興致；用字必有來歷，押韻必有出處，讀之反覆終篇，不知著到何在。」〔註86〕去唐遙遠，乃正因為宋詩已經跳脫了唐詩的藩籬，另闢了以詩議理的蹊徑，於是有別於唐詩的情性歌詠。當然元詩雖去唐近，但境界的淺俗與纖濃也迥然於唐詩興趣，若以嚴羽的說法，就更可以映對於李東陽崇唐的詩觀。《滄浪詩話・詩辨》中有云：

> 詩者，吟詠情性也。盛唐諸人惟在興趣，羚羊掛角，無跡可求。故其妙處透徹玲瓏，不可湊泊，如空中之音，相中之色，水中之月，鏡中之象，言有盡而意無窮。〔註87〕

〔註84〕〔明〕李東陽：《李東陽集（三）》，〈懷麓堂詩話〉，頁1503。
〔註85〕〔明〕李東陽・李慶立校釋：《懷麓堂詩話校釋》（北京：人民文學出版社，2009年10月），頁38。
〔註86〕〔宋〕嚴羽：《滄浪詩話》（北京：人民文學出版社，1983年8月），〈詩辨〉，頁26。
〔註87〕〔宋〕嚴羽：《滄浪詩話》，〈詩辨〉，頁26。

上述對於唐詩的評價，幾乎是自嚴羽後就已經司空見慣。李東陽對於嚴羽的認同亦一脈相承，如其詩話中曾云：「唐人不言詩法，詩法多出於宋，而宋人於詩無所得。……惟嚴滄浪所論，超離塵俗，眞若有所自得，反覆譬說，未嘗有失。」〔註 88〕可知，推崇唐代而貶抑宋代，並且以嚴羽的論調作爲論斷唐代詩歌的唯一準繩，繼承了嚴羽一脈以「盛唐」爲主的說法。因此，在其《懷麓堂詩話》中不乏有對李杜的讚賞，可以相輔於其對唐詩重於興趣，無跡可求的感觸，如「太白天才絕出，眞所謂『秋水出芙蓉，天然去雕飾』。……二公齊名並價，莫可軒輊。」〔註 89〕（此二公指得是李白與杜甫），又有「杜眞可謂集詩家之大成者矣」〔註 90〕……等。說明李白詩歌上不多作雕琢，語言用字上呈現自然明淨，且富含情感的特徵；杜甫的詩歌更開拓了表現的領域，後世的許多詩風，都由他開先風氣。當然，除了李杜二人之外，李東陽對盛唐的其他名家亦諸多推崇，如「唐詩，李杜之外，孟浩然、王摩詰足稱大家。」〔註 91〕總體觀之，李東陽對於盛唐時期的詩風以及詩人，極度認同。嚴羽在《滄浪詩話》中有這麼一段話：「論詩如論禪：漢魏晉與盛唐之詩，則第一義也。大曆以還之詩，則小乘禪也，已落第二義矣。晚唐之詩，則聲聞辟支果也。」〔註 92〕說明嚴羽認爲盛唐與漢魏的詩歌才是第一等，故學詩只要學得漢魏盛唐即可，不能學習盛唐以降的詩風，因爲大曆以降的詩歌都已落於第二等，因爲他主張：「學其上，僅得其中；學其中，斯得爲下矣。」〔註 93〕因此，學詩只能循其上，不可往下探之，效果不彰。

然而，李東陽對於嚴羽這類的看法，並未全盤認同，換句話說，

〔註 88〕〔明〕李東陽：《李東陽集（三）》，〈懷麓堂詩話〉，頁 1503。
〔註 89〕〔明〕李東陽：《李東陽集（三）》，〈懷麓堂詩話〉，頁 1525。
〔註 90〕〔明〕李東陽：《李東陽集（三）》，〈懷麓堂詩話〉，頁 1531。
〔註 91〕〔明〕李東陽：《李東陽集（三）》，〈懷麓堂詩話〉，頁 1503。
〔註 92〕〔宋〕嚴羽：《滄浪詩話》，〈詩辨〉，頁 12。
〔註 93〕〔宋〕嚴羽：《滄浪詩話》，〈詩辨〉，頁 1。

雖然他推崇盛唐的詩歌，但是對於中唐以及宋元之詩，卻未有全盤否定的看法。一方面在〈春雨堂詩稿〉中指出：「近代之詩，李杜爲極」〔註 94〕之外；另一方面有提出宋元與中唐之詩對於盛唐得影響以及比較，《懷麓堂詩話》第七十八則提到：

> 漢魏以前，詩格簡古，世間一切細事長語，皆著不得。其勢必久而漸窮，賴杜詩一出，乃稍爲開擴，幾乎可盡天下之情事。韓一衍之，蘇再衍之，於是情與事無不可盡，而其爲格亦漸粗矣。然非具宏才博學，逢原而泛應，誰與開後學之路哉！〔註 95〕

由此則可以看出李東陽乃是站於較客觀的態度，針對題材部分肯定了蘇軾與韓愈的「宏才博學，逢原而泛應」，使得詩歌在其手中變成「情與事無不可盡」，更因此「開後學之路」。雖然在詩格方面，李東陽不免以爲韓詩與蘇詩乃「其爲格亦漸粗」，這是根據詩歌的發展與時代變化使然，但是卻沒有全盤接受「一代不如一代」的說法，反而將漢魏「一切細事長語，皆著不得」的缺失與韓、蘇的貢獻作一番修正。可以得知李東陽在盛唐之餘，也明白兼師眾長。

然而在兼師眾長的前提下，他卻意識到李杜的詩學博大且天縱奇才，不易學之，於是乎〈瓊臺吟稿序〉中提到：「蓋杜悉人情，該物理，以極乎政事風俗之大，無所不備，故能成一代之製作，以傳後世。非惟不易學，亦不易讀也。」〔註 96〕，李杜奇才，難出其右，所以只能意會、揣摩，如果只是一昧的句摹字擬，將只是取其貌而棄其神，得其毛而去其骨，反而落入窠臼。故李東陽反對字句模仿，在〈鏡川先生詩集序〉中提到：

> 今之爲詩者，能軼宋窺唐，已爲極致。兩漢之體，已不復講。而或者又曰：「必爲唐，必爲宋。」規規焉，俯首縮步，至不敢易一辭，出一語。縱使似之，亦不足貴矣，況未必

〔註 94〕〔明〕李東陽：《李東陽集（三）》，〈春雨堂詩稿序〉，頁 959。
〔註 95〕〔明〕李東陽：《李東陽集（三）》，〈懷麓堂詩話〉，頁 1518。
〔註 96〕〔明〕李東陽：《李東陽集（二）》，〈滄洲詩集序〉，頁 472。

> 似焉乎！說者謂之詩有別才，非關乎書；詩有別趣，非關乎理。……豈必模某家，效某代，然後謂之詩哉！〔註97〕

在他的觀念裡，作詩不必把目標鎖死於唐宋間，亦步亦趨的仿效，反而應該有自己的主張，如果只是仿某家，效某代，即使仿的維妙維肖，也不足以貴之。於是「不泥古」之說，同樣也瀰漫於《懷麓堂詩話》當中：

第五則

> 今泥古詩之成聲，平仄短長，字字句句摹仿而不敢失，非惟格調有限，亦無以發人之情性。若往復諷咏，久而自有所得。得於心而發之乎聲，則雖千變萬化，如珠之走盤，自不越乎法度之外矣。

第七則

> 所謂法者，不過一字一句，對偶雕琢之工，而天眞興致，則未可與道。其高者失之捕風捉影，而卑者坐於黏皮帶骨，至於江西詩派極矣。

第十二則

> 詩貴不經人道語。

第三十則

> 律詩起承轉合，不爲無法，但不可泥。泥於法而爲之，則撐柱對待，四方八角，無圓活生動之意。

每一則都可以看出，李東陽反對詩歌的字句摹擬，認爲拘泥於聲韻、字句、平仄……等，刻意模仿，不僅僅喪失的詩歌的格調，更無法抒發自己的情性，流於江西詩派的硬式雕琢之感，也遺失了詩歌本身的圓滑動人之處。所以提倡「詩貴不經人道語」，以自我創意作爲詩歌的存在特徵，讓詩歌顯出自我，不需特意的尋求仿造。當然，李東陽也並非完全不求格律，而是在一定的格律範圍之內，尋求自然的流動，所謂「師古人之心」即在此意。

故總體來說，李東陽以盛唐爲準繩，卻能夠兼納眾長，優劣並

〔註97〕〔明〕李東陽：《李東陽集（二）》，〈滄洲詩集序〉，頁484。

齊，擇善學之，並且講究自我的創意，以「古人之心」爲學習的重點，而反對刻意仿擬，具備詩歌抒發的自我特色。

（四）詩主情；辭主淡，皆不離真情

成化以降，臺閣體於當時詩壇形成模擬的習氣，導致詩歌難出新意。沈德潛在《明詩別裁集》中提到：「永樂以還，尙臺閣體，諸大老倡之，眾人靡然和之，相習成風，而眞詩漸亡矣。」〔註98〕，而在《襄毅文集提要》中也提到：「明自正統以後，正德以前，金華、青田流風漸遠，而茶陵、震澤猶未奮興。數十年間，惟相沿臺閣之體，漸就庸膚。」〔註99〕。由此可知，相互仿效是當時詩歌中最大的特色，當然也成爲最大的弊病。王國維《人間詞話》中曾對模擬的問題提出此看法：「蓋文體通行既久，染指遂多，自成習套。豪傑之士，亦難於其中自出新意。」〔註100〕。李東陽在其著論中也相對的不滿邯鄲學步的作法，他在〈王城山人詩集序〉中提到：「今之爲詩者，亦或牽綴刻削，反有失其志之正。」〔註101〕，他表示詩歌必須含有自我眞實的情緒，而非一昧的模擬窠臼前人的一切，提出於詩歌上以「比興」作爲詩人的注重法則，而所謂比興，可稱之「寄託」之意：

> 詩有三義，賦止居一，而比興居其二。所謂比興者，皆託物寓情而爲之者也。蓋正言直述，則易於窮盡，而難於感發。爲有所寓託，形容摹寫，反復諷詠，以俟人之自得，言有盡而意無窮，則神爽飛動，手舞足蹈而不自覺。此詩之所以貴情思而輕事實也。〔註102〕

這一則文字，不僅可以表達詩與文之間的差異性，更可以用來說明詩

〔註98〕〔清〕沈德潛等編：《明詩別裁集》（上海：上海古籍出版社，2008年4月第4刷），頁59。

〔註99〕卷一七〇，集部二三，別集類二三，頁1487。

〔註100〕〔清〕王國維著・藤咸惠注：《人間詞話新注》（山東：齊魯書社，1981年11月），頁104。

〔註101〕〔明〕李東陽：《李東陽集（二）》，〈王城山人詩集序〉，頁396。

〔註102〕〔明〕李東陽：《李東陽集（三）》，〈懷麓堂詩話〉，頁1506。

歌以「情思」爲目的的說法。李東陽直接指出「比興」即是「託物寓情」，透過外物來寄託自己的感受與情思。換言之，詩歌所以存在的目的在於抒發情感，因而最終「貴情思而輕事實」。此點與臺閣乃是最大不同之處，臺閣重鋪陳，而李東陽則倡比興寄託，透過寄託的方式，將客觀的事件含蓄表達，並且要求創作化實爲虛，眞實的景物化成自我的情思，進一步的將有限的語言化成無盡的形象美感。總的來說，情思變成詩歌主要存在的必須體。同時，李東陽雖贊同情思，卻也表明必須是「眞情實意」才可，在《懷麓堂詩話》中就曾經提到：

> 詩有別材，非關書也。詩有別趣，非關理也。然非讀書之多、明理之至者，則不能作。論詩者無以易此矣。彼小夫賤隸，婦人女子，眞情實意，暗合而偶中，故不待於教。而所謂騷人墨客、學士大夫者，疲神思，弊精力，窮壯至老而不能得其妙，正坐是哉。〔註 103〕

雖然，李東陽承襲了嚴羽提出的「別材」、「別趣」以及「多讀書」、「多窮理」之說，但是卻加入了「小夫賤隸、婦人女子」和「騷人、墨客、學士、大夫」爲例，以正反兩面的舉例，強調「別材」、「別趣」相對較爲重要。甚至認爲只要「眞情實意」，不一定需要「多讀書」、「多窮理」一樣可以「暗合而偶中」。將眞情之說，哄抬於讀書窮理之上，這也是與嚴羽論述不同之處。在其他的論述中，也不難發現此論點，〈赤城詩集序〉中提到「詩之爲物也，大則關氣運，小則因土俗，而實本乎人之心。」〔註 104〕，同一篇又提到：「其間賢人義士，往往奮發振迅爲感物言志之音者，蓋隨所得而成焉，然亦鮮矣。」〔註 105〕，都是將詩熨貼於本心中。換言之，詩的產生是因物而動心，動心而能生情，情生才能言之成詩。一言以蔽之，就是「有感而發」，而非無病呻吟。由此而觀，李東陽讚揚率眞自然，敢於流露自己眞實情性的文章。

〔註 103〕〔明〕李東陽：《李東陽集（三）》，〈懷麓堂詩話〉，頁 1510。
〔註 104〕〔明〕李東陽：《李東陽集（二）》，〈赤城詩集序〉，頁 430。
〔註 105〕〔明〕李東陽：《李東陽集（二）》，〈赤城詩集序〉，頁 430。

李東陽的「有感而發」之說，也連帶著影響他對於詩歌意境與用字的要求，在《懷麓堂詩話》中就明確的說道：「作詩不可以意徇辭，而須以辭達意。辭能達意，可歌可咏，則可以傳。」〔註 106〕，當詩的內容與形式上相互矛盾對峙時，他主張以意為主，強調合乎音律，可歌可咏得詩，必須「辭能達意」。在《懷麓堂詩話》中李東陽又對「意」提出了看法：「詩貴意，意貴遠不貴近，貴淡不貴遠。濃而近者易識，淡而遠者難知。」〔註 107〕，李東陽乃就詩的意味與境界來做闡釋，主張意貴遠不貴近，貴淡不貴濃，在第九則當中，就對此觀念作進一步的說明：「王詩豐縟而不華靡；孟卻專心古淡，而悠遠深厚，自無寒儉枯瘠之病。」〔註 108〕，「遠」主要是指意境幽遠，言有盡而意無窮的感受；「近」則是指眼前景、身邊事、真切自然，無不作假；「淡」乃說明淡泊事物，信手拈來，脫口而出，看似不經意；濃則代表意象斑爛，含蘊豐縟。以及其第四十二則，也表現出愛好古樸詩風的偏好：「陶詩質厚近古，愈讀而愈見其妙。」〔註 109〕，都可以見得他對於詩歌風格上多以古、淡、遠為主，強調言有盡而意無窮的特徵。

總的來說，李東陽認為：「詩之作也，七情具焉。」〔註 110〕由此可知，人因為有了喜怒哀樂的情緒感受，於是才有創作的動力，在其〈南行稿序〉中也提到：「耳目所接，興況所寄，左觸右激，發乎言而成聲，雖欲止之，亦有不可得而止矣。」〔註 111〕藉由外在客觀的外物觸激，於是產生了不可遏止的主觀情緒以及感受，繼而「發乎言而成聲」，產生詩作。然而，這裡的由觸激而發的情緒，並非任情性而妄作，在李東陽的觀念中，即便是因情而發聲，也止於情性之正，有所規範。如《懷麓堂詩話》中及特別強調：

〔註 106〕〔明〕李東陽：《李東陽集（三）》，〈懷麓堂詩話〉，頁 1504。
〔註 107〕〔明〕李東陽：《李東陽集（三）》，〈懷麓堂詩話〉，頁 1501。
〔註 108〕〔明〕李東陽：《李東陽集（三）》，〈懷麓堂詩話〉，頁 1501。
〔註 109〕〔明〕李東陽：《李東陽集（三）》，〈懷麓堂詩話〉，頁 1511。
〔註 110〕〔明〕李東陽：《李東陽集（三）》，〈懷麓堂詩話〉，頁 1515。
〔註 111〕〔明〕李東陽：《李東陽集（三）》，〈南行稿序〉，頁 1341。

長歌之哀，過於痛哭，歌發於樂者也，而反過於哭。是詩之作也，七情具焉，豈獨樂之發哉！惟哀之甚於哭，則失其正矣。善其用情者，無他，亦不失其正而已矣！〔註112〕

由此可知，詩言情的效果雖然是痛哭，但是卻只能點到為止，不能縱情，因此他仍然沿襲著儒家傳統，「發乎情，止乎禮」的觀念，如〈王城山人詩集序〉中就提到：「敘事引物，感時傷古，懷思笑樂，往復開闔，未嘗不出其正。」〔註113〕。故，在李東陽的「詩主情」當中，雖然有大部份的回歸詩言情的本色，跳脫了臺閣末流對於詩歌蔑視言情的情況，但是仍然保有於適度的言情，符合中庸中和之境，並未有放縱的意味於其中。然而卻在後代造成了極大的影響，如後來公安的「獨抒性靈」以及袁枚的「性靈說」都多少包容於李東陽的言情說而來。

第二節　研究範疇與方法

李東陽，字賓之，號西涯，諡文正。生於明英宗正統十二年（1447）六月初九日，卒於明武宗正德十一年（1516）七月二十日，祖籍茶陵。《明史．李夢陽》傳中曾提到：「弘治時，宰相李東陽主文柄，天下翕然宗之。」〔註114〕，而在《明史．李東陽》傳中也有提：「明興以來，宰臣以文章領袖縉紳者，楊士奇後，東陽而已。」〔註115〕，可以得知在當代，李東陽的影響之大。

本文將以李東陽的詩論作為主要探討文本，以周寅賓校點《李東陽集》〔註116〕中的《懷麓堂詩話》作為基準，並輔以李立慶校釋《懷麓堂詩話校釋》〔註117〕，期待更全面性的將李東陽詩歌中理論與實

〔註112〕〔明〕李東陽：《李東陽集（三）》，〈懷麓堂詩話〉，頁1515。
〔註113〕〔明〕李東陽：《李東陽集（二）》，〈王城山人詩集序〉，頁396。
〔註114〕〔清〕張廷玉等撰：《明史》卷二百八十六〈文苑二〉，頁7348。
〔註115〕〔清〕張廷玉等撰：《明史》卷一百八十一〈列傳六十九〉，頁4824。
〔註116〕〔明〕李東陽：《李東陽集》。
〔註117〕〔明〕李東陽．李立慶校釋《懷麓堂詩話校釋》。

際作連結。當然，在引證的論述上，也會多方參考《李東陽集》中的其他著述。李東陽一生著作宏富。《明史・李東陽傳》中提到：「朝廷大著作多出其手。」〔註118〕，如：弘治初年校正《憲宗實錄》，弘治年中主編《大明會典》，弘治末年正德初年主編《歷代通鑒纂要》，正德初年主編《孝宗實錄》……。〔註119〕而《李東陽集》中主要收錄了其致仕之前的文學著作，其中詩文集九十卷，專集七種，以及最重要詩話專書《懷麓堂詩話》。本文將以《李東陽》集中所有的著作爲主體，作一個通盤性的整理與爬梳，企圖對李東陽的詩歌理論作不過度詮釋且較爲精準的分析。

另以《明史》〔註120〕、《李東陽集・序言》〔註121〕、與《李東陽年譜》〔註122〕作爲李東陽的生平以及背景考察，以其針對個人以及當時環境相互連結，將李東陽與當時臺閣體與前七子之間的過渡作較爲全面的分析。根據第二章的李東陽與茶陵派關係而言，主要將人物鎖定在《列朝詩集小傳》提出的數位上：邵寶、石瑤、羅玘、顧清、魯鐸、何孟春此六人排列在一起，號稱「蘇門六君子」，以及十一名「名碩」：喬宇、儲巏、錢福、吳儼、靳貴、汪俊、林俊、陸深、張邦奇、孫承恩、楊愼。〔註123〕根據李曰剛《中國詩歌流變史》〔註124〕以及倪岳《青谿漫稿》〈翰林同年會圖記〉中提到：李東陽、倪岳、焦芳、羅璟、謝鐸、陳音、傅瀚、吳衍、張泰、劉淳、彭教、

〔註118〕〔清〕張廷玉等撰：《明史》卷一百八十一〈列傳六十九〉，頁4824。

〔註119〕〔明〕李東陽：《李東陽集（一）》，〈前言〉，頁2。

〔註120〕〔清〕張廷玉等撰：《明史》。

〔註121〕〔明〕李東陽・周寅賓點校：《李東陽集》〈序言〉，（長沙：嶽麓書社出版，1983年），頁1。

〔註122〕錢振民著・章培恒主編：《李東陽年譜》（南京：復旦大學出版社，1995年12月）。

〔註123〕〔清〕錢謙益：《列朝詩集小傳》，（上海：上海古籍出版社，2008年4月第1刷），丙集，頁245。

〔註124〕李曰剛：《中國詩歌流變史》（臺北：文津出版社，1987年2月），頁4。

陸釴等十二人，在翰林院時期有定期聚會〔註 125〕。謝鐸的《桃溪淨稿》〈元宵讌集詩序〉也提到：「鐸與諸公（明仲【羅璟】、汝賢【吳衍】、師召【陳音】、賓之【李東陽】、鼎儀【陸釴】），東西南北人也，幸出而同時，而同登甲第，而同爲禁近之臣，抑交分兄弟也。故一會率有記，亦庸以考他日所以不相背負者。」〔註 126〕可以得知李東陽與茶陵派的人物關係並不只有《列朝詩集小傳》中幾位。但筆者以此書作爲較大概性的區分，主要還是以李東陽個人的詩歌理論爲主，參酌其與之較爲親近的友執與同門來佐證。

本文將從五個範疇來進行分析：

（一）詩家的詩文集：透過文人的序跋、題記、書信、墓誌、傳記、論說等文章裡，找出論詩的文字，作爲詩話的來源，並分析處理之，讓明人自己發聲，以期更加貼近其詩學原貌。

（二）明史、實錄與方志：透過傳記、實錄、方志或者明史，幫助筆者了解文人知人論世與論文中共時性的研究，以及社會文化上的資料作爲茶陵背景。

（三）筆記與雜史類：補充正史或者實錄以及方志中所無記載的地方風俗與文化風情，以及詩人間的交遊唱和、批評與觀察。

（四）總集、別集類：透過總集、別集的運用，看出編者的立場與選文所反映出來的時代氛圍。

（五）經學與哲學類書籍：詩學理論除了提出文化與社會的背景外，也必須呈現文人的內在思維，許多詩歌理論，都有各自的哲學基礎，如果能夠加以釐清哲學根源，有助於理論的詮釋。

然而，除了歷時性的觀察外，仍然需要共時性的方式，才能更全面的表現出李東陽的詩文理論。陳良運先生所提出的研究思維：

〔註 125〕〔明〕倪岳：《青谿漫稿》卷十六，〈翰林同年會圖記〉，爲《四庫全書影印文淵閣本》，頁 22。

〔註 126〕〔明〕謝鐸：《桃溪淨稿》卷一，〈元宵讌集詩序〉，爲《四庫全書影印文淵閣本》，頁 2。

> 考察歷代的「共時效應」，可歸納爲兩種類型。一種是爲統治者意志所制約，即是某種文學理論爲統治者所提倡，以它所影響和指導文學創作符合社會政治的需要，此爲「他選擇」型的「共時效應」。另一種是按照文學創作自身規律的發展，作家在自己創作中能夠發揮自由意志和創造精神，對傳統的東西有繼承、有創新；理論家對於前人所留下的大量材料，結合當代作家自由創作的實踐經驗，實行最優化選擇，推導出本時代最新的理論成果。理論推動了創作，新的創作經驗昇華又豐富了理論，此可稱爲「共時效應」的「自選擇」。當然「他選擇」與「自選擇」有時會表現一致，有時又會截然不同。總的來說，中國古代詩論經常是「自選擇」佔優勢。〔註 127〕

「他選擇」、「自選擇」間的研究思維，正好可以用來解釋李東陽與茶陵派的興起與衰落。從李東陽脫胎於臺閣體與前七子改革而言，確實與當時的時代背景與上位者的提倡有關，但也有自身意志的不願意跟隨或者發揮自己的自由意志，以此表現才學。故，唯有完整分析這些詩家之間的詩學理論，才能明白文學理論的分裂與融合之處，所呈現出來的詩學原貌爲何？

第三節　論文架構

本文結構在第一章緒論，先說明研究的動機與目的，以及李東陽文壇上的地位以及文學見解作一粗略性的分析。接續著第二節爲研究範疇與方法，第三節則說明本文結構。筆者將說明本文分析方法，如何運用詩學分類的方法歸納、分析明代文獻，如詩歌根源論、詩歌本質功能論、詩歌創作方法論、詩歌批評與詩史觀等。第四節則說明前人的研究成果，這部份對於本文的撰寫相當重要，藉由爬梳前輩學者於此領域已具備的研究概況，一方面可以更加理解前人

〔註 127〕陳良運：《中國詩學體系論》（北京：中國社會科學出版社，2003 年 4 月第 1 版第 3 刷），頁 27～28。

的研究觀點和方法，另一方面也可明白筆者欲透過本文的撰寫，進一步突破及補充其不足之處。此節所陳述的領域多爲與李東陽背景相關之資料，包含通論文學史及批評史、李東陽個人評述、明代茶陵以及相關背景評述此三點加以說明，以期能承繼前輩學者的重要論述，更深入地開拓李東陽的詩學研究。最後，略述本文預期的結果與實際研究上所會遭遇到的困境與限制。

第二章爲「明中葉環境與李東陽生平」，主要針對李東陽的個人生平以及當時政治社會環境與其作連結，透過此作法，來了解李東陽對於當時代詩歌風格的不滿與轉變，也連帶講述與當時文人之間的交流，以及茶陵派的概況。

第三章到第六章爲本文主要的論述，結構爲第三章「李東陽詩歌根源論」，第四章「李東陽詩歌本質功能論」，第五章「李東陽詩歌創作方法論」，第六章「李東陽詩歌批評與詩史觀」。就「詩歌根源論」來談，本文主要是想透過李東陽詩論中的詩歌本源作探討，通過根源的價值判斷，可以指向詩人內心認爲的詩歌基礎與走向。換言之，經典的確立過程中，可以發現詩人與詩論中要求的詩歌概念與價值根源爲何？儘管李東陽爲一茶陵派宗主，但是也可能因爲環境或者想法，出現根源中不同的細節問題，更可以藉此發現李東陽所提出詩論包容性十分強大。「詩歌本質功能論」則是討論詩樂同源、格調、中和的多種差異性。本質功能可以即體即用，故可以放在同一個區塊一起討論。再來講到「詩歌創作方法」，是相關於詩人的詩歌如何書寫的思考問題，然而書寫的方法都緣自於他們認爲詩歌的本質與根源，所採取的書寫策略，透過功夫與思維，將思想與書寫作一個調和性的連結。最後是「詩歌的批評與史觀」，詩歌的批評與思考，正可以對照他們的史觀，作一個系統性的連結，找出李東陽所秉持的詩歌是以誰爲尊？然而這也可以回溯到根源來談。

第七章則是結論，則是呈現本文研究之具體成果，作一總結歸納，藉此突顯李東陽詩論的價值建構，後續對於明代中後期詩學之影響等，並且說明李東陽詩學對於整個明代詩學而言，具備著什麼樣守成與開拓的實質意義。

第四節　李東陽詩論研究概況

每一個議題，所承載的研究，都無法與傳統脫鉤，反而必須將理論的基礎建築在傳統的角度上，進行深入性的研究。本節將以過去所研究的成果爲基礎，作一個概括性的回顧，並期待在其中找到深入性探討的入手處。以下筆者分成四個面向，由大方向致小面向，來進行分析：一、文學史與批評史之研究成果；二、以明代復古思潮爲中心之研究；三、以茶陵派爲中心之研究；四、以李東陽爲中心之研究。

一、文學史與批評史之研究成果

諸家文學史中，對於李東陽以及茶陵派的看法與地位多淡漠帶過，或者將李東陽一人立於臺閣體之後的一個過渡，並不會特意的說明其貢獻，而直接往後帶到前七子李夢陽。雖有部分研究者願意以肯定的態度來看待，但是仍然只把目標鎖定在宗主一人身上，或者僅是針對其「格調」提出看法，並未有太多篇幅於其整個詩學架構以及與時代的連接上。我們略微檢視幾本文學史著作，都發現對於明代詩文有著負面評價。例如：胡懷琛《中國文學史綱要》：「明代的文學沒有甚麼特別的創作，凡是他所有的前面都已有過了，不過是繼續著下去而略有變化。」〔註 128〕，再來，江增慶所編著的《中國文學史》：「明代詩人雖多，然少名作。……然自高啓以下諸家，其詩止於擬古，未能有獨創的風格與精神。」〔註 129〕，以及胡雲翼也提出：「明代詩文陷溺在復古潮中而不能自振，將八股文與模擬抄

〔註 128〕胡懷琛：《中國文學史綱》第九章，〈明代文學〉（臺北市：臺灣商務印書館，1958 年版），頁 141。

〔註 129〕江增慶：《中國文學史》第十二章，〈明代詩文〉（臺北市：五南圖書，2001 年版），頁 307。

襲聯繫，是一般學者很自然的看法。」〔註 130〕以上都以「擬古」或者無創意的說法來面對明代詩文。

葉慶炳先生在《中國文學史》中直接以前後七子爲明代文學理論的開端，對於李東陽以及茶陵派隻字未提。〔註 131〕而劉大杰的《中國文學發展史》中則言：「從永樂到成化的幾十年中，明代政治比較安定，文學上所出現的，是由宰輔權臣所領導的臺閣體。那一種作品，缺乏現實內容和氣度，大都是一些歌功頌德，雍容典麗的應酬詩文。……人人都說他以深厚雄渾之體，洗滌嘽緩冗沓之習。較三楊更勝一籌，但其詩文表面典雅工麗，內容一般貧乏，並多應酬題贈之作，按其實際，也與臺閣體相近。」〔註 132〕當中雖有提到李東陽一派，卻也只是以「與臺閣體相近」作爲一個總結，把其價値放在臺閣體之下做歸類。相對於這兩本文學史的粗略，馬積高、黃均主編的《古代文學史 4 明清》則有更多公正性的評論：「他也是臺閣大臣，理論與創作都未能擺脫臺閣體氣息，但對於臺閣體的弊端又有所匡正。他強調宗法杜甫，重視詩法和聲調，又成爲前後七子擬古派的先導。」〔註 133〕綜觀以上文學史區塊，可以得知學者並未特別重視李東陽個人以及茶陵一塊，甚至於明初詩文的省略，或者僅數筆帶過。

批評史方面，則有較深入性的討論與描述。郭紹虞的《中國文學批評史》中將茶陵派列爲七子之先聲，並且指出：「其派以東陽爲領袖，東陽所長在論詩，至東陽弟子如邵寶諸人始有宗主先秦古文之說。」〔註 134〕文中提出了李東陽最爲人所熟知的詩文分體，

〔註 130〕胡雲翼：《中國文學史》第八篇第二十二章，〈明代的文學運動〉（臺北市：莊嚴出版社，1982 年版），頁 163。

〔註 131〕葉慶炳：《中國文學史》（臺北市：學生書局，1987 年版）。

〔註 132〕劉大杰：《中國文學發展史（下）》，（臺北：華正書局，2006 年 8 月版），頁 998。

〔註 133〕馬積高、黃均主編：《中國古代文學史 4 明清》，（臺北：萬卷樓，1998 年 7 月初版），頁 24。

〔註 134〕郭紹虞：《中國文學批評史》，（臺北：文史哲出版，1990 年 7 月版），

以及以聲律為主要詩本質的論點，將其詩理論作一粗略概述，然最可貴的是獨立出一目專說明茶陵派成員中邵寶、何孟春、崔銑的詩文理論，算是對於茶陵派的重視。〔註 135〕另外，張健《明清文學批評》中更直接將李東陽特別獨立出來，作為一個章節，且列出五個方面的詩理論來介紹之：原理論、方法論、風格論、鑑賞論、實際批評論，表現出其對李東陽個人之詩論的重視與價值。但唯一較為可惜的是他並未將李東陽的五大詩歌理論作溯源，以及脈絡的分析，以及影響之處，是其缺乏之處。〔註 136〕朱易安先生《中國詩學史・明代卷》則以正統、成化時期的詩學，作為李東陽的格調說之期，文中以「李東陽與格調說」來作為小節之題，可知他是由詩學的角度來說明李東陽之格調與理論，注重其「聲」與「情」之間的關連與傳承。〔註 137〕然再透過王運熙、顧易生先生主編的《中國文學批評通史・伍・明代卷》來看，文中提到「李東陽的文學觀念頗為複雜，既有復古的色彩，又有反復古的傾向；對於臺閣體既有有承襲，又有所批評。他是成化、弘治間文學風尚轉變時期的代表人物。」〔註 138〕則作出了關於茶陵派價值的定位。但可惜的是其雖指出承先啓後的關鍵功用，但並沒有針對李東陽詩歌的個人風格以及理念作系統性的整理，顯得較為雜亂。若要以成員與宗主之間兼顧者，則要看到李曰剛的《中國詩歌流變史》，他是筆者爬梳一系列文學與批評史後唯一發現並且極為重要之文獻，他將茶陵派以三個部份來做人員區分與定位，如下表所示〔註 139〕：

頁 601。

〔註 135〕郭紹虞：《中國文學批評史》，，頁 601～611。

〔註 136〕張健：《明清文學批評》，（臺北：國家出版社，1983 年 1 月版），頁 17～28。

〔註 137〕朱易安：《中國詩學史・明代卷》，（廈門：鷺江出版社，2002 年 9 月第 1 版），頁 61～71。

〔註 138〕王運熙、顧易生主編：《中國文學批評通史・伍・明代卷》，頁 91。

〔註 139〕整理自李曰剛：《中國詩歌流變史》（臺北：文津出版社，1987 年 2 月），頁 4。

表 1-2

大老	李東陽
友執	楊一清、吳寬、程敏政、馬中錫、張弼、謝鐸、王鏊、劉大夏、張泰、陸釴、陸容、邵珪、王鴻儒。
門人	石珤、邵寶、顧清、羅玘、魯鐸、何孟春、儲巏、吳儼、林俊、喬宇、錢福、張邦奇、陸深。

他不僅羅列出上述的人員與宗主，更對每一位成員作一概略性的介紹，以及詩論的闡述，有助於筆者在進行詩論分析時的建構與概念。但是他著重於門派式的作法，反而少了李東陽之所以成爲宗主的關鍵性地位說明，理論以及詩歌之間並沒有多做聯繫，例證的強烈性就缺乏了。

二、以明代復古思潮爲中心之研究

要探討李東陽以及其所帶領茶陵派的背景，就必須將時代往前推移，作明初與中期的全面觀看，才可以更宏觀多元的了解。故本節首要評述的部份，著重對這段時期有其宏觀角度的觀照，並且較爲深入梳理這時期的詩文變化者。

（一）廖可斌先生《復古派與明代文學思潮》：此書可謂詳細且有系統的論述明代的文學思潮，從歷時的架構一步一步分析各種文學流派及思潮的興衰，對於筆者明代文學發展的脈絡建構有極大的助益。關於茶陵派雖然篇幅不長，但是以三個小節：茶陵派形成、茶陵派的詩歌理論、茶陵派與復古派，作爲其概述，卻給筆者粗略的茶陵背景。雖然其針對茶陵上限的說法不爲筆者認同，但是卻剛好給筆者一個再思考與檢視的問題意識。〔註 140〕

（二）劉化兵《明代成化至正德前期士人與詩派研究》：此論文針對成化至正德所出現的四個文學流派作系列的介紹與交叉分析：

〔註 140〕廖可斌：《復古派與明代文學思潮》（臺北：文津出版社，1994 年 2 月初版）。

茶陵派、七子派、陳莊派、吳中派。其中茶陵的研究最爲特殊，並非以李東陽爲主論，反而揀選茶陵派的骨幹：張泰、吳寬、邵寶作爲其敘述的重點，有別於以往茶陵派的研究。但其詩文理論因沒有參自李東陽的詩文理論，故顯得不足，是一缺憾。〔註 141〕

（三）連文萍《明代詩話考述》：此篇博士論文著作，詳細且有系統的考察了整個明代的詩話著作，從版本的考據，到後來彙輯的詩話源於哪些原本的詩話，都會其深入的分析，對於本文在整理茶陵派的詩話著作，有極大的助益。〔註 142〕

（四）簡錦松《明代文學批評研究—成化；嘉靖中期篇》：此書主要以臺閣體的角度切入探討成化、嘉靖年間的文學批評。他主張茶陵派乃直接爲臺閣體，並且在書中對於臺閣體、蘇州文苑、復古派也都有即深入了解。並且在臺閣體方面，也羅列了資料並且描述文官制度與臺閣文風的形成與衰落，給予筆者在背景上的補強與調整有極大助益。〔註 143〕

三、以茶陵派爲中心之研究

目前學界對於茶陵一派的詩文專論並未有許多，筆者蒐羅了大陸與臺灣二地的論文，並列出其中較爲重要的三本：

（一）連文萍《茶陵派詩論研究》：此本論文是筆者目前看到關於茶陵派中，最針對詩理論作分析與統整的。此文以綜論、原理、方法、創作、風格、鑑賞、批評、影響八個區塊來分析茶陵派的詩理論，並且對於其成員有作一系列的羅列與分析，指出其與李東陽的交遊與證明，來應證其是否眞屬茶陵成員，對筆者在進行本論文的論述，有

〔註 141〕劉化兵：《明代成化至正德前期士人與詩派研究》（山東大學中文研究所博士論文，2005 年 4 月）。

〔註 142〕連文萍：《明代詩話考述》（東吳大學中國文學所博士論文，1998 年 6 月）。

〔註 143〕簡錦松：《明代文學批評研究—成化；嘉靖中期篇》（臺北市：學生書局，1989 年）。

極大的助益。但因其年代以較為久遠，且部分的論述也過於精簡，較難細緻的表現出茶陵派詩理論的獨特之處。〔註 144〕

（二）司馬周《茶陵派研究》：此論文最大貢獻在於羅列出很大篇幅的人員研究，透過司馬周先生的分析，共得出一百三十七名茶陵派成員。對於筆者在初步確認茶陵派人員時，有了助益之效。但是因為部分的引文與證據都顯得太過薄弱，反而造成的成員的誤差性，是一缺憾。〔註 145〕

（三）周寅賓《李東陽與茶陵派》：此文有極大篇幅在描述李東陽的生平與政治生涯，但其中第四章〈李東陽領導的茶陵派〉對於筆者卻有極大的助益。他將茶陵派分期成早、中、晚三期，再加上餘韻，完整且全面的把茶陵派的形成始末作一交代，給筆者於背景處理上有極大的功用。且他在每一個分期都羅列出代表性的成員，作為肉身；分期為骨幹，完成了茶陵派整體面貌的完整性。〔註 146〕

四、以李東陽為中心之研究

關於李東陽個人的詩歌研究單篇論文量著實不少，如薛泉：〈李東陽復古思想探悉〉〔註 147〕、鄭禮炬、程芳妹：〈李東陽詩歌創作的轉變取向〉〔註 148〕、鄧新躍：〈論李東陽以聲辨體的詩學思想〉〔註 149〕、周寅賓：〈李東陽詩話對嚴羽詩話的傳承與發揚〉〔註 150〕、

〔註 144〕連文萍：《茶陵派詩論研究》（東吳大學中國文學研究所碩士論文，1988 年）。

〔註 145〕司馬周：《茶陵派研究》（南京師範大學中國文學系研究所博士論文，2003 年 5 月）。

〔註 146〕周寅賓：《李東陽與茶陵派》（長沙：湖南大學出版社，2008 年 1 月）。

〔註 147〕薛泉：〈李東陽復古思想探悉〉《武漢大學學報》第五十九卷第三期，2006 年 5 月，頁 310～315。

〔註 148〕鄭禮炬、程芳妹：〈李東陽詩歌創作的轉變取向〉《貴州師範大學學報》2008 年第八期，頁 80～83。

〔註 149〕鄧新躍：〈論李東陽以聲辨體的詩學思想〉《中南大學學報》第十二卷第四期，2006 年 8 月，頁 492～495。

〔註 150〕周寅賓：〈李東陽詩話對嚴羽詩話的傳承與發揚〉《衡陽師範學院學

鄭毓瑜：〈李東陽的詩論〉〔註151〕……等，都是針對李東陽個人發表的單篇小論。以碩博論全系統的研究李東陽詩歌理論而觀，臺灣方面僅發現一篇吳青蓮：《李東陽詩歌研究》〔註152〕，並且尚未對外公開發表。大陸方面則僅三篇，熊小月：《李東陽詩歌研究》〔註153〕、馬亞芳：《李東陽文學理論研究》〔註154〕、周馳靖：《李東陽詩歌及其詩學理論研究》〔註155〕。

一般學者論述之際，都以作品的賞析爲主要的說明，或者區分李東陽創作的總類，如有理論上的分析，也多著重在辨體與格調二個部分上，少有全面性的分解李東陽的詩歌理論，以及承先啓後溯源與影響。以下羅列幾本陳述之：

（一）鄭毓瑜〈李東陽的詩論〉：李東陽文學理論中最主要即是詩論，觀於其詩論，此文以兩個部分作爲敘述的架構，一爲原理論；一爲創作論。原理論中提到詩文分體、詩的本質與功用、時代與地域的因素三者，來貫串其「詩樂合一」的重要概念，並提出情（志）──→聲（詩）──→樂（律）──→舞，強調格律語音韻的結合才是眞正的詩。

（二）熊小月《李東陽詩歌研究》：此本論文針對李東陽的生平交友以及作品與理論都作了通盤概括性的說明，並且立了一節專門說明李東陽的影響。但是在論述上，因爲所包含的研究太過廣泛，所以只能概括將理論分成四個大點，無法細說，也缺少了溯源與創

報》第二十六卷第一期，2005年2月，頁49～52。

〔註151〕鄭毓瑜：〈李東陽的詩論〉，收錄於《中外文學》，第3期，第20卷，頁152～163。

〔註152〕吳青蓮：《李東陽詩歌研究》（文化大學中國文學研究所碩士論文，2011年）。

〔註153〕熊小月：《李東陽詩歌研究》（西北師範大學中國文學研究所碩士論文，2010年）。

〔註154〕馬亞芳：《李東陽文學理論研究》（廈門大學中國文學研究所碩士論文，2009年）。

〔註155〕周馳靖：《李東陽詩歌及其詩學理論研究》（湖南科技大學中國文學研究所碩士論文，2007年）。

作所提倡的手法。

（三）馬亞芳《李東陽文學理論研究》：本文主要以李東陽的文學理論爲主，其他背景與分析回顧都被省略。以復古、言情、格調、詩文有別，四個方向大力的剖析。此文的觀點主要採取對古代詩歌的繼承，以嚴羽《滄浪詩話》作爲圭臬，並比較出承於何？轉於何？是其較有貢獻之處。對於本文在撰寫詩歌理論的格調與詩史觀上，具有莫大的助益。

（四）周馳靖《李東陽詩歌及其詩學理論研究》：此文包含的面向十分廣泛，既有詩歌創作的內容亦有擬古詩的分類，不過缺憾在於其文學理論的篇幅比例太過少，僅用一章說明，列出四個李東陽詩歌理論中最大特色，但並沒有過多的映證，顯得薄弱。

第五節　研究成果與限制

本篇論文所預期之結果：

（一）本文研究之價值在於，透過李東陽的個人詩學理論，可以更一步補充相關傳統文學史對於茶陵派之諸多詩學觀點，包含接續臺閣體、前後七子之間的「詩學斷層」。

（二）透過本文可以較爲系統全面性的將李東陽個人詩歌理論作通盤的比較與了解，也可以藉此溯源，將文學批評中的斷層嘗試作連結。

（三）以詩歌根源論、詩歌本質功能論、詩歌創作方法論、詩歌批評與詩史觀來談，以期能較全面性的表現出有別於以往研究者的侷限與框架。

本文研究可能之限制：

（一）本文研究專以詩論爲主，然詩學理論的提出與眞正實踐於創作之上，兩者往往有一定程度的落差，或許下一個論題，可以從理論與創作兩大方面來結合探討，必然有其新的研究價值產生。

（二）本文僅針對詩論的部份，作爲研究文獻主要之來源，然而，李東陽的《懷麓堂詩話》僅是以筆記的方式，一條條皆沒有連結或系統性，難免造成跳躍，故本文論述在必要的時候，爲了顧及在論證、詩觀的完整，將會略爲參考詩家文論的部份，此爲本文在撰述過程中之限制。

（三）有關明代研究的典籍浩瀚，其他包含經濟史、政治史、地理學等方面的知識較爲欠缺，亦無法親自前往大陸進行文獻、地域考察，所以在這幾個部份，實爲本文之限制。

第二章　明中葉之環境與李東陽生平

本章除了欲從外政治、社會環境來探討李東陽成爲重要詩學轉折的原因外，更期待透過李東陽本身的生平背景與當時反動的社會風氣中，找到相互連結的個性特徵，使李東陽的詩學發展能夠更緊密的與歷史脈絡聯結，更能明白並且深入其詩學理論的架構與內涵。大致透過三個面向來作分析：一爲政治社會；二爲李東陽生平；三爲與茶陵之間的關係。

第一節　政治與社會環境

「時運交移，質文代變」〔註1〕，文學作品的產生與作者當時所處的環境具備密切相關性。時代的遞變與社會的情勢，影響著文學的興衰與改變。文學的發展與時代的興替有著密不可分的關係，藉由同一時代作品歸納出的共同美感，便成爲後人歸派、區別與辨識時代特質的關鍵。〔註2〕一個時代某種特定文體的產生並風靡全國，決非偶

〔註1〕〔梁〕劉勰《文心雕龍・時序篇》，(臺北：文史哲出版社，1984年3月版)，頁269。

〔註2〕柯慶明先生：「例如，樂府、詠懷、玄言、山水、宮體以及後來的唐、宋詩，早就成爲我們辨識傳統詩歌歷史的時代標記。並且經由這些因所注意的題材之不同而形成的里程碑，我們也進一步能夠將作品與他的歷史背景與時代精神連繫在一起，獲致的往往不只是文藝歷史而更

然，而是有深刻且複雜的時代背景與滋生土壤，反映當時部分人士的審美價值取向。

李東陽生於明英宗正統十二年（1447），卒於明武宗正德十一年（1516），生平歷經英宗、代宗、憲宗、孝宗、武宗共五朝。天順八年（1464）高中進士，弘治八年（1495）入內閣，主要活動於憲宗、孝宗與武宗三朝。臺閣體文學發展至正統後開始式微，不少作家對當時的臺閣文學進行改革與調整，李東陽便是此思潮中脫穎而出者。與「臺閣三楊」相比，其社會背景相對動盪不安。社會環境產生變化，舊有的文學風氣必然調整變化來適應新形勢的發展，使文學得以延續，新的文學風氣於是因應出現。李東陽即是明中葉文壇繼楊士奇後又另一盟主，他的詩學理論因時代的變遷與需要而適時出現，在文風的轉型上成爲承臺閣體啓前七子復古派的重要轉折。

一、政治氣氛與文人處境

與「臺閣體」的代表人物「三楊」相比，李東陽的時代朝政趨於腐敗。史稱「仁宣之治」〔註 3〕，指的是明朝永樂（1403～1424）、洪熙（1425）、宣德（1426～1435）三朝的統治鼎盛時期，當時的政治經濟呈現昇平態勢。《明史・仁宗本記》記載：「用人行政，善不勝書。使天假之年，涵濡休養，德化之盛，豈不與文、景比靈斯哉。」〔註 4〕可以得知當時政治上較爲安逸穩定，相對的國力必定趨於強盛，正所謂「海內晏安，民物康阜」〔註 5〕，社會呈現的面

是整體『歷史』的某種瞭解。」〈試論漢詩、唐詩、宋詩的美感特質〉，收入於《文學與美學》第三集，淡江大學中國文學研究所主編，（臺北：文史哲書局，1991 年），頁 300。

〔註 3〕「明有仁、宣，猶周有成、康，漢有文、景。」引自〔清〕谷應泰〈仁宣政治〉《明史記事本末》卷二十八（臺北：中華書局，1997 年），頁 440。

〔註 4〕〔清〕張廷玉等撰：《明史》卷八，〈仁宗本紀〉，頁 107。

〔註 5〕〔明〕楊榮：《文敏集》卷一四〈杏園雅集圖後序〉，乃根據《四庫全書影印文淵閣本》，不再援引出處。

貌較爲繁榮。因此《明史》贊曰：「明有天下，傳世十六，太祖、成祖而外，可稱者仁宗、宣宗、孝宗而已。」〔註 6〕孝宗在位十八年，「恭儉有制，勤政愛民，兢兢於保泰持盈之道，用使朝序清寧，民物康阜。……其惟孝宗乎！」〔註 7〕安逸的社會環境促使館閣之臣創作臺閣體文學，加上「歷官館閣，四十年不出國門」〔註 8〕，因此李東陽詩歌被人攻訐不脫臺閣氣原因即在此，李夢陽曾在〈淩溪先生墓誌銘〉中言：「執柄文者承弊襲常。方工雕浮靡麗之辭，取媚於時眼……。」〔註 9〕不過，時局走到正德，又加速下滑，且銳不可擋。外在環境的改變，促使李東陽的詩歌開始產生與臺閣體相互區別性，無論詩歌理論或者詩歌的創作都產生的變化，本文僅討論詩歌理論，詩歌創作則不在本文的範疇之內。

明王朝農民起義而建國，根深蒂固的政權奪取與生殺大權一攬，使得長期積壓的自卑感與對貴族、知識分子的痛恨，相互交織，於是產生對知識份子的折辱。明初的統治者推行嚴酷的整飭措施，大興殺戮與文字獄，高壓政策壓抑了士人的思想言論自由，「殺戮革除諸臣，備極慘毒」〔註 10〕嚴法重典下的恐嚇，導致文人仕途腥風血雨，各個不敢直言。明太祖更親自整頓文風，前後七次詔諭文風改革，動用刑罰，廷杖過於文辭繁瑣的大臣，主張文章以實用爲目的，反對駢辭麗句，以政治的力量規範了文學走向。

以仁慈見稱的明仁宗也曾「撲以金瓜，脅折者三，曳出幾死」〔註 11〕。臺閣體的作家們，不敢表述見到的事實，更遑言抒發眞實

〔註 6〕〔清〕張廷玉等《明史》卷十五〈孝宗本紀〉，頁 196。

〔註 7〕〔清〕張廷玉等《明史》卷十五〈孝宗本紀〉，頁 196。

〔註 8〕〔清〕錢謙益：《列朝詩集小傳》，（上海：上海古籍出版社，2008 年 4 月第 1 刷），丙集，頁 245。

〔註 9〕〔明〕李夢陽：《空同集》卷四十七，見《文淵閣四庫全書》集部，別集類（明洪武至崇禎）。

〔註 10〕〔清〕陳田：《明詩紀事》乙籤卷，收入周駿富輯《明代傳記叢刊・學林類 11》，〈蘭陔詩話〉。

〔註 11〕〔清〕張廷玉等撰：《明史》卷一六三，〈李時勉傳〉，頁 4421。

感受，如楊士奇修《太祖實錄》時多不符合實情：「方遜志在翰林寵任時，薦西陽。西陽修實錄，乃謗方扣頭乞餘生。」〔註 12〕與「彭惠安公（韶）《哀江南詞》，敘述建文死義之臣，至方遜志乃云：『後來奸佞儒，巧言自粉飾。扣頭乞餘生，無乃非直筆。』蓋指西楊輩修實錄，書方再三扣頭全生者非事實。」〔註 13〕，譴責更甚者，如「《太祖實錄》初修再修時楊文貞具爲纂修官，則前後三史，皆曾握管，是非何所取裁，眞是厚顏。」〔註 14〕由此可知，在政權力量的干預下，文風自然走向頌美、平正的雍容開國氣象。臺閣作家們一味歌頌統治者，從他們的作品中無法見得當時社會的眞實樣貌，也不敢正視或表現個人的思想熱情，於是臺閣體風格多庸平典雅，閒適平正，內容傾向貧乏的應制題贈、酬應之作。我們來看看幾則四庫館臣對於臺閣體重要作家詩文觀念，可以更清楚明白：

（一）楊士奇：明初三楊並稱，而士奇文章特優，制誥牌版，多出其手。仁宗雅好歐陽修文，士奇文亦平正紆餘，得其髣髴，故鄭瑗《井觀瑣言》稱其文典則無浮泛之病，雜錄敘事，極平穩不費力。〔註 15〕

（二）楊榮：發爲文章，具有富貴福澤之氣，應制諸作，渢渢雅音。其他詩文亦皆雍容平易，肖其爲人，雖無深湛幽渺之思，縱橫馳驟之才，足以震耀一世，而逶迤有度，醇實無疵，臺閣之文所由與山林枯槁者異也。與楊士奇同主一代之文柄，亦有由矣。柄國既久，晚進者遞相摹擬。城中高髻，四方一尺，餘波所衍，漸流爲膚廓冗長，千篇一律。〔註 16〕

〔註 12〕〔明〕鄭曉：《今言》卷二百一十三（北京：中華書局，1984 年），頁 121～122。

〔註 13〕〔明〕鄭曉：《今言》卷六十三（北京：中華書局，1984 年），頁 35～36。

〔註 14〕〔明〕沈德符：《萬曆野獲編》卷一（北京：中華書局，1959 年），頁 6。

〔註 15〕卷一七〇，集部二三，別集類二三，頁 1483。

〔註 16〕卷一七〇，集部二三，別集類二三，頁 1484。

（三）黃淮：其文章舂容安雅，亦與三楊體格略同。此集乃其繫獄時所作，故以《省愆》為名。當患難幽憂之日，而和平溫厚，無所怨尤，可謂不失風人之旨。〔註 17〕

（四）金幼孜：其文章邊幅稍狹，不及士奇諸人之博大，而雍容雅步，頗亦肩隨。〔註 18〕

上述的詩文批評當中，無不脫「平正」、「雅則」、「雍容平易」、「舂容安雅」、「渢渢雅音」、「醇實無疵」、「雍容雅步」……等。實際上，這些都可以以「雅正」二字形容，正是臺閣體在永樂至仁宣盛世時期的基本樣貌。

臺閣壟斷文壇時期，大多數學者雖多持永樂至成化或天順，近八十至一百年間。但是隨著三楊於正統年間的相繼離世，臺閣文學已逐漸式微。衰微的原因最主要為政治、社會環境已發生巨大的轉變，導致臺閣文學內部已不敷現實。正統十四年的「土木堡之變」雖未造成明朝帝國傷筋動骨，但是卻如晴天霹靂，震撼了明王朝，也震撼了文壇，在世人內心深處，留下了陰影。經過了土木堡之變後，明朝轉向中明，穩定平和的「仁宣之治」早已不復見，取而代之的是社會的矛盾與衝突，以歌功頌德為基礎的臺閣文學自然沒有立足的壤土，衰亡乃必然現象。

剛健進取的盛世期，隨著正統時期的「土木堡」創傷而一併遁隱，加上領導臺閣文風的著名領袖「三楊」相繼於正統年間謝世（楊榮卒於正統五年；楊士奇卒於正統九年；楊溥卒於正統十一年），於是引起臺閣體文學的一系列變化。一個文體的盛行，缺少了領導者有力的推動，加上已不符合大眾的社會認同，自然必須走下坡。正統之後，臺閣體失去了他的政治基礎，社會政治的衝突性逐漸尖銳，甚至在正統年間，宦官王振開始玩弄政權，在王振的慫恿下，土木堡之戰全軍覆沒，皇帝被俘虜。景泰一朝皇位更迭，為政治帶來更

〔註 17〕卷一七〇，集部二三，別集類二三，頁 1484。

〔註 18〕卷一七〇，集部二三，別集類二三，頁 1484。

多的風波。加上景泰帝荒於女色，在位七年，大臣們無從報效國家；不久，天順帝復辟。皇位的爭奪於是展開大規模的報復行動，許多景泰年間的重要閣臣都於天順年間被殺或除名，於是天子與臣子間的嫌隙埋下伏筆，也產生了不信任之感。如張伯行〈薛敬軒先生傳〉中云：

> 天順元年，裕陵復位，素聞先生學行，轉禮部侍郎兼翰林學士。一日召入便殿，上方燕服，先生至，俟易服乃入。所言皆正心誠意之要。左右望見曰：「此薛夫子也。」時有矜迎復之功者，先生曰：「凡事取必於智謀不循天理者，非聖賢之學也。」上初接見禮遇甚優，後連日不召。會遣市使往西番徵獅，先生諫，不聽。時曹吉祥、石亨等竊弄威權，先生曰：「禮酒不設，可以行矣！」遂稱疾辭歸。〔註 19〕

累世老臣，謹守本分的理學家，面對更迭的政治，帝位的爭奪，並沒有表態。但是面對賊子發動政變在先，亂政於後，已然絕望，並且難以與之同流合污。不僅加以譴責，更因此有意識的疏遠，甚至辭官。鮮明的遠離行為，正好可以做為地位更迭時，部分朝臣的表現。帝國的發展隨著土木堡之變後而停滯，社會的矛盾也因應而生。天順崩後成化繼位，這中間的隔閡也明朗化。成化帝長期荒廢朝政，迷信術士，導致宦官專政，形成「成化秕政多，一壞汪直，再壞於李孜省，傳奉滿朝，貪諛成風。」〔註 20〕且當朝「當是時，朝多秕政，四方災傷日告」〔註 21〕，此時的政治早已與仁宣之治不可當日而語，和諧平靜的政局早成泡影，自然臺閣文學就不能賴以維生。臺閣體的出現與茁壯，都有賴政權與時局的穩定，一旦政局不再安定，閣臣間相互鬥爭，造成當時的文學走上了另一個層面。

正統以後的社會衝突，引發了人們審美上的變化。尤其「土木

〔註19〕〔清〕張伯行：《正誼堂文集》卷十一〈薛敬軒先生傳〉。
〔註20〕黃景昉：《國史唯疑》卷四（臺北：正中書局，1994 年），頁 214。
〔註21〕〔清〕張廷玉等撰：《明史》卷一百六十八，〈萬安傳〉，頁 4522。

堡之變」後，震撼了大明王朝，讓世人們自心目中的太平盛世覺醒，目睹種種社會現實。自成化即位開始，國勢低落。《明史・宦官志》中載：「英之王振，憲之汪直，武之劉瑾，……太阿倒握，威福下移。……繼而鎮守、出征、督餉、坐營等事，無一不命中官爲之，而明亦遂亡矣。」〔註 22〕由上述可知，李東陽所生存的三個主要朝代，幾乎籠罩在閹宦的威逼之下，無論官吏任免、提督京營、監軍統兵、擔任鎮守，無一不有宦官的介入，此舉引起群臣的不滿，因此紛紛上書陳述：

> 夫宦官無事之時似乎恭愼，一聞國政，即肆奸欺。將用某人也，必先賣之以爲己功。將行某事也，必先泄之以張己勢。迨趨附日衆，威權日盛，而禍作矣。此所以不可預聞國政也。內官在帝左右，大臣不識廉恥，多與交結。饋獻珍奇，依優取媚，即以爲賢，而朝夕譽之。有方正不阿者，即以爲不肖，而朝夕饞謗之，日加浸潤，未免致疑。由是稱譽者獲顯，饞謗者被斥，恩出於內侍，怨歸於朝廷，此所以不可許其交結也。內官弟姪受職任事，倚勢爲非，聚奸養惡，廣營財利，奸弊多端。〔註 23〕

因此，明代經常發生內閣與宦官之間的鬥爭，更加劇了朝廷的動盪不安。成化時期曾經發生二次政治上內閣與宦官之間的鬥爭，一爲成化十三年，大學士因不滿宦官汪直掌管西廠作威作福，殘害忠良，因此上奏明憲宗，要求撤除西廠，罷免汪直。但是卻未得其效，反而使得罪過汪直的大臣紛紛遭受迫害，「由是直威勢傾天下」〔註 24〕；第二次發生於成化十八年，內閣大學士太子太保萬安利用東廠與西廠的矛盾，上奏請明憲宗革除西廠，懲治汪直。雖然此次成功將西廠解除，內閣取得暫時性勝利，但是汪直擅權西廠的禍端早已蔓延成社會的巨大禍害。在位二十三年的明憲宗只召見過一次閣臣，大

〔註 22〕〔清〕張廷玉等撰：《明史》卷七十四，〈宦官志〉，頁 1827。
〔註 23〕〔清〕張廷玉等撰：《明史》卷一百八十，〈王徽傳〉，頁 4768。
〔註 24〕〔清〕張廷玉等撰：《明史》卷三百零四，〈汪直傳〉，頁 4690。

權多旁落宦官手上。加上信佛崇道，寵信奸僧，到處修建佛寺，引起怨聲載道，朝臣爭諫，此時弊端已然暴露無遺。其後昏庸腐朽的武宗繼位，寵信劉瑾等「八虎」，日日縱情逸樂，起居大亂，導致耗費精神，廢書不讀，厭倦朝政，如劉健所奏：

> 奸商譚景清之沮壞鹽政，北征將士之無功授官，武官神英之負罪玩法，御用監書篆之濫收考較，皆以一二人私恩，壞百年定制。……內賊縱橫，外寇猖獗，財匱民窮，怨謗交作。而中外臣僕方且乘機坐奸，排忠直猶仇讐，保奸回如骨肉。日復一日，愈甚於前，禍變之來恐當不遠。……邇者旨從中下，略不與聞。有所擬議，竟從改易。似此之類，不可悉舉。〔註 25〕

宦官亂政直接影響了明王朝的政權穩定性，在森嚴禁錮、風雨飄搖的時局之下，李東陽自然比「三楊」更多了憂患意識「內觀恒惕若，若在深淵涘。」〔註 26〕。諫無可諫，劉健、謝遷、李東陽因武宗不聽不理，於是力求隱退。武宗未允，劉健仍不改其志，再次痛切陳言：

> 近日以來，免朝太多，奏事漸晚，遊戲漸廣，經筵日講直命停止。臣等愚昧，不知陛下宮中復有何事急於此者。夫濫賞妄費非所以崇儉德，彈射釣獵非所以養仁心，鷹犬狐兔田野之物不可育於朝廷，弓矢甲冑戰鬪之象不可施於宮禁。今聖學久曠，正人不親，直言不聞，不情不達，而此數者雜交於前，臣不勝憂懼。〔註 27〕

時局、世態已然如此，仍然言者諄諄，聽者藐藐，導致國情每況愈下。於是最後「李東陽諫，不聽。十二月丁卯，李東陽致仕。」〔註 28〕，此乃李東陽離開內閣之際。忠臣難輔昏君，自古皆然，整個朝廷社會都陷入危機之中，臺閣體所盛行的「太平盛世」早已消失。導致臺閣

〔註 25〕〔清〕張廷玉等撰：《明史》卷一百八十一，〈劉健傳〉，頁 4818。

〔註 26〕〔明〕李東陽：《李東陽集（一）》，〈家君以詩戒夜歸，因用陶韻自止〉，頁 133。

〔註 27〕〔清〕張廷玉等撰：《明史》卷一百八十一，〈劉健傳〉，頁 4815。

〔註 28〕〔清〕張廷玉等撰：《明史》卷十六，〈武宗本紀〉，頁 205。

體雍容雅正的詩文風格，暴露出其貧乏的一面，而遭人厭惡，如章鎰〈上楊先生鏡川公〉文中提到：

> 我朝楊文貞（士奇）爲文，亦負重名。正統年間有《東里集》行世，人皆願見而樂行之。近者其子道刊其全集，人厭其煩，未及展卷，而已先欠身矣！〔註29〕

表現出成化年間，臺閣體已經式微，人們對於臺閣文學失卻興趣，並且在審美上與心境上都產生了極大變化，此時的臺閣文學也已經不敷當時社會所使用。故在《鳧藻集五卷》提要中云「（高）啓詩才富健，工於摹古，爲一代巨擘。而古文則不甚著名，然生於元末，距宋未遠，猶有前輩軌度，非洪、宣以後漸流爲膚廓冗遝號『臺閣體』者所及。」〔註30〕又《倪文僖集三十二卷》提要也說明：「三楊臺閣之體，至弘、正之間而極弊，冗闒膚廓，幾於萬喙一音。」〔註31〕再者《襄毅文集十五卷》中更說明「明自正統以後，正德以前，金華、青田流風漸遠，而茶陵、震澤猶未奮興。數十年間，惟相沿臺閣之體，漸就庸膚。」更有《類博稿十卷附錄二卷》提要中提到：「正統、成化以後，臺閣之體漸成嘽緩之音。」〔註32〕種種評論都針對臺閣體的末流，而避談鼎盛時期的臺閣之文。故可知，三楊時期的臺閣體並沒有遭受到否定，而是在政治時局的矛盾下，不同於雍容的審美眼光才浮出檯面。臺閣作品因時代迴異，造成蒼白無力，造成後學畫虎不成，文學浮靡不振，沈德潛在《明詩別裁集》中提到：「永樂以還，尙臺閣體，諸大老倡之，眾人靡然和之，相習成風，而眞詩漸亡矣。」〔註33〕正是對於臺閣文學後來受人詬病的部分做出的評斷！

然而，李東陽所承接的臺閣體，除了政治時局上的改變外，還

〔註29〕〔清〕黃宗羲編：《明文海》卷二三五〈上楊先生鏡川公〉。
〔註30〕卷一六九，集部二二，別集類二二，頁1471。
〔註31〕卷一七〇，集部二三，別集類二三，頁1487。
〔註32〕卷一七〇，集部二三，別集類二三，頁1487。
〔註33〕〔清〕沈德潛等編：《明詩別裁集》，頁59。

有學術思潮的變化，造就了「永樂以後詩，茶陵起而振之，如老鶴一鳴，喧啾俱廢。」〔註34〕的局面！明初以程朱理學來統一思想，《明史・選舉志》中提到：

> 科目者，沿唐、宋之舊，而稍變其試士之法，專取四子書及易、書、詩、春秋、禮記五經命題試士。蓋太祖與劉基所定。其文畧倣頌經義，然代古人語氣爲之，體用排偶，謂之八股，通謂之制義。〔註35〕

明代初期的考選制度，講究韻律與體制，且內容上與理學的四書五經相同，格式上也嚴謹，透過強化的選舉科舉制度，明代初期士人的精神被成功的滲透與規範！隨著政局穩定，統治者的大開科舉，與嚴刑峻法的高壓統治下，自然形成了粉飾太平的雅正之作。永樂之後，國運氣盛，崇尚歌德的臺閣文學於是風靡文壇，尤以三楊爲代表。《楊榮文集》中云：

> 江河演迤，平鋪漫流，高辭擬爾雅，不事雕琢，氣象雍容，自然光采，此誠公遭遇太平雍熙之運，聲明文物之時，故得抒其所蘊，以鳴國家之盛。〔註36〕

盛世之運，幾乎可以以此爲代表。雍容和緩、歌詠盛世之音，可歸結至儒家的傳統文學「平和雅正」的盛世觀中。又如楊士奇：「詩以理性情而約諸正而推之，可以考見王政之得失，治道之盛衰。」〔註37〕以及「以其平和易直之心爲治世之音〔註38〕」中見得臺閣體的其體之大與雋永。「仁宣之治」的朝政，國力的強大、思想的統一、社會的繁榮，臺閣文學自然能被時代所認同，並理所當然成爲正宗，而爭相仿效之。臺閣體的主張，強調在於「性情之正」〔註39〕，以平和雅正

〔註34〕〔清〕沈德潛等編：《明詩別裁集》，頁75。

〔註35〕〔清〕張廷玉等撰：《明史》卷七十，〈選舉二〉，頁1693。

〔註36〕〔明〕楊榮：《文敏集》〈胡儼序〉。

〔註37〕〔明〕楊士奇：《東里文集》（北京：中華書局，1998年7月第1版第1刷），〈玉雪齋詩集序〉，頁63。

〔註38〕〔明〕楊士奇：《東里文集》，〈玉雪齋詩集序〉，頁63。

〔註39〕楊榮主張「君子之於詩，貴適性情之正而已」或「苟非出於性情之

的詩歌來判斷人之賢。詩歌中以封建倫理道德的規範爲主軸，表現溫柔敦厚的詩教風格。盛世之音的臺閣文風，一路延續到英宗、景帝。明代的政治與社會經過了大變動後，學風與文風也跟著逐漸轉變，由性情之正的文學風格，漸漸轉向性情之眞。

二、科舉取士與翰林制度

明代的科舉制度，是李東陽詩歌理論能夠與他人相互琢磨，逐漸成熟的搖籃，更透過科舉制度的呈現，令李東陽能夠聚結廣眾，最後使之詩學理論蔚爲風潮。

明代自太祖洪武三年下詔特設科舉，有計劃的從民間拔擢人才，使朝內外大臣皆由科舉而進用〔註 40〕，於是藉由科舉而躋身成爲朝臣，便成了明代文人的目標與人生信念。明朝科舉考試以四書五經爲內容，八股制藝是規格，因此，士人爲了考取功名而多將心力投諸於經術，以程朱理學爲迎合朝上的喜惡，如宋濂於〈文說贈王生黼〉:「文者果何繇而發乎？發乎心也。主乎身也……聖賢之心，浸灌乎道德，涵泳乎仁義，道德仁義積而氣因以充，氣充，欲其文之不昌，不可遏也。」〔註 41〕因此，迎合之詩容易斷章取義，流於形式，剽竊成風。李東陽也在〈春雨堂稿序〉中提到:「今之科舉，純用經術，無事乎所謂古文歌詩，非有高識餘力，不能專攻而獨詣，而況於兼之者哉。」〔註 42〕，認爲在科舉制度的影響下，明代文學

正，其得謂之善於詩者哉？」〔明〕楊榮:《文敏集》卷十一，〈重遊東郭草堂詩序〉。

〔註 40〕〔清〕張廷玉等撰:《明史》卷七十〈選舉二〉:洪武三年，詔曰:「漢、唐及宋，取士各有定制，然但貴文學而不求德藝之全。前元待士甚優，而權豪勢要，每納奔競之人，夤緣阿附，輒竊仕祿。其懷材抱道者，恥與竝進，甘隱山林而不出。風俗之弊，一至於此。自今年八月始，特設科舉，務取經明行修、博通古今、名實相稱者。朕將親策於廷，第其高下而任之以官。使中外文臣皆由科舉而進，非科舉者毋得與官。」，(北京：中華書局，1974 年 7 月)，頁 1693。

〔註 41〕〔明〕宋濂:《宋文憲公全集》卷二十九，〈文說贈王生黼〉。

〔註 42〕〔明〕李東陽:《李東陽集（三）》，〈春雨堂稿序〉頁 959。

缺乏創造動力而走向庸俗化。

但是這一類的弊病，卻在已經成爲進士的翰林院庶吉士身上稍微減緩，因爲翰林院提供了文學創作與交流的優良環境，使庶吉士能夠專心覽讀百經，涵養文墨。洪武十八年，爲了訓練新進之士的從政能力，使之熟悉朝廷的典章制度，於是選部分進士爲「庶吉士」，命其在翰林院、承敕監等處，進行再教育，於是庶吉士於洪武十八年始設。如《明史・選舉志二》:「十八年廷試，擢一甲進士丁顯等爲翰林院修撰，二甲馬京等爲編修，吳文爲檢討。進士之入翰林，自此始也。使進士觀政於諸司，其在翰林、承敕監等衙門者，曰庶吉士。進士之爲庶吉士，亦自此始也。其在六部、都察院、通政司、大理寺等衙門者仍稱進士，觀政進士之名亦自此始也。」又「庶吉士之選，自洪武乙丑擇進士爲之，不專屬於翰林也。」〔註 43〕，庶吉士學習的內容多專屬道統與文統的結合，講究明理，涵養道德，熟悉政事，並且強調文以載道，而非將詩詞看作一單純的創作。永樂時期，庶吉士的學習則特別著重在翰林院，永樂三年下詔令選新進士中之材質英敏者爲庶吉士，入文淵閣閱讀中秘書，以備國家之用，如四庫中〈育才之訓〉提到:「永樂三年正月命翰林院學士兼右春坊大學士謝縉等，於新進士中選材質英敏者，俾就文淵閣進其學，縉等選修撰曾棨，編修周述、周孟簡，庶吉士楊相、劉子欽、彭汝器等二十八人入見。」〔註 44〕直至天順年間，甚至發展成「非進士不得入翰林，非翰林不得入內閣」。南北禮部尚書、侍郎……等，非翰林不任，庶吉士只要入了翰林，前程似錦，因早在一開始即被視爲「儲相」，於《明史・選舉志二》中記載:「自天順二年，李賢奏定纂修專選進士。由是非進士不入翰林，非翰林不入內閣，南、北禮部尚書、侍郎及吏部右侍郎，非翰林不任。而庶吉士始進之時，

〔註43〕〔清〕張廷玉等撰:《明史》卷七十,〈選舉二〉,頁1693。

〔註44〕林堯俞等纂編、俞汝楫等編撰《禮部志稿》卷二，收錄於《四庫全書文淵閣》，頁38。

已群目爲儲相。」〔註 45〕，可知只要爲庶吉士，則可能未來能入內閣主掌政權。

庶吉士教習上，則由大學士負責講授，以明辨事理與政事爲主。但是於正統景泰年間，朝中大起大跌，朝中大臣多忙於政治的鬥爭，連同庶吉士也無法專心涵養文墨，與永宣期間按規定修業，接受程朱理學的培養有極大的出入。正統之後的道德政事教習已經式微，取而代之的是從事詞章，如《殿閣詞林記》中云：

> 正統以來，在公署讀書者大都從事辭章，內閣按月考試，則詩文各一篇，第其高下，具揭貼，開列名氏，發本院以爲去留地，致使卑陋者多至奔競，有志者甚或謝病而去，不能去者多稱病不往。將近三年，則紛然計議邀求解館，最可笑也。弘治癸丑，學士李東陽、程敏政教庶吉士，至院閱會簿，悉注病假而去，乃賦一絕云：『迴廊寂寂鎖齋居，白日都消久病餘。竊食大官無寸補，綠蔭亭上勘醫書。』其流弊一至於此。又聞之前輩云，天順甲申庶吉士次年相率入內閣解館，大學士李賢謂曰：『閒輩教養未久，奈何劇欲入仕？』有計禮者抗聲對曰：『今日比永樂時何等教養，且老先生從何而來教養？』賢稍責之，即曰：『吾輩教習，雖例皆三年，已燒卻一年矣。』謂癸未春闈災故也。賢甚怒，明日請旨各受職，罰禮觀政刑部，又數月，受南京刑部主事。禮之言雖近不恭，然不可謂無稽者。觀此，則教法不克復舊久矣。〔註 46〕

可知，由道德政事轉自文章詩詞，反映了社會的變化也反映了翰林院學風的改變。在這文章詩詞的教習下，勢必與臺閣文體漸行漸遠，而越發與純文學靠攏，符合李東陽與茶陵派爲純文學之始的醞釀。再加上正統後，翰林院的教習，皇帝與內閣皆不再過問，思想上也不似以前相對嚴酷，庶吉士們多能安心的把文學當成審美的樂事，

〔註 45〕〔清〕張廷玉等撰：《明史》卷七十，〈選舉二〉，頁 1693。

〔註 46〕〔明〕廖道南撰：《殿閣詞林記》卷十，引自王雲五主編《四庫全書珍本九集》（臺北：臺灣商務，1978 年）。

而不用在理學的框架下，學習道德政事。藉此突破了理學對於文學的束縛，對詩歌本身做要求與探討，也符合李東陽的主張。

李東陽自天順八年選爲庶吉士開始，至弘治七年入閣，於翰林院的時間長達三十年，這段時間內爲他累積了豐厚的人際網脈。一般而言，翰林院受教育的同儕或者師生，並不一定會培養出很好的情誼，甚至可能對面不相識，「凡郡縣之統於一藩者，其勢皆可以爲同，若京闈之舉，則不啻都邑京校之士，而四方之遊國學及諸司之有官籍者皆興焉，故舉雖同而勢不易合。」〔註 47〕可知在同年當中，也可能相互十分生疏，李東陽與同年有感於此，於是組織「京闈同年會」，並透過這個組織，進行交流與呼應，「京闈同年之會，殆自今日始也，苟有所限，則雖一藩之士，亦有郡邑之殊，不待如所謂京闈者。苟有所通，則雖天下之士之會於禮部者也，亦不害其爲同，而況於一京闈之間乎，蓋所限者勢也。」〔註 48〕藉由此同年會，可以加強李東陽與詩友間的連繫，同展他們的「用世之志」，「同年者同時而出，同途而進，實兼朋友兄弟之義而有之。有事則相與以成，有過則相規以正，漸磨淬厲，各求無負於用世之志，與用我者之亦耳已。」〔註 49〕。透過李東陽於翰林院長達三十年間，結交友執，教育門生，形成了龐大的人脈，庶吉士的身分與組織的同年會，對李東陽詩學理論的醞釀起了不小的功勞。

李東陽也曾獨自教習庶吉士，直至弘治七年才有程敏政與之同任。爾後弘治七年，李東陽任內閣，操執文炳，門生不絕，大開了茶陵派的發展。李紹文於《皇明世說新語》卷七〈排調篇〉也載有：「李西涯善謔，庶吉士晉見，公曰：『諸公試屬一對』，云：『庭前花始放』，眾哂其易，李曰：『不如對閣下李先生』。」〔註 50〕，可知他

〔註 47〕〔明〕李東陽著：《李東陽集（二）》，〈京闈同年會詩集序〉，頁 458。
〔註 48〕〔明〕李東陽著：《李東陽集（二）》，〈京闈同年會詩集序〉，頁 458。
〔註 49〕〔明〕李東陽著：《李東陽集（二），〈京闈同年會詩集序〉，頁 458。
〔註 50〕〔明〕李紹文：《皇明世説新語》卷七〈排調篇〉，收入周駿富輯《明

與門生相處愉悅，可能因地處官場，或者本性使然，而善於戲謔。透過門生與友執的連結，形成李西涯人脈上的廣闊，有利於日後李東陽所領之茶陵派的集結與傳遞詩文，進而相知相惜。雖然李東陽在當時並沒有以「茶陵派」自居，也非刻意的聚結，但透過科舉制度的醞釀與庶吉士的培養教習，確實使得李東陽的詩文理論於當時開始萌發，且慢慢成熟。

三、內憂外患

大明王朝在動盪的政治氛圍下，國勢開始走下坡，內憂外患的出現更為前朝劇烈。舉國內外，水旱不斷，起義不停。明代社會自「土木堡之變」後，朝廷政治與社會多不安，此時期天災不斷，人民苦不堪言。成化初年，陝西、延安、兩京、湖廣……等地或災或旱，禾麥無收。成化四年（1468），地震與水旱更是相接而至。正德五年（1510），太平等府大水，溺斃兩萬餘人。黃河氾濫橫流，侵入豐縣、沛縣。正德六年（1511），雲南三日五震；大理多地震；北京、保定、河間、霸洲、山東多有地震。

不僅內部的天災擾嚷，甚至草莽，搶奪盜匪亦曾出不窮。《明史》載：「明時，草場頗多，占奪民業。而為民厲者，莫如皇莊及諸王、勳戚、中官莊田為甚。」〔註51〕到了明中葉，情況尤為嚴重。弘治時期，京城的皇莊才五座，占地一萬餘頃，但是武宗即位後，「即建皇莊七，其後增至三百餘處。諸王、外戚求請及奪民田者無算。」〔註52〕本來明朝初年，全國土地面積有八百多萬頃，但是到了天順七年之際，卻剩下不到四百三十萬頃，弘治十五年甚至才四百二十萬頃，比明初大大減少了一半有餘。土地面積減少，農民無地可耕，輾轉流亡，導致農民起義不斷。明憲宗成化時期，爆發了

代傳記叢刊・學林類22》，頁022～430。

〔註51〕〔清〕張廷玉等撰：《明史》卷七十七，〈食貨志〉，頁1886。

〔註52〕〔清〕張廷玉等撰：《明史》卷七十七，〈食貨志〉，頁1888。

三次大規模的農民起義。成化初年：陝西、河南、湖北交界爆發了劉通、石龍等領導的「荊襄流民起義」；廣西大藤峽地區爆發侯大狗領導的瑤、壯族人民起義；成化四年，陝西固原爆發滿俊領導的起義。明政府爲了鎮壓此三次起義，調動數十萬大軍，耗費大量的財力物力。

正德一朝依然天災人禍不斷。正德元年（1506），全國大旱，江西米價飛揚。正德三年（1508），四川保寧劉烈舉旗發難。正德四年（1509），「兩廣、江西、湖廣、陝西、四川並盜起」〔註53〕，官府無法捕治。正德六年（1511），「自畿輔迄江、淮、楚、蜀盜賊殺官吏，山東尤甚，至破九十餘城，道路梗絕。」〔註54〕一連串的天怒人怨，導致明代政治走向趨於不安。

除此之外，外患的威脅亦不亞於內部的動盪。是時，異族不斷入侵，於邊境挑起事端，破壞當時的經濟環境以及國防。明憲宗成化即位之後，西北部發生了蒙古韃靼部進入河套地區，抄掠延綏、平涼、靈州等地。明憲宗在位二十三年間，韃靼一直沒有間段的對內地進行騷擾，使成化時期的政局帶來一定的影響。加上遼東三衛以及哈密的吐魯番也多次侵犯邊境，燒殺搶掠，嚴重破壞北方治安與民生。

由上述可知，社會環境的差異性，導致李東陽的詩學理論走向有別於「三楊」的「臺閣體」。雖然身爲館閣之臣，不需要因爲內憂外患而受皮肉攻擊，但是在其時代，臺閣體的生存環境確實已經不符合當時的背景，已經無法使用「平正雅和」的風格來抒發己志，「歌功頌德」的內容也不允貼於當時的朝政與社會環境，於是李東陽調整了創作的風格以及走向，來適應新的形勢，這也是使李東陽的「格調」一派開啓後學的迄因。

〔註53〕〔清〕張廷玉等撰：《明史》卷十六，〈武宗本紀〉，頁202。
〔註54〕〔清〕張廷玉等撰：《明史》卷十六，〈武宗本紀〉，頁213。

四、學術思潮的衝擊

明代以理開國，由於明代帝王欣賞其於思想上的控制，於是將「理」視爲加強封建專制統治的工具，竭力的宣揚理學禁錮個人思想之發展。根據《明史・選舉二》記載：

> 科目者，沿唐、宋之舊，而稍變其試士之法，專取四子書及《易》、《書》、《詩》、《春秋》、《禮記》五經命題試士。蓋太祖與劉基所定。其文略仿宋經義，然代古人語氣爲之，體用排偶，謂之八股，通謂之制義。〔註 55〕

可知考試科目限於《四書》、《五經》。明成祖之際，更命翰林學士編撰了《五經大全》、《性理大全》，專爲科舉考試之用。「後七子」李攀龍（1514～1570）就曾言：

> 我太祖高皇帝即位之初，首立太學，命許存仁爲祭酒，一宗朱氏之學，令學者非《五經》、孔、孟之書不讀；非濂、洛、關、閩之學不講。成祖文皇帝益張而大之，命儒臣輯《五經》、《四書》及《性理全書》頒布天下。〔註 56〕

開國之初的朱元璋，一邊恢復漢唐衣冠，一邊又在社會文化的基礎上作思想掌控，以程朱理學爲尊。統治者的文化專制與程朱理學束縛了文學的自由發展，文人在此政治環境下，文風走上潤色宏業的詩文也並無意外。加上永樂之後，政治穩定，國家氣運大盛，謳歌盛世，褒揚帝德的臺閣體詩文因運而生，主要以宗經師古和經世致用爲文學的功能，於是宋濂曾說：「明道之謂文，立較之謂文，可以輔俗化民之謂文。斯文也，果誰之文也，聖賢之文也。」〔註 57〕方孝儒亦言：「凡文之爲用，明道立政二端而已。道以淑斯民，政以養斯民。民非養不能群居以生，非教不能別於眾物，故聖人者出，作爲禮樂教化刑罰以治之，修其五倫六紀天衷人級以正之，而一寓之

〔註 55〕〔清〕張廷玉等撰：《明史》卷七十，〈選舉二〉，頁 1693。

〔註 56〕〔清〕陳鼎輯：《東林列傳（一）》卷二，收入周駿富輯《明代傳記叢刊・學林類 3》（臺北：明文書局），〈李攀龍〉，頁 005-135～005-136。

〔註 57〕〔明〕宋濂：《宋文憲公全集》卷二十九，〈文說贈王生黼〉。

文。」〔註58〕認爲文學應該以六經爲楷模，以政治教化爲宗旨，強調文學乃是服務政治，以輔佐君王，教化萬民，安撫天下爲己任。詩學觀點於是給予臺閣體滋養。臺閣體又稱館閣派，成員以朝廷的館閣重臣爲主，先天佔有很高的政治地位。並繼承宋濂、方孝儒二人的詩學觀點，注重文學的教化功用，楊士奇曾言：「詩以理性情而約諸正而推之，可以考見王政之得失，治道之盛衰。」〔註59〕說明詩歌的出現並非抒發作者內心的思想情感，而是爲了評價王政的得失，做爲政治的效用。秉承著這樣的觀點，使得臺閣體詩歌走向唱和、粉飾、歌功，或者歌頌當代聖主英明之作，忽略了情感的抒發。因此，在理學思想以及統治者的專制下，使得臺閣體運行於文壇許久，重視審美抒情的詩歌幾乎抹殺殆盡。然而，政治環境的改變，使得原本的臺閣體主張不敷現實，無法因應社會，於是李東陽強調的詩本於情即是由此而生。

再者，李東陽所倡「詩文之辨」，亦是對於長期「以文爲詩」的反動。明代前期「以文爲詩」造成詩歌內容「好言理道」，宋濂曾言：

> 詩文本出於一原，詩則領在樂官，固必定之於五聲，若其辭則未始有異也。如《易》、《書》之協韻者，非文之詩乎？《詩》之於《周頌》多無韻者，非詩之文乎？何嘗歧而二之？沿及後世，其道愈降，今有儒者、詩人之分。自此說一行，仁義、道德之辭遂爲詩家大禁，而凡風花煙鳥之章流連於海內矣，不亦悲乎。〔註60〕

主張「詩」、「文」本出於一源，要求詩歌必須要與文一般強調「載

〔註58〕〔明〕方孝儒：《遜志齋集》卷十一，〈答王秀才〉，見紀筠《四庫全書》第1235冊（上海：古籍出版社，1987年），頁335。

〔註59〕〔明〕楊士奇：《東里續集》卷十五，〈題東里詩集序〉，見於《文淵閣四庫全書》。。

〔註60〕〔明〕宋濂：《文獻集》卷十二，〈題許先生古詩後〉，見於《文淵閣四庫全書》。

道」的功能。認爲詩文在用詞以及內容上都是一致的，區別止在於詩歌必須有音樂性，然而，協韻也並非詩歌的本質。又說：「《易》之彖象有韻者，即詩之屬。《周頌》敷陳而不協韻者，非近乎《書》歟？《書》之於《禹貢》、《顧命》，即序紀之宗。《禮》之於《檀弓》、《樂記》非論說之極精者歟？」〔註61〕藉由古詩文中的用韻寬泛的舉例，說明詩、文之間的相通。於是詩文之間的界線徹底被打破，因此反對「仁義、道德之辭遂爲詩家大禁」，要求詩歌與文一般，都必須要具備「政治載道」的功用性。

不僅宋濂主張如此，劉基亦有類似的觀念，強調詩歌與散文都必須要有「世教」的作用。其云：

> 文以理爲主，而氣以抒之。理不明爲虛文，氣不足則理之所駕。文之盛衰，實關時之泰否，是故先王以詩觀民風，而知其國之興廢，豈苟然哉！文與詩同生於人心，體制雖殊，而其造意出辭，規矩繩墨，固無異也。唐虞三代之文，誠於中而形爲言，不矯揉以爲工，不虛聲而強聒也，故理明而氣昌，玩其辭，想其人，蓋莫非聖賢之徒知德而聞道者也，而況又經孔子之刪定乎！〔註62〕

以爲詩文關乎世道，所以必須明理載道，有用於世。由上古之詩多「理明而氣昌」，能夠使人「知德而聞道」，因此得出詩文於內容與功能上多相同，二者區別只在於體制的外在觀感，構思與用語以及行文的宗旨多一樣。

明初的「詩文一體」，使得詩歌創作趨向「功能」、「尚樸」的道路，至盛明時期的臺閣派，詩、文的觀念更爲混亂，詩歌的特徵完全被散文所掩蓋，成爲附庸，失去獨立存在的意義，只剩下「載道世用」的二者共存功能。「詩文合一」混淆了詩歌與散文的文體界線，加上理學的輔助下，詩歌地位每況愈下。「詩言志」的主張，在這樣的風

〔註61〕〔明〕宋濂：《文獻集》卷七，〈白雲稿序〉，見於《文淵閣四庫全書》。

〔註62〕〔明〕劉基．蔡景康選：《明代文論選》（北京：人民出版社，1993年），〈蘇平仲文集序〉，26。

氣下，形成了「詩言道」的轉折。而在臺閣體盛行的盛明之世，詩歌甚至形成了應酬之作。因此，李東陽所倡的「詩文之辨」便有了存在的必要。

這樣的狀況更呈現在「賦體筆法」的表現手法上，「比興」的觀念喪失。「比興」乃是傳統詩歌創作的重要表現方式，能創作出含蓄，富有韻味的境界美。然而，由於明初「載道」的思想，使得詩歌創作多敘事，夾敘夾議，長於敘述史實而短於抒情。臺閣體的作品甚至充斥著宴飲賞玩，粉飾太平之作，在鋪寫盛世上多用賦體筆法，獻媚之辭亦多直白，因此李東陽提出詩歌必須「重比興」。

然而，影響李東陽提出自己的詩學理論以及看法，除了文壇與政治上的直接因素外，思想上的衝擊亦有一定的刺激。廖可斌先生於《復古派與明代文學思潮》一書中提到：

> 從景泰到弘治初，道學家詩派曾甚囂塵上，主要人物有薛瑄、吳與弼、陳獻章、莊昶。薛瑄、吳與弼集中存詩都在千首以上。但當時影響最大的還是陳、莊兩家。〔註63〕

《明史》〈陳獻章傳〉中也說到：「揚言於朝，以爲眞儒復出。由是名震京師。」〔註64〕由上述的引文中可以得知：成化、弘治年間，至少有以李東陽爲首的茶陵派與陳憲章、莊昶的陳莊派爲兩大詩派。同於明代的夏尚樸在其〈語錄〉中也說到：「詩自漢、魏以來，至唐宋諸大家，皆有典則。至白沙字出機軸，好爲跌宕新奇之語，使人不可追逐。蓋其詩本之莊定山，定山本之劉靜修，規模意氣絕相類，詩學爲之大變。」〔註65〕，由此可知，陳白沙的出現，爲當時的文風與環境，帶來了一定的改變。黃宗羲於《明儒學案》中稱陳獻章：「有明之學，至白沙始入精微。其吃緊工夫，全在涵養。喜怒未發而非空，萬感交

〔註63〕廖可斌：《復古派與明代文學思潮》（臺北：文津出版社，1994 年 2 月），第六章〈復古運動第一次高潮興起的歷史條件與發展過程〉，頁 128。

〔註64〕〔清〕張廷玉等撰：《明史》卷二八三，〈陳獻章傳〉，頁 3018。

〔註65〕〔明〕夏尚樸：《東巖集》卷一，〈語錄〉。

集而不動，至陽明而後大。」〔註 66〕，可知道白沙學說中，以「涵養本心」爲主要工夫，將哲學中程朱理學由外在而宰制人心的「天理」，轉向內反求自我本心，而此眞切的體悟之心，別開了當時以朱熹理學盛行的另一局面。

然而，白沙心學的崛起，與政治的背景與社會大環境改變無法脫鉤。景帝與英宗的地位之爭，引發了社會的矛盾與衝突，也讓朝臣之間相互爭鬥。社會的道德與規範，都在爭奪權力中淪喪。隨後的成化時期，失序的朝政沒有被及時補救，反而更加敗壞，帝王也無心於朝政的改革，使得社會的秩序驟然大亂。理學的思想因爲過度被功利化，因而消解了部分儒家學者對於朝廷的向心力，如錢茂傳先生所言：

> 作爲工具的理學與作爲學術的理學是不同的。朱學在明代統治者的極權利用後，已逐漸變成求取功名的工具。這種學問，當時人稱爲「俗學」。「俗學」在明中遭到了有識之士的抨擊，他們開始尋求新的聖人之學。〔註 67〕

功利下的經聖之學，於是使程朱理學走上了叉路。然而，領導心學的啓蒙陳白沙與李東陽有著一定程度的交遊。在陳獻章給弟子湛若水〈與湛名澤〉中提到：「平生故人朱少保、李閣老、潘侍詔往往寄聲，以不能去離此邦爲懼。」〔註 68〕，其中「李閣老」即是「李東陽」。又成化十九年，陳獻章因歸鄉養親，李東陽於是爲其賦詩送別，作〈壽陳石齋母節婦竹枝〉〔註 69〕八首。陳獻章對此十分感激，於是回了〈與西涯李學士〉一文，表達其謝意：「頃歲，承惠

〔註 66〕〔清〕黃宗羲撰，沈善洪主編：《明儒學案》（浙江：古籍出版社，1992 年），〈白沙學案〉，頁 80。

〔註 67〕錢茂偉：《明代史學的歷程》（臺北：社會科學文獻出版社，2003 版），頁 105。

〔註 68〕〔明〕陳獻章：《陳獻章集》卷二（北京：中華書局，1987 年），〈與湛名澤・其三〉，頁 189。

〔註 69〕〔明〕李東陽著：《李東陽集（一）》，〈壽陳石齋母節婦竹枝〉，頁 366。

〈貞節堂〉八詩，眞嶺南竹枝也。李士卿以收入縣志。門戶之光，非言語可謝也。」〔註70〕。李東陽更在弘治初期與陳獻章有〈藤蓑〉詩相互唱和，陳氏先以〈藤蓑〉五首〔註71〕寄之，李氏則以〈藤蓑，次陳公甫〉二首〔註72〕回應之；而白氏又有〈讀壁間李學士和予藤蓑詩，偶成奉寄〉〔註73〕七絕二首，且在〈與西涯李學士〉一文中更要求李東陽補上《藤蓑》尚欠之三首應和詩，「藤蓑尚欠補，章能復賜之否乎？」，表現其與李東陽的親密程度。在李東陽的《懷麓堂詩話》中的十八則，也提到了陳白沙：「陳公父論詩專取聲，最得要領。」〔註74〕，表現其對陳白沙詩的認同。再者，陳莊派的另一位作家莊昶，和李東陽也有一定程度的交遊關係。例如：李東陽〈紀海釣蕭先生文〉中則提到：「我友天下，爲士實難。定山有莊，南屏有潘。公起東傚，周旋其間。」〔註75〕在此將莊昶列爲友人之首，足可見兩人交情之特殊。又相對於李東陽而言，莊昶對其詩文也有極高的評價，如〈跋李賓之詩卷〉：「有詩才如此古今難」〔註76〕。另〈與國賢和西涯〉一文中提到：「人間文字眼，千古得吾師。山館深留夜，京師再見時。虛名吾道在，垂老瓣香遲。靜坐忘言妙，終身是此朝。」〔註77〕……等文章。若以表格列之，將可以更清楚的呈現其友好的情誼：

〔註70〕〔明〕陳獻章：《陳獻章集》卷二（北京：中華書局，1987年），〈與西涯李學士〉其三，頁122。

〔註71〕〔明〕陳獻章：《陳獻章集》卷五，〈藤蓑〉五首，頁287。

〔註72〕〔明〕李東陽著：《李東陽集（一）》，〈藤蓑，次陳公甫〉，頁135。

〔註73〕〔明〕陳獻章：《陳白沙集》卷九（北京：中華書局，1987年），〈謝壁間李學士和予藤蓑詩，偶成奉寄〉。

〔註74〕〔明〕李東陽著：《李東陽集（三）》，〈懷麓堂詩話〉，頁1505。

〔註75〕〔明〕李東陽著：《李東陽集（三）》，〈紀海釣蕭先生文〉，頁1131。

〔註76〕〔明〕莊昶：《定山集》卷二，〈跋李賓之詩卷〉收錄於《金陵叢書》，頁92。

〔註77〕〔明〕莊昶：《定山集》卷二〈跋李賓之詩卷〉收錄於《金陵叢書》，頁115。

表 2-1

陳獻章作，送與湛若水，稱友好之意	〈與湛名澤〉
李東陽作，贈與陳白沙	〈壽陳石齋母節婦竹枝〉八首
陳白沙回贈李東陽	〈與西涯李學士〉
陳白沙作，贈與李東陽	〈藤蓑〉五首
李東陽作，贈與陳白沙	〈藤蓑，次陳公甫〉二首
李東陽作，讚陳白沙	《懷麓堂詩話》
李東陽作，陳述交友狀態	〈紀海釣蕭先生文〉
莊昶，讚李東陽之作	〈跋李賓之詩卷〉
莊昶，交代與李東陽之關係	〈與國賢和西涯〉

由上表可知李東陽與二人關係不凡，其中〈與國賢和西涯〉一文中提到：「人間文字眼，千古得吾師。山館深留夜，京師再見時。虛名吾道在，垂老瓣香遲。靜坐忘言妙，終身是此朝。」，表現出對虛無名利的淡泊，以「靜坐」方式來達到本身的平和與穩定，一如《明儒學案》中形容陳白沙之學說一般：「先生之學，以虛爲基本，以靜爲門戶。」〔註 78〕他認爲陳白沙之學，就是「致虛」、「主靜」之學，虛是基本，而靜爲門戶，要入靜才能歸虛，於是白沙自言：「入者，門也；歸者，其本也。」〔註 79〕而一切之本又歸於本心的索求，由這裡就可以得知，治虛、主靜都在於本心的安定與體悟，故以陳白沙的觀念而言，「本心」的追尋，才是一切儒學的根源。而這層關係如果推自其詩學的觀念，則符合到他以「本心」作爲詩的概念：

> 詩之工，詩之衰也。言，心之聲也。形交乎物，動乎中，喜怒生焉，於是乎形之聲，或疾或徐，或洪或微，或微雲飛，或爲川馳。聲之不一，情之變也。率吾情盎然出之，

〔註 78〕〔清〕黃宗羲撰。沈善洪主編：《明儒學案》（浙江：古籍出版社，1992 年），〈文恭陳白沙先生獻章〉，頁 77。

〔註 79〕〔明〕陳獻章：《陳獻章集》卷二（北京：中華書局，1987 年），〈書蓮塘書屋冊後〉，頁 65。

無適不可。〔註 80〕

詩歌是由詩人心靈感觸所表達的外在形式，故如果直接孤立於人之外，是不可能存在的，當人與外界發生關係後，經由感觸而影響其心理的情緒波動，將此變化訴諸吟詠，就是詩歌。因此認爲詩歌講求眞性情，反對誇飾浮靡，華而不實，詩人不可以作僞語，必須要自然流露出情感的眞實面，也無須注意外在形式的華麗技巧，只需要任情而發之。可以見得陳白沙於作詩中主張情感的表顯，與自由心志的綻放。若以李東陽對陳白沙的「陳公父論詩專取聲，最得要領。」來討論之，應該解釋爲白沙作詩任情而爲，故能夠自然合宜，表現出李東陽所強調的人聲和之境界，反而拉近了二人之間的距離。然而，白沙的「取聲」基礎，也建立在情之上，如其所說，「聲之不一，情之變也。率吾情盎然出之，無適不可。」，正是此意。（不過必須注意的是，陳白沙的情，乃是屬於性情的本心，是形而上的天理，是一種穩定至善的道德心。）詩作皆出自於本眞性情，「性情之眞」於是不得不發，胸中自有眞意。故他又說：「受樸於天，弗鑿以人；廩和於生，弗淫以智。故七情之發，發而爲詩，雖匹夫匹婦，胸中自有全經。此《風》、《雅》之淵源也。而詩家者流，矜奇眩能，迷失本眞，乃至旬鍛月煉，以求知於世，尙可謂之詩乎？」〔註 81〕情之有所動，於是能夠發之於眞，此情直指人之七情，是本眞之情，自然而然，不受任何勉強或拘束。且他反對迷失本眞，反對人僞，做詩不可爲人作，而要抒己之眞情，人僞乃流於巧智的技巧，會傷害本眞之情。詩作天然形成，本於性情，反對雕琢經營，媚人耳目。有所感而率情發之，便是天地間的眞詩。

他的理論與李東陽所認定的詩理論有其相謀和之處，如《懷麓堂詩話》第四十則中提到：「彼小夫賤隸婦人女子，眞情實意，暗合而

〔註 80〕〔明〕陳獻章：《陳獻章集》卷一（北京：中華書局，1987 年），〈認眞子詩集序〉，頁 4。

〔註 81〕〔明〕陳憲章：《陳獻章文集》卷一（北京：中華書局，1987 年），〈夕惕齋詩集後序〉，頁 11。

偶中，固不待於教。」〔註 82〕，認爲眞情眞意，不需要多讀書窮理，也可以暗合於其中。詩貴本眞，正是此二人所共同的觀念，而「本眞」正是將雅正膚廓的臺閣派轉向性情之眞的重要一環。

但是，陳白沙所提出「率情而作」，卻易造成誤解。他的本意在於本心的體悟與最原始的純善之心，但不加雕琢的隨性而作。此主張形成後學過度隨性的將理性觀念與思維表達於詩中，並不注重詩的意象，遣詞用字與造句架構也都相當隨意，雖出自本眞，但卻沒有純文學的觀念。反而是把理學的許多詞彙交雜運用在詩句中，造成反效果，極度理學化的結果，反而使弊端凸顯，於是四庫館臣對於此類詩文以「如沙中金屑，深苦無多，且有句無篇，亦罕逢全美。」〔註 83〕論之，於是促使茶陵一派的吸收接納「本眞」與改正「過度理化」的兩個面向。因此四庫館臣對陳莊派也有此評價：「史稱獻章之學，以靜爲主，其教學者但令端坐澄心，於靜中養出端倪，頗近於禪，至今毀譽參半。」〔註 84〕雖是如此，但我們仍然可以從李東陽的詩學理論當中，發現不少與之謀合之處，也許可以大膽說明，「心學」的思想有部分必定影響了李東陽的「詩本於情」之說。

五、文學觀念的融和

正統以前，臺閣文學壟罩於文壇，文人多以館閣爲佳，藉以迎合當局者的風格與喜惡。明代建國之初，以高壓政策統治文人，壓迫文人以爲強化政權的手段，導致周遭的文臣爲了要保身，幾乎以打壓山林文學、宣揚臺閣文學爲一致看法，於是因政權影響文壇，而造成臺閣文學獨尊。於宋濂的〈汪右丞詩集序〉中云：

> 昔人之論文者曰：有山林之文，有臺閣之文。山林之文，其氣枯以槁；臺閣之文，其氣麗以雄。豈惟天之降才稱殊也，亦以所居之地不同，故其發於言辭之或異爾。濂嘗以

〔註 82〕〔明〕李東陽：《李東陽集（三）》，〈懷麓唐詩話〉，頁 1510。

〔註 83〕卷一七一，集部二四，別集類二四，頁 1492。

〔註 84〕卷一七〇，集部二三，別集類二三，頁 1487。

此而求諸家之詩，其見於山林者，無非風雲月露之形、花木蟲魚之玩、山川原濕之勝而已。然其情也曲以暢，故其音也渺以幽。若夫處臺閣則不然。覽乎城觀宮闕之狀，典章文物之懿。甲兵卒乘之雄，華夷會同之盛，所以恢廓其心胸，踔厲其志氣者，無不厚也，無不碩也；故不發則已，發則其音淳龐而雍容，鏗鏘而鏜鎝。甚矣哉，所居之移人乎！〔註 85〕

若以表格呈現之，則如下〔註 86〕：

表 2-2

	臺閣之文	山林之文
詩之體	雅、頌	風
作者	公卿士大夫	氓隸女婦之手
出現之地	施之以朝會、施之以燕饗	里巷歌謠之詞
題材呈現	城觀宮闕之壯，典章文物之懿，甲兵卒乘之雄，華夷會同之盛	風雲月露之形，花木蟲魚之玩，山川原隰之勝
風格	其氣麗以雄	其氣枯以槁
	其體絢麗而豐腴	其氣瑟縮而枯槁
	發則其音淳龐而雍容，鏗鏘而鏜鎝	其情也曲以暢，故其音也渺以幽

宋濂雖肯定山林之文的「其情也曲以暢，故其音也渺以幽」，但是卻也對其批評為「無非風雲月露之形、花木蟲魚之玩、山川原濕之勝而已。」因其取材過窄，氣勢有限，而無法顯出雍容大度之氣。反觀廟堂文學，宋濂則讚賞有加，無論風格與題材上都予以肯定與欣賞。可以見得，明代初期的文人們，多以廟堂文學為主軸。加上明代以集權統治，文人多不敢表達自己的眞實感受，連帶影響山水文學的式微與

〔註 85〕〔明〕宋濂：《宋學士全集》卷七（板橋：藝文出版社，1966 年），〈汪右丞詩集序〉，頁 186。

〔註 86〕此表參考丁師威仁《明洪武、建文時期地域詩學研究》（臺北：花木蘭文化出版社，2008 年 3 月初版），頁 73。

衰敗，以歌頌上位者爲主的臺閣文學於明代有其一定的地位。

尤其永樂之後，仁宣之治所展現的臺閣文氣，以及政治、經濟開始上升，出現了明代史上的「仁宣之治」，三楊的臺閣體更是被爭相效仿。程朱理學的相對效應下，提倡「性情之正」，表現雍容大氣的詩歌創作，形成了臺閣的主要特色，也就是廟堂文風。但這一類的風格，卻造成文學的創作力下降，一昧的歌功頌德，而使文學創作成爲政治的附屬品。於是沈德潛於《明詩別裁集》中云：

> 永樂以還，尚臺閣體，諸大老倡之，衆人靡然和之，相習成風，而眞詩漸亡矣。〔註87〕

爲政治服務的文學，必定依循著君王的喜惡而行文，失卻了文學的諷諫能力與自我情緒抒發的功能，久之，文學就剩下空殼，於是眞詩漸亡。但是土木堡之變後，詩歌的創作與「大抵詩發於情，止乎禮義。古之人於吟詠必皆本於性情之正」〔註88〕相左。社會環境有所改變，雅正的歌頌已經不符合當時所需，理學在功利的追求下，失去了本質，形成斷章取義的求官之途，於是引起部分要求回歸審美本身的作家發聲，提出不同於臺閣體的文學理念，強調詩歌必須「本於自我」。

景泰天順之際，已有部分朝臣在自己的詩作上，提出不同於臺閣體的風格與作法，例如當時以儒官拜將的王越，雖然長年征戰，但是詩作中卻不少可見得其眞實感懷之情：

〈新秋寫懷寄定襄〉二首之一

> 西風黃葉又經秋，浪跡何時得暫休！萬裡胡天雙倦翼，十年宦海一虛舟。炎涼世態誰青眼，辛苦人生自白頭。贏得雙肩吟骨瘦，天教收拾杜陵愁。〔註89〕

邊塞生活在他詩裡看來是無奈與失落，浪跡的腳步已經疲憊不堪，也

〔註87〕〔清〕沈德潛等編：《明詩別裁集》（上海：上海古籍出版社，2008年4月第4刷），頁59。

〔註88〕〔明〕金又孜：《金文靖集》卷八〈吟室記〉。

〔註89〕〔明〕王越：《黎陽王太傅詩文集》卷上〈懷友〉。

倦怠於生活的世態炎涼，仕途中的難以預料更成為他詩中真實的發聲。以臺閣文風來看，一個屢戰屢勝的武將，著實不該有此詩句，臺閣所講求的多為雍容豪情的正面之歌，避去挫敗與感嘆。這或許可以自王越的背景談起。當時汪直權傾朝野，王越與其有來往，雖然未助紂為虐，但是卻也為複雜的政局所不容，於是飽受指責。是與非、黑與白，並非能化線清晰，為人正直的王越與汪直交往而難容當時，於是引發感概。然而，因土木堡之變而失望徬徨者，不只王越一人，另郭登亦有〈暮春登大同西北城樓同仰寺丞瞻籓御史洪賦〉：

> 滿地飛花春已闌，溪風山雨更生寒。浮雲蔽日終難散，腐柱檠天恐未安。西北兵戈猶擾擾，東南民庶半凋殘。先朝遺老慚無補，獨對西風把淚彈。〔註90〕

正統朝的土木堡之變，引起了大明皇朝的一陣譁然。當時，郭登任都督僉事，充參將，佐總兵官劉安鎮守大同。由於大同軍士多戰死，英宗皇帝被俘，所以壁壘蕭條、城門晝閉、人心惶惶、滿目戚然。皇帝被俘後，瓦剌曾抓著被俘的皇帝至大同城門下，要求開城門，守城的郭登身負重任拒絕開門，但卻心有戚戚焉。面對奸臣的誤國，無力回天的悲哀，孤臣激烈的無奈感，以及對政局的失望，藉由詩作表達。這種風格確實與臺閣時期的性情之正已經迥然相異，詩作中沒有盛世的宏大現象，也缺少有節制的情性與歌頌的昇平之狀，文字中充斥不平與悲慨。

隨著社會的改變，臺閣體流於形式的框架，以及內容的貧乏單調，漸漸受到改變，正統、景泰後，開始有文人表現出不同於雍容雅正的格調，表達自己的聲音。李東陽算是首位在文學上有系統的進行更新，一改臺閣體獨尊的主張，提倡山林與臺閣並重的理念。在〈倪文僖公集序〉中云：

> 文，一也，而所施異地，故體裁亦隨之。館閣之文，鋪典章，裨道化，其體蓋典則正大，明而不晦，達而不滯，而

〔註90〕〔清〕錢謙益：《列朝詩集小傳》，〈暮春登大同西北城樓同仰寺丞瞻籓御史洪賦〉，頁2337。

惟於適用。山林之文，尚志節，遠聲利，其體則清聳奇峻，滌成薙冗，以成一家之論。二者故皆天下所不可無……。〔註 91〕

此段話可以見得李東陽的主張。他認爲館閣之文主要在於教化，必須以正大光明爲重，故強調「實用」功能；山林之文則在心情上的抒發，以自我的意志與想法爲主。然其最重要的一點則是「缺一不可」，這與臺閣文人看待山林與臺閣的觀念最大的不同，臺閣文人認爲雍容雅正的臺閣體爲貴，貶抑山林之文的存在性；李東陽卻認爲臺閣與山林皆有其存在的目的與意義性。又如其《懷麓堂詩話》中第六十八則提到：

秀才作詩不脫俗，謂之頭巾氣。和尚作詩不脫俗，謂之餕餡氣。詠閨閣過於華麗，謂之脂粉氣。能脫此三氣，則不俗也。至於朝庭典則之詩，謂之臺閣氣。隱逸恬澹之詩，謂之山林氣。此二氣者，必有其一，卻不可少。〔註 92〕

其中提到的臺閣氣與山林氣，正好可以用來說明李東陽認爲當時所缺少的審美觀點，純文學的理念在臺閣體是不存在的，文學是政權的工具，抒發情感的文學不容於上位者，故臺閣作家往往略之不談。但社會環境改變，一味的歌頌已經失卻了眞實性，著重於美化太平的文章不能抒發社會的矛盾與世人的無奈，審美觀於是開始轉變，形成美感與實用兼具的文學主張，用來改善臺閣體帶來的積弱不振，如《襄毅文集提要》中提到：「明自正統以後，正德以前，金華、青田流風漸遠，而茶陵、震澤猶未奮興。數十年間，惟相沿臺閣之體，漸就庸膚。」〔註 93〕。李東陽提出山林與臺閣皆不能廢：「其大用之朝庭邦國，固未暇論，而閭巷山林之下，或不能無。」〔註 94〕，所要求的臺閣氣與山林氣，正可以用來說明他主張文章應該要兼具

〔註 91〕〔明〕李東陽著：《李東陽集（二）》，〈倪文僖公集序〉，頁 497。
〔註 92〕〔明〕李東陽：《李東陽集（三）》，〈懷麓堂詩話〉，頁 1516。
〔註 93〕卷一七〇，集部二三，別集類二三，頁 1487。
〔註 94〕〔明〕李東陽：《李東陽集（三）》，〈書沈石田詩稿後〉，頁 1114。

創作的審美感與實用性。但要兼具臺閣與山林者，卻不是一般人可以達成，容易陷入「偏美」的缺陷中，如其所說：

> 作山林詩易，作臺閣詩難。山林詩或失之野，臺閣詩或失之俗。野可犯，俗不可犯也。蓋惟李杜能兼二者之妙。若賈浪仙之山林，則野矣；白樂天之臺閣，則近乎俗矣。況其下者乎？〔註95〕

他的觀念中，僅有李杜大家，能夠表現出恰如其分的臺閣與山林氣，白樂天與賈島等人，也都失之偏頗。他期待詩作能夠去其二者之短，充其二者之長，發揮雙美兼具的文學境界。在文學審美之時，也不忘實用的性質，如林俊〈王南郭詩集序〉：「詩抒性靈而補裨風教者也。感遇可以觀化，諷諭可以觀情，託興可以觀物。」詩文既要主張性靈又有益於風教，李東陽也有類似看法：「司馬遷之探禹穴，杜子美之觀巫峽，蘇子瞻之泛南海，其發諸文章，見諸歌詠者，皆足以寓彝論，繫風化，爲天下之重。」〔註96〕，說明人生的閱歷有助於詩文創作的提升，也強調經世致用的實際功效。重視詩歌所帶來的心靈愉悅，也不否認封建禮教的實用功能，即是李東陽所提出對於臺閣派的改革，道德標準與心靈審美合一。可見得當時的文士力圖從臺閣過份注重理學的制式化中抽離出來，探求另一種兼具美感與實用的審美觀，正是李東陽與臺閣最大的不同之處。

第二節　李東陽生平

李東陽（1447～1516），字賓之，號西涯，茶陵人，以戍籍居京師，天順八年中進士後，在翰林院任職三十年，歷任翰林院編修、侍講、侍講學士。以後，內閣任職十八年。明朝將宰相改稱內閣大學士，他歷任文淵閣、謹身殿、華蓋殿大學士（宰相）。弘治年間，天下稱之「賢相」。爲官清廉，事父至孝，獎掖後進，並且善諧謔。

〔註95〕〔明〕李東陽：《李東陽集（三）》，〈懷麓堂詩話〉，頁1519。
〔註96〕〔明〕李東陽：《李東陽集（二）》，〈送伍廣州詩序〉頁468。

明人稱「李茶陵」、「李長沙」，著有《懷麓堂集》百卷。

李東陽一生仕途乃「歷官館閣」〔註 97〕，但就李東陽的館閣生活可以一分爲二：一爲翰林院階段；另一則爲內閣時期。以下就其人生三個階段加以陳述：一、出生至翰林；二、內閣時期；三、退隱時期。

一、出生至翰林

〈祭朱文鳴文〉中記載：「君生丙辰，我卯在丁。」〔註 98〕，卯在丁即是指「丁卯年」，可知李東陽生於明英宗正統十二年（1447）。亦曾在〈蜀山蘇公祠堂記〉中說到：「東陽楚人而燕產」〔註 99〕，又《明史・李東陽傳》裡云：「李東陽，字賓之，茶陵人，以戍籍居京師。」〔註 100〕，可以得知其生於北京，長於北京，但籍貫於茶陵。由於李東陽祖籍茶陵，而茶陵於明代屬於長沙府，故明中葉至清初的文人學士，常以「長沙」做爲其代稱。如明中葉王世貞《藝苑卮言》中云：「臺閣之體，東里（楊士奇）闢源，長沙道流。」〔註 101〕，以及錢謙益的《列朝詩集小傳》中云：「成弘時長沙爲一世宗匠」〔註 102〕。到了清代，則以李東陽祖籍「茶陵」作爲其代稱。如《欽定四庫全書總目》中，韓雍《襄毅文集》以及吳寬《家藏集》提要中，均以「茶陵」作爲代稱〔註 103〕。

實際上，李東陽於四歲時，就以「神童」的資質，受到景帝的注

〔註 97〕〔清〕錢謙益：《列朝詩集小傳》，〈李少師東陽〉，頁 245。

〔註 98〕〔明〕李東陽著：《李東陽集（二）》，〈祭朱文鳴文〉，頁 679。

〔註 99〕〔明〕李東陽著：《李東陽集（三）》，〈蜀山蘇公祠堂記〉，頁 1031。

〔註 100〕〔清〕張廷玉等撰：《明史》卷一百八十一，〈李東陽傳〉，頁 4820。

〔註 101〕〔明〕王世貞：《藝苑卮言》卷五，見丁福保《歷代詩話續編》（北京：中華書局，1983 年），頁 1025。

〔註 102〕〔清〕錢謙益：《列朝詩集小傳》，〈楊少師一清〉，頁 257。

〔註 103〕〔清〕永瑢・紀昀等編《欽定四庫全書總目》卷一百七十《襄毅文集》提要：「正德以前，金華、青田流風漸遠，而『茶陵』、震澤猶未奮興。」；卷一百七十一《家藏集》提要：「以之羽翼『茶陵』，實如驂之有靳。」

意。景泰元年（1450），景帝在文華殿召見了這四歲神童，根據查繼佐《明書·經濟諸臣列傳·李東陽》一書中有此記載：

> 內侍扶過殿閾，曰：「神童腳短。」應聲曰：「天子門高。」既入謁，命書龍、鳳、龜、鱗十餘字，上喜抱至膝，賜上林珍果及內府寶鏹。時其父拜起，侍丹墀下。帝曰：「子坐父立，禮乎？」應聲曰：「嫂溺叔援，權也。」〔註 104〕

可以得知李東陽反應極快，自小聰慧，不落人後。且七歲開始讀書習文，法式善於〈明李文正公年譜〉中引明代淩笛知《名世類苑》記載：「上召見李東陽，試講《尚書·益稷篇》「唯荒度土功」大義，命肆京庠，復賜果鈔。」〔註 105〕，八歲那年又承蒙召見，展現才力，深受景帝喜愛，並要他到順天府學習。楊一清〈李公東陽墓誌銘〉中亦記載：

> 天順丁丑，受舉業於華容黎文僖之門。壬午年十六舉順天鄉試，癸未，中會試。甲申，殿試得二甲第一，入翰林，爲庶吉士。〔註 106〕

可知明英宗天順八年（1464），李東陽十八歲參加殿試，入選爲翰林院庶吉士，由前述可知，翰林院所選拔庶吉士多爲仕途做準備，培育未來官員。於是李東陽於第二年任翰林編修，從此進入官場，開始長期的翰林生活。

李東陽自從選爲庶吉士便一直在翰林院擔任侍講學士，時間約明英宗天順八年（1464），至明孝宗弘治六年（1493），期間共歷經三十年，也就是十八歲至四十七歲。在這三十年期間，沿著庶吉士、編修、侍講、侍講學士一步步往上生，期間多於京城度過。明英宗天順八年（1464），李東陽中進士後被選爲翰林院庶吉士。在〈學士柏詩序〉中載：「先生（指柯潛）當天順甲申（1464），奉詔授諸吉

〔註 104〕〔清〕查繼佐：《明書·經濟諸臣列傳·李東陽》，見於姜衡湘編《李東陽研究文選》（長沙：湖南人民出版社，2009 年），頁 15。

〔註 105〕〔明〕李東陽：《李東陽集（三）》，〈明李文正公年譜〉，頁 1577。

〔註 106〕〔明〕李東陽：《李東陽集（三）》，〈李公東陽墓誌銘〉，頁 1044。

士（指庶吉士）業，東陽辱在十八人之列。」〔註 107〕，在〈甲申十同年圖詩序〉中又云：「予於同年爲最少。」〔註 108〕，可以得知不僅被選爲庶吉士，更爲其中最年輕者。

儘管少年得志，但是李東陽在入翰林期間，職務幾乎都是「不關政務」〔註 109〕。成化元年（1465）至成化九年（1473），李東陽擔任翰林編修九年，期間李東陽任《英宗實錄》的「稽考參對官」，是唯一尚可書之事。成化十年（1474）至成化十八年（1482），擔任侍講九年。〈講讀錄序〉中載：

> 東陽自憲宗朝入翰林，歷編修侍講，十有餘年。成化丙申，始入經筵侍班，兼撰講章。〔註 110〕

成化十九年（1483）至弘治六年（1493），李東陽於翰林院擔任侍講學士十一年，〈講讀錄序〉中載：

> 甲辰，以侍講學士侍東宮班，皆不預講事。至孝宗朝，屬遷太常少卿，仍兼侍講學士。弘治壬子，始值日講，兼經筵講官。……晚充講官，不二三年遂參機務，蓋以經義供職事者無幾。〔註 111〕

成化末年雖然升任侍講學士，但卻僅是太子的東宮經筵値班。一直到擔任侍講學士的最後兩三年，才參與講事，擔任講官。一直至弘治六年以來，李東陽的仕途多受壓抑，翰林院的職位多清閒，並無關乎政治，就楊一清〈李公東陽墓誌銘〉中所載：

> 少入翰林，即富有文學重名。然恒持謙沖，未嘗以才智先人。資望既積，而當道殊不意慊，每阻抑之，士論譁然不平，公裕如也。〔註 112〕

因此，李東陽於翰林院的三十年期間，多「優閒無事」，就《列朝詩

〔註 107〕〔明〕李東陽：《李東陽集（三）》，〈學士柏詩序〉，頁 943。
〔註 108〕〔明〕李東陽：《李東陽集（三）》，〈甲申十同年圖詩序〉，頁 960。
〔註 109〕〔明〕李東陽：《李東陽集（二）》，〈應詔陳言奏〉，頁 639。
〔註 110〕〔明〕李東陽：《李東陽集（三）》，〈講讀錄序〉，頁 1401。
〔註 111〕〔明〕李東陽：《李東陽集（三）》（湖南：嶽麓書社，2008 年 12 月），〈講讀錄序〉，頁 1401。
〔註 112〕〔明〕李東陽：《李東陽集（三）》，〈李公東陽墓誌銘〉，頁 1538。

集小傳》中曾經記載李東陽與謝鐸等人，於翰林院同官時的生活作息以及型態：

> 當國家承平、詞館優閒無事，以文字為職業，而先輩道義之雅，僚友切磨之誼，亦具見於此。〔註 113〕

因此，此時期有較多時間從事文學活動，多有送行唱和、郊祀、翰林雅集……等。故何良俊於《四友叢齋說》中云：「李西涯當國時，其門生滿朝，西涯又喜筵納獎掖，故門生或朝罷，或散衙後，即群集其家，講藝談文，通日徹夜，率歲中以為常。」〔註 114〕

二、內閣時期

弘治七年（1494）起，李東陽開始受到明孝宗的重用，擢升禮部右侍郎，專管內閣誥敕，從此開始內閣生涯。在內閣生涯開始後，李東陽一路平坦暢達，正德期間雖有宦官劉瑾亂政，但是「東陽獨留」〔註 115〕。弘治八年（1495），李東陽以禮部左侍郎正式入閣，參與內閣機務。弘治十一年（1498）年以太子少保禮部尚書兼文淵閣大學士，弘治十六年（1503），晉身太子少保戶部尚書兼謹身殿大學士，弘治十八年（1505），加少傅兼太子太保。直至正德元年（1506），李東陽以少師兼太子太師吏部尚書華蓋殿大學士，正式成為明代正德期間首輔。自弘治十一年至正德七年，李東陽參與內閣機務長達十八年。在此十八年的內閣生涯中，以弘治與正德兩個期間做區分。

（一）弘治時期

弘治期間，李東陽被天下稱之為「賢相」，除了本身的才德兼備外，更因為孝宗這樣明代少見開明皇帝，以及內閣大臣的同心合作。《明史．孝宗本紀贊》：

〔註 113〕〔清〕錢謙益：《列朝詩集小傳》，〈謝侍郎鐸〉，頁 248。

〔註 114〕〔明〕何良俊：《四友齋叢說》卷八，收錄於陳田《明詩記事．丙籤》卷一（板橋市：廣文書局 1971 年），頁 956。

〔註 115〕〔清〕張廷玉等撰：《明史》卷一百八十一，〈李東陽傳〉，頁 4822。

明有天下，傳世十六，太祖、成祖而外，可稱仁宗、宣宗、孝宗而已。……孝宗獨能恭儉有制，勤政愛民，兢兢於保泰持盈之道，用使朝序清寧，民物康阜。〔註 116〕

可以孝宗對於朝政的專注。又楊一清於〈李公東楊墓誌銘〉中談到孝宗云：「(孝宗）屬召內閣臣面議，多公言是用。自是不數日輒召問。因事納忠，每稱意旨。」〔註 117〕，君臣之間的相互信任，以誠相待，也使李東陽能夠發揮所長。因此，《明史‧謝遷傳》中云：「時人爲之語曰：『李公謀，劉公斷，謝公尤侃侃』，天下稱賢相。」〔註 118〕，可知弘治期間，李東陽的評價頗高。

此期間在政治上的建樹頗多，就熊小月《李東陽詩歌研究》中歸納，此期的主要以五個面向〔註 119〕爲主要政治成就：

（1）敢於直諫：弘治八年，李東陽不附和皇帝道教迷信以鞏固官位，反而犯顏直諫，在楊一清〈李公東陽墓誌銘〉中記載：「公感知恩，力持國事，知無不言，兼稽古纂述之務。上嘗命撰祭三清樂章。公等上書言，天子祭天地，禮以簡爲貴，祭不過南郊，故漢禮五帝，儒者非之。況三清者，道家邪妄之說，不敢奉詔。」〔註 120〕。

（2）通情下達：《明史‧李東陽傳》中載：「帝數詔閣臣面議政事。東陽與首輔劉健等，竭心獻納，時政闕失，必盡極諫。」〔註 121〕，在《李東陽集》當中更有篇章直接寫道「通情下達」的重要性：「臣聞天下之患，常在於上下之情不通。今閭閻之情，郡縣不得而知也；郡縣之情，廟堂不得而知也；廟堂之情，九重不得而盡知也。是皆起於容隱，成於蒙蔽。容隱之端，其禍甚小；而蒙

〔註 116〕〔清〕張廷玉等撰：《明史》卷十五，〈孝宗本紀贊〉，頁 196。

〔註 117〕〔明〕李東陽：《李東陽集（三)》，〈李公東陽墓誌銘〉，頁 1536。

〔註 118〕〔清〕張廷玉等撰：《明史》卷一百八十一，〈謝遷傳〉，頁 4819。

〔註 119〕熊小月：《李東陽詩歌研究》（西北師範大學中國文學研究所碩士論文，2010 年），頁 8～9。

〔註 120〕〔明〕李東陽：《李東陽集（三)》，〈李公東陽墓誌銘〉，頁 1536。

〔註 121〕〔清〕張廷玉等撰：《明史》卷一百八十一，〈李東陽傳〉，頁 4822。

蔽之禍甚深，大壞極弊，皆由於此。」〔註 122〕

（3）廣開言路：楊一清〈李公東陽墓誌銘〉載：「武岡知州劉遜，爲藩府所奏訐，被逮至京。科道奏乞寬貸，上怒，俱下詔獄。公等言：遜誠情輕譴重，言官爲國盡忠，而概以爲罪，後有大利害，大闕失，誰肯言者。事竟得釋。」〔註 123〕，可知不僅李東陽本人敢於直諫，更注意保護言官，勸皇帝廣開言路。

（4）拯民與用人：他曾總結唐代用人經驗，云：「小人之不可與共事也。」〔註 124〕，又云：「使議朝政者不爲道旁作捨之空談，拯民災者不爲紙上栽桑之故事。」〔註 125〕

（5）健全法制：弘治十年（1497）李東陽奉孝宗之命，主持纂修《大明會典》，該書對明王朝開國以來一百多年的典章制度系統進行了大統整。

（二）正德時期

弘治十八年（1505），孝宗崩，太子朱厚照即位，是爲明武宗，以正德作爲年號。從正德元年（1506）開始，至正德五年（1510），朝政多被宦官劉瑾專斷，《明史・劉瑾傳》中言：「當是時，瑾權擅天下，威福任情。」〔註 126〕，且有內閣大學士焦芳與之附和，於是當時的忠良無不遭受迫害，《明史・焦芳傳》中言：「居內閣數年，瑾濁亂海內，變置成法，荼毒縉紳，皆芳導之。」〔註 127〕。

武宗即位後，寵信宦官劉瑾，內閣大學士劉健、李東陽、謝遷多次勸諫，「以一二人之恩，壞百年定制而不顧；以一二人之邪說，違滿朝之公論而不惜。臣等叨居重地，徒擁虛銜。或旨從中出，略不預聞；或有所議擬，徑行改易。似此之類，不能一一備舉。」

〔註 122〕〔明〕李東陽：《李東陽集（三）》，〈通情下達題本〉，頁 1443。
〔註 123〕〔明〕李東陽：《李東陽集（三）》，〈李公東陽墓誌銘〉，頁 1536。
〔註 124〕〔明〕李東陽：《李東陽集（二）》，〈讀《唐史》三十一首〉，頁 601。
〔註 125〕〔明〕李東陽：《李東陽集（二）》，〈應詔陳言奏〉，頁 639。
〔註 126〕〔清〕張廷玉等撰：《明史》卷一百八十一，〈劉瑾傳〉，頁 7788。
〔註 127〕〔清〕張廷玉等撰：《明史》卷三百零六，〈閹黨傳〉，頁 7835。

〔註 128〕，儘管眾人多有勸說，但仍不能收其效。據《明史・劉瑾傳》記載，劉瑾與馬永成、高鳳、羅祥、魏彬、丘聚、谷大用、張永並，合稱「八虎」，自正德元年起，誘惑武宗，撥亂朝政。在正德元年（1506）十月，劉健、李東陽、謝遷三人，連章請誅「八虎」，但卻因爲吏部尚書焦芳的洩密，令劉瑾率「七虎」繞武宗哭泣，武宗於心不忍，最終結果「八人皆宥不問」〔註 129〕，因此，導致三人上書辭位。

武宗卻獨留李東陽，「東陽獨留，恥之，再疏懇請，不許。」〔註 130〕，原因乃當時劉健與謝遷於閣議中堅持誅劉瑾，但李東陽語氣較爲緩和。但後代卻對於李東陽未與二人一同進退，反而留下與劉瑾一同共事不能諒解，就此批評的人極其多，尤其劉瑾被處死前，不少氣節之士對於李東陽不辭官採取責難的態度，最爲嚴厲當屬其門生羅玘，《明史・羅玘傳》中載：

> 劉瑾亂政，李東陽依違其間。玘，東陽所舉士也，貽書責以大義，且請削門生之籍。〔註 131〕

受到這樣的遭遇，也非李東陽所自願。留下後的李東陽並位與劉瑾同流合汙，反而利用劉瑾表面上對其「恭敬」的態度，反而營救了大批的正直官員。從正德元年至正德五年，李東陽保護了許多因反劉瑾而受迫害的官員。《明史・李東陽傳》中記載：「劉健、謝遷、劉大夏、楊一清及平江伯陳熊輩幾得危禍，皆賴東陽而解。」〔註 132〕，據《明史・楊一清傳》記載，劉瑾恨楊一清不能附己，曾以「冒破邊費」的罪名，將之逮捕入獄，後經「大學士李東陽、王鏊力救得解」〔註 133〕，才能致仕而歸。又正德二年（1507），尚寶卿崔璿、副使姚祥、郎中張瑋、給事中安奎、御史張彧，皆因爲「劉瑾意，

〔註 128〕〔明〕李東陽：《李東陽集（三）》，〈明李文正公年譜〉，頁 1577。
〔註 129〕〔清〕張廷玉等撰：《明史》卷一百八十一，〈劉健傳〉，頁 4817。
〔註 130〕〔清〕張廷玉等撰：《明史》卷一百八十一，〈李東陽傳〉，頁 4822。
〔註 131〕〔清〕張廷玉等撰：《明史》卷二百八十六，〈羅玘傳〉，頁 7345。
〔註 132〕〔清〕張廷玉等撰：《明史》卷一百八十一，〈李東陽傳〉，頁 4823。
〔註 133〕〔清〕張廷玉等撰：《明史》卷一百九十八，〈楊一清傳〉，頁 5227。

皆荷重校幾死」〔註 134〕，最後被李東陽所解救。

雖然李東陽在位期間解救眾多文士，但是仍然遭受氣節之士的非難，個性婉轉儒雅的他，並無法為自己多作辯駁，因此多「俛首長嘆而已」〔註 135〕。但是仍有部分遭解救之士對於其立場深表肯定與同情，楊一清就是其一，其在為李東陽撰寫墓誌銘中，澄清了許多事實與眞相，〈李公東陽墓誌銘〉中載：

> 時逆瑾柄用，於是劉、謝二公皆得謝去，而公獨留。公據案涕泣，連疏懇乞同罷。上素重公，兩宮亦言：「舊臣唯此一人，不宜聽其去。」瑾不得已，故留之。……更化以來，值權奸用事，隨事應變。所以解紓調濟，潛消默奪，天下陰受其賜者，公不自言，而人亦鮮知之。是時微公，衣冠之禍，不知何所極也！〔註 136〕

可以得知，李東陽上書致仕不止一次，但多因為上位者的不允許，於是遭受不白之冤。此時的李東陽卻忍受天下之大辱，盡力的保全善類，為社稷盡一己之力。此時期的李東陽在政治上權力達於頂峰，文學主張也臻於成熟之境。其《懷麓堂詩話》更於此時出刊。番禺陳大曉於〈麓堂詩話跋〉中云：

> 《麓堂詩話》，實涯翁所著，遼陽王公始刻於維揚。余家食時，手抄一帙，把玩久之。……適匠氏自坊間來，予同寅松溪葉子坡南、長洲陳子棐庭咸贊成之。乃相與正其訛舛，翻記得於縉庠之相觀庭，為天下詩家公器焉。時嘉靖壬寅十一月既望，番禺後學負暄陳大曉景曙父跋。〔註 137〕

由上可以得知李東陽的《懷麓堂詩話》最初是由王鐸（遼陽王）所得，然後出刊於世。然而出刊的時間呢？據王鐸〈懷麓堂詩話序〉

〔註 134〕〔清〕張廷玉等撰：《明史》卷一百八十一，〈李東陽傳〉，頁 4822。

〔註 135〕〔清〕張廷玉等撰：《明史》卷一百八十一，〈李東陽傳〉，頁 4822。

〔註 136〕〔明〕李東陽：《李東陽集（三）》，〈李公東陽墓誌銘〉，頁 1537～1539。

〔註 137〕〔清〕丁福保《歷代詩話續編・下》（北京：中華書局，1983 年），頁 1400。

中載：「是編乃今太師大學士西涯李先生公餘隨筆，藏之家笥，未嘗出以示人，鐸得而錄焉。」〔註 138〕。由「今少師」三字可以得知，《懷麓堂詩話》乃是李東陽為官至少師兼太子太師吏部尚書蓋華殿大學士時期，就《李東陽年譜》中所載，李東陽於正德元年（1506）十二月升上此官位，〔註 139〕直至致仕乃正德七年（1506）〔註 140〕，可以得知，《懷麓堂詩話》最早出刊時間約正德元年至正德七年之間。此時期提出的《懷麓堂詩話》乃是較為完善的詩歌批評理論，也成為後來李東陽所帶領茶陵詩派的圭臬。此書中許多觀念多影響前後七子，以及整個明代「復古」的思潮，承先啓後的作用不容小覷。

三、退隱時期

正德五年（1510）八月，劉瑾被誅後，本以為政局將趨穩定。但殊不知只是短暫的曇花一現，不到兩個月的時間，朝綱又紊亂，宦官又受到正德皇帝的重用。此時，不僅寵信宦官，更攏絡佞信。《明史．佞信傳序》中載：

> 武宗日事般遊，不恤國事，一時宵人並起，錢寧以錦衣幸，臧賢以伶人幸，江彬、許泰以邊降幸，馬昂以女弟幸。禍流中外，宗社幾墟。〔註 141〕

李東陽在位期間，對於正德帝的荒淫嬉鬧、寵信宦官佞臣種種脫序行為，多有勸諫，但多不能達其功效。他在內閣的最後幾年間，對於社會的動亂感到憂心，甚至於正德七年對於荒淫無道的正德帝做了「不奉詔」〔註 142〕的最大限度抵制行為，且強烈要求致仕，終於

〔註 138〕〔明〕王鐸：〈懷麓堂詩話序〉，見丁福保《歷代詩話續編．下》（北京：中華書局，1983 年），頁 1368。

〔註 139〕錢振民：《李東陽年譜》（南京：復旦大學出版社，1995 年 12 月），頁 217。

〔註 140〕錢振民：《李東陽年譜》，頁 255。

〔註 141〕〔清〕張廷玉等撰：《明史》卷三百七十，〈佞信傳序〉，頁 7875。

〔註 142〕〔清〕張廷玉等撰：《明史》卷一百八十一，〈李東陽傳〉，頁 4824。

在正德七年（1512）十二月，成功辭官隱退。一生歷經四朝，英宗、憲宗、孝宗、武宗四朝，掌管內閣十八年，終於能夠如願寄情山水。

正德八年至正德十一年（1513～1516），退隱在家至辭世，始終保持著簡樸的生活作風。《玉堂叢話》中曾載：「公致政後，邃庵楊閣老載酒肴過懷麓堂爲壽，觴以金。公訝曰：『公近亦有此器耶！』邃庵有慚色！」〔註143〕，由此可知，李東陽雖入內閣十八年，但家中竟無金子鑄成酒器。《明史．李東陽傳》中亦載：

> 既罷政居家，請詩文書篆者塡塞户限，頗資以給朝夕。一日，夫人方進紙墨，東陽有倦色。夫人笑曰：「今日設客，可使案無魚菜耶！」乃欣然命筆，移時而罷，其風操如此。〔註144〕

退休後與朋友的「棋局詩酒」，居然不是以往的公款，而是靠自己寫詩寫字的收入，自食其力維持款客的費用，這樣的風雅清操，難能可貴。

正德十一年（1516）壽終，楊一清〈李公東陽墓誌銘〉中載：「丙子年（正德十一年）六月，公卿大夫士奉觴獻壽者，彌月不止，積勞與熱，病臥不能興，至七月二十日終於正寢。」〔註145〕因爲祝壽者多，而身體羸弱的他，應酬過勞，因此病逝。但死時與葬時卻經濟蕭條，如〈李東陽年譜〉中引焦竑《獻徵錄》中載：

> 公仕官五十餘年，柄國且十有八年矣。鄭端簡公謂公卒之日，不能治喪，門人故吏醵金錢賻之，乃克葬。又謂嘗過其門，蕭然四壁，不足當分宜輩一宴會之費云。〔註146〕

又云：

> 李西涯晚年致政家居，致臨歿時，其門生故吏滿潮。西涯凡平日所用袍笏、束帶、硯臺、書畫之類，皆分贈門生。東江（顧清）亦分得數件，東江子顧伯庸親對余言，即書

〔註143〕〔明〕李東陽：《李東陽集（三）》，〈李東陽年譜〉，頁1630。
〔註144〕〔清〕張廷玉等撰：《明史》卷一百八十一，〈李東陽傳〉，頁4825。
〔註145〕〔明〕李東陽：《李東陽集（三）》，〈李公東陽墓誌銘〉，頁1538。
〔註146〕〔明〕李東陽：《李東陽集（三）》，〈李東陽年譜〉，頁1637。

籍所載古之宰相，亦未有如此者。〔註 147〕

由上述可以得知，李東陽一生清廉，從不貪汙與鋪張浪費。爲官五十餘年，內閣執政十八年有餘，隱退後居然身無長物，家徒四壁，可以爲人正直，與當時貪婪奸佞有雲泥之別。

第三節　李東陽與茶陵派之關係

李東陽所引領的茶陵派雖沒有正面派別之稱，主要以時人與後人的號稱，但是此派對於明代文學發展有極爲重要的影響。李東陽詩學與茶陵派的形成因素於第一節已細項說明，以下就茶陵派本身以及與李東陽之間的關聯性做探討，主要分成三個部分：一、茶陵派釋名；二、茶陵派組成人員；三、茶陵派興衰分期。

一、茶陵派釋名

一個文學流派的名稱確立與實際活動，往往不是同時進行的。茶陵詩派以李東陽爲中心，輔以李東陽的友執與門人，並且以翰林館閣活動爲主，但關於名稱的確立與稱號，並非當日即有。明代何良俊《四友齋叢說》中僅提：「李西涯當國時，其門生滿朝，西涯又喜延納獎掖，故門生或朝罷，或散衙後，即群集其家，講藝談文，通日撤夜，率歲中以爲常。」〔註 148〕，又焦竑《玉堂叢話》中也云：「李西涯當國時，其門生滿朝，西涯又喜延納。故門生散衙後，群集其家，講藝談文，通日徹夜，歲以爲常。」〔註 149〕，謝榛《四溟詩話》中提到：「李西涯閣老善詩，門下多詞客。」〔註 150〕皆未曾提及「茶陵派」的名稱。直至清初的錢謙益在《列朝詩集小傳》中

〔註 147〕〔明〕李東陽：《李東陽集（三）》，〈李東陽年譜〉，頁 1637。

〔註 148〕〔明〕何良俊：《四友齋叢說》收錄於陳田《明詩記事・丙籤》卷一（板橋：廣文書局 1971 年），頁 956

〔註 149〕〔明〕焦竑：《玉堂叢話》卷六〈師友〉。

〔註 150〕謝榛：《四溟詩話》卷二，選自何文煥編：《歷代詩話續編（下）》（臺北：木鐸出版社，1983 年），頁 1170。

也僅以：「百五十年之後，西涯一派煥然復開生面。」〔註 151〕，以及清人宋犖的《漫堂詩話》:「成弘間，李東陽雄張壇坫。」〔註 152〕，皆未曾以「茶陵」此派別來稱呼李東陽即其友人與門人之間的相互交集。尤其陳子龍曾言：「文正網羅群彥，導揚風流，如帝釋天人，雖無宗派，實爲法門所貴。」〔註 153〕。

由上述的原典可以得知，茶陵派的文學活動雖然在明代大爲盛行，但是僅止於時人因氣節或詩文而相互標榜，並非有意的成立派別，或者標立名目。故可知，茶陵派一詞，在明代或清初是不可見的。而眞正揭開「茶陵派」名目者，必須等到清乾隆時，《四庫全書總目提要》中將李東陽與其友人、門生關係作一梳理與歸納，才被直接標顯出來。〔註 154〕

《家藏集》之提要

以之（吳寬）羽翼茶陵。〔註 155〕

《熊峰集》提要

珤詩文皆平正通達，具有茶陵之體。〔註 156〕

《東江家藏集》提要

（顧清）在茶陵一派中，亦挺然翹楚矣。〔註 157〕

《何燕泉詩》提要

孟春少遊東陽之門，傳其詩派。〔註 158〕

《明詩記事》邵寶條：

〔註 151〕〔清〕錢謙益：《列朝詩集小傳》，〈李少師東陽〉，頁 245。
〔註 152〕〔清〕宋犖：《漫堂詩話》，選自《清詩話》（臺北：藝文印書館，1977 年），頁 504。
〔註 153〕〔明〕陳田：《明詩記事・丙籤》卷一（板橋：廣文書局 1971 年），〈李東陽條〉，頁 957。
〔註 154〕參考自連文萍：《明代茶陵派詩論研究》（東吳大學中國文學所碩士論文，1988 年），頁 11～12。
〔註 155〕卷一七一，集部二四，別集類二四，頁 1492。
〔註 156〕卷一七一，集部二四，別集類二四，頁 1495。
〔註 157〕卷一七一，集部二四，別集類二四，頁 1497。
〔註 158〕史部，卷五五，史部一一，詔令奏議類（詔令、奏議），頁 0498。

文莊（邵寶）詩格平衍，其蘊藉門入古處，則學爲之也。

在茶陵詩派中，不失爲第二流。〔註159〕

由以上可得知，自《四庫全書》直接茶陵派名目後，茶陵派便直接用來形容李東陽及其一派的文學活動與文學史上之地位，並延用至今。

二、茶陵派組成人員

一個文學流派的形成，與藝術風格相近有關。從文學史的角度審視，文學流派主要以兩種〔註160〕基本型態存在：一個是明確的自覺性流派，這類的流派主要藉助政治的力量，進行相同或相近的美學觀點、藝術情趣結合，具有鮮明的團體成員與共同的文學綱領，且多公開發表自己派別的文學見解與主張，必要時會針對觀點不同的流派進行攻訐。如明代中期的「前後七子」即屬於此類型，他們的組成以新科進士與郎署成員所結合而成，明確的提出「文必秦漢、詩必盛唐」，以及明中晚期的公安派、竟陵派皆是如此。第二種即是不自覺的組成類型。這一類的派別不具有或不完全具有明確的文學主張與組織形式，只是客觀的由相近的創作風格而組成，或者有核心的作家，吸引一批追隨與模仿者，而被後人冠上一定的流派與名稱，中國文學史上許多流派即是此類，如王維的田園山水，李白的浪漫詩派等等，李東陽的茶陵派亦是此類型。

茶陵派因其領袖李東陽身居高位，又喜獎掖後進，提拔能才，詩文創作與理論也相對豐碩，於是周圍聚集一批文人，相互唱和，形成一股足以影響文壇的力量。茶陵派興起於成化、弘治年間，並無法正確的區分其成員與組織，但可知成員多位居高官，或者爲李東陽門生。茶陵派當時並沒有提出自己的流派名稱，雖然已有被出

〔註159〕〔明〕陳田：《明詩記事・丙籤》卷八（板橋：廣文書局1971年），頁1077。

〔註160〕文學流派的兩種基本型態理論參考於劉建軍撰〈文學流派〉中的觀點，收錄於《中國大百科全書・中國文學分冊》（臺北：錦繡，1993年），頁952。

版之《懷麓堂詩話》，但是其綱領並沒有明確的詩學理論可以作爲整個流派的實踐步驟，而是一大批文人在李東陽的影響下日漸歸趨，形成具有特定風格與藝術特色的流派。

茶陵派的成員主要繞著李東陽而成立，筆者以二類人物來組構茶陵人員：一爲李東陽友執，二爲李東陽門生。李東陽於天順八年（1464）考中進士，設爲茶陵派雛型的起點，卒於正德七年（1512）作爲茶陵派的消歇，與之交遊的詩人必須創作活動於此時段。又李東陽《懷麓堂詩話》中鮮明綱領「詩在六經別爲一教，蓋六藝中之樂也。」〔註161〕，可知創作主張以音樂格律爲依歸，故成員創作主張或創作實踐中，必須以此爲主。李東陽作爲茶陵派領導人物，所有的成員繞他而行，詩人必須與李東陽有一定的交遊關係，並且認同模仿他的理論與綱領，才可視爲茶陵成員之一。

（一）友　執

在明代，同在翰林受教育或者同年進士者，並不會培養出濃厚情誼，李東陽與同年有鑑於此，於是提議組織「京闈同年會」：

> 京闈同年之會，殆自今日始也，苟有所限，則雖一藩之士，亦有郡邑之殊，不待如所謂京闈者。苟有所通，雖則天下之士之會於禮部者，亦不害其爲同，而況於一京闈之間乎，蓋所限者勢也。〔註162〕

茶陵派的成員可透過「京闈同年會」，兼顧朋友兄弟之情，並彼此呼應，同展用世之志：

> 同年者同時而出，同途而進，實兼朋友兄弟之義而有之。有事則相與以成，有過則相規以正，漸磨淬厲，各求無負於用世之志，與用我者之意而已。〔註163〕

透過「京闈同年會」，李東陽與友執能夠相互唱和，並且切磋詩文理論，一同改善臺閣體所帶給當時的流弊，在倪岳《青谿漫稿》中提

〔註161〕〔明〕李東陽：《李東陽集（三）》，〈懷麓堂詩話〉，頁1501。
〔註162〕〔明〕李東陽著：《李東陽集（二）》，〈京闈同年會詩序〉，頁458。
〔註163〕〔明〕李東陽著：《李東陽集（二）》，〈京闈同年會詩序〉，頁458。

到：李東陽、倪岳、焦芳、羅璟、謝鐸、陳音、傅瀚、吳衍、張泰、劉淳、彭教、陸釴等十二人，在翰林院時期有定期聚會〔註 164〕。陸容《式齋文集》中也提到：李東陽、羅璟、彭教、謝鐸等人常在陸容的「梅榴書屋」聚會〔註 165〕。謝鐸的《桃溪淨稿》〈元宵讌集詩序〉也提到：

> 鐸與諸公（明仲【羅璟】、汝賢【吳衍】、師召【陳音】、賓之【李東陽】、鼎儀【陸釴】），東西南北人也，幸出而同時，而同登甲第，而同為禁近之臣，抑交分兄弟也。故一會率有記，亦庸以考他日所以不相背負者。〔註 166〕

可知以上所舉：李東陽、倪岳、焦芳、羅璟、謝鐸、陳音、傅瀚、吳衍、張泰、劉淳、彭教、陸釴為李東陽同年或者情同手足，永不相背的朋友。尚有部分在成化時期就與李東陽同官而相厚者，如：張弼〔註 167〕、吳寬〔註 168〕、程敏政〔註 169〕、王鏊〔註 170〕、楊一清〔註 171〕、邵珪〔註 172〕等人，另，劉大夏、李東陽、楊一清更被

〔註 164〕〔明〕倪岳《青谿漫稿》卷十六〈翰林同年會圖記〉，收入《景印文淵閣四庫全書》，頁 22。

〔註 165〕〔明〕陸容《式齋先生文集》（〔明〕弘治十四年（1501）崑山陸氏家刊本），〈次梅榴書屋〉。

〔註 166〕〔明〕謝鐸：《桃溪淨稿》卷一，見《四庫全書存目叢書》，頁 2。

〔註 167〕「與李東陽、謝鐸善，嘗自言：『吾平生，書不如詩，詩不如文』，東陽戲之曰：『英雄欺人每如此，不足信也。』」，〔清〕張廷玉等撰：《明史》卷二八六，〈張弼傳〉，頁 7342。

〔註 168〕李東陽與吳寬為密友，東陽曾為吳寬父親作〈東莊記〉，收於《李東陽集・文前稿》卷十；以及為吳寬的《匏翁家藏集》作序，此序中說吳寬：「文名滿天下。」，〔明〕李東陽：《李東陽集（三）》，〈匏翁家藏詩集序〉，頁 978。

〔註 169〕「篁墩數與西涯酬和，集中存詩數千。」。〔清〕朱彝尊選編：《明詩綜》卷二十四（北京：中華書局，2007 年版，第一刷），頁 4。

〔註 170〕〔明〕李東陽：《李東陽集（二）》，頁 534。；〔明〕李東陽：《李東陽集（三）》，頁 1069。

〔註 171〕「平生道義交，豈獨愛文史。」可之二人不只是文史交，更是道義交。〔明〕李東陽：《李東陽集》，頁 140。

〔註 172〕「宜興邵君文敬與予交殆十年，語笑款洽，辭瀚往復，議論相出入，久而益親，遊必聯騎，燕必接幾，席動窮日夜，每一過門，樸不俟

視爲「楚中三傑」〔註 173〕。以上所提之人都可視爲茶陵的成員之一，對於茶陵派的醞釀與成長有極大的助益。

（二）門　生

茶陵派眞正能夠在明代形成一個巨大的流派，主要在於李東陽入內閣後，主掌文柄，廣收門生開始。錢謙益《列朝詩集小傳》中將邵寶、石珤、羅玘、顧清、魯鐸、何孟春此六人排列在一起，號稱「蘇門六君子」〔註 174〕，爲李東陽的嫡傳弟子，用來比喻此六門人對於茶陵派的重要地位。

門人中除此六人外，尚有李東陽擔任科舉考試中鄉試、會試、殿試等等的舉人或進士。如《列朝詩集小傳》提到十一名「名碩」：喬宇、儲巏、錢福、吳儼、靳貴、汪俊、林俊、陸深、張邦奇、孫承恩、楊愼。〔註 175〕這些都可以稱爲茶陵派的門人。另外還有陳璚，《明詩綜》中有云：「成齋出西涯之門，當時雖不以詩名，而恆與西涯、方石、匏菴諸公聯句，知見賞於西涯者深矣。」〔註 176〕，一時的菁英多匯集於李東陽門下，聲勢之浩大，可與前朝的「三楊」相互比擬。茶陵派的完全消止，以《列朝詩集小傳》的說法：「用修歿於嘉靖中年，至是而長沙之門人始盡。」〔註 177〕，可以作爲茶陵派眞正終結的時間點。

然而，在茶陵派的門人中，尚有一些曾經師於李東陽，後來卻變成攻擊茶陵的反對派，例如崛起於弘治十五年之後的「前七子」，幾乎都是李東陽的門生。李夢陽曾經在詩中云：「我師崛起楊與李，力挽一發回千鈞。」〔註 178〕，其中楊乃楊一清，而李則爲李東陽。可

命，馬不待勒以爲常。」〔明〕李東陽：《李東陽集（二）》，頁 452。

〔註 173〕〔清〕張廷玉等撰：《明史》卷一九八，〈楊一清傳〉，頁 5225。

〔註 174〕〔清〕錢謙益：《列朝詩集小傳》，〈李少師東陽〉，頁 245。

〔註 175〕〔清〕錢謙益：《列朝詩集小傳》，〈李少師東陽〉，頁 245。

〔註 176〕〔清〕朱彝尊選編：《明詩綜》卷二十五（北京：中華書局，2007 年版，第一刷），頁 7。

〔註 177〕〔清〕錢謙益：《列朝詩集小傳》，〈何侍郎孟春〉，頁 274。

〔註 178〕〔清〕王士禎：《池北偶談》卷十四〈談藝四〉。

知，一開始李夢陽對於李東陽是尊崇的，並沒有產生批判與駁斥。

李東陽一代之門人，主要集中於李東陽爲應試監考官，或者入內閣之後，多以弘治爲主。茶陵一派之大開，也由此而興。故何良俊於《四友叢齋說》中云：「李西涯當國時，其門生滿朝，西涯又喜筵納獎掖，故門生或朝罷，或散衙後，即群集其家，講藝談文，通日徹夜，率歲中以爲常。」〔註179〕

三、茶陵派興衰分期

以李東陽爲首的茶陵派，成員可以概分兩部分。一爲友執同官者；二爲門人。筆者參照周寅賓於《李東陽與茶陵派》說法，將之分成四期：

一「醞釀期」：天順八年（1464）至弘治八年（1495）

二「興盛期」：弘治八年（1495）至正德十一年（1516）

三「衰微期」：正德十一年（1516）至嘉靖六年（1527）

四「餘響期」：嘉靖六年（1527）至嘉靖三十八年（1559）〔註180〕

第一個時期爲「醞釀期」，時間主要以李東陽中進士於天順八年開始算起，至弘治八年入內閣結束，期間約三十一年。此期成員主要以李東陽的同年進士與翰林同事爲主，利用「京闈同年會」之便，進行相互唱和，並且互相交流詩文理論，使之臻於成熟。《列朝詩集小傳》中有記載：「成化以來，海內和豫，喜爲流易，則李（李東陽），謝（謝鐸）之爲宗。」〔註181〕，其中提到二人爲李東陽與謝鐸，乃是成化時期的進士，並同爲庶吉士，乃相互唱和之好友，當時也引起同好追隨。可知，此期的茶陵，以「流易」爲主，並未有極大的

〔註179〕〔明〕何良俊《四友齋叢說》卷八，收錄於陳田《明詩記事·丙籤》卷一（板橋：廣文書局1971年），頁956。

〔註180〕參考自周寅賓《李東陽與茶陵派》第四章第一節（長沙：湖南師範大學出版社，2008年1月），〈茶陵派的歷程與早期成員與支持者〉，頁227～234。

〔註181〕〔清〕錢謙益：《列朝詩集小傳》，〈高按察叔嗣〉，頁371。

差異別於臺閣風貌。陸釴曾提及李東陽、謝鐸、張泰等人當時的唱和，以此段話作爲結論：「當日諸公逢太平盛際，翰林風流，經過輒成勝引。」〔註 182〕，李東陽等人，自進士入翰林，開始與同年友執輩，或者同官者進行交遊與唱和，其文學理論也在日積月累中逐漸成形，又「正統以來，在公署讀書者大多從事辭章，內閣按月考試，則詩文各一篇，第其高下……。」〔註 183〕，文風已由一味的歌功頌德，宣揚程朱理學，到注重詩文本身的審美觀與要求。此時的翰林風流雖然依舊存在，但是卻也僅止於重要友執的病假與逝去〔註 184〕，而隨著停止。

第二個時期爲「興盛期」，時間主要以李東陽在弘治七年入內閣算起，至正德十一年病逝止，期間約二十一年。此期成員與醞釀期有極大的不同，已經不是由李東陽的友執或同年所組成，而是李東陽在多次科舉中所錄取的門生或者入門弟子所形成。這個階段也是茶陵派最爲興盛與著名的時期。晚明陳子龍曾在《皇明詩選》中提到：「文正（李東陽諡文正）網羅群彥，導揚風流，如帝釋天人，雖無宗派，實爲法門所貴。」〔註 185〕，又明代焦竑《玉堂叢話》中也記載著：「李西涯當國時，其門生滿朝，西涯又喜延納獎拔，故門生或朝罷或散衙後，即群集其家，講藝談文，通日夜以爲常。」〔註 186〕，何良俊也曾提到：「李文正當國時，每日朝罷，則門生群集其家，皆海內名流。其座上常滿，殆無虛日。談文講藝，絕口不及勢利。」〔註 187〕。由上可知，李東陽當時以文爲號召，並無利益雜於其中，

〔註 182〕〔明〕鄭士龍編輯：《國朝典故》卷六十七〈病逸漫記〉。

〔註 183〕〔明〕廖道南撰：《殿閣詞林記》卷十，引自王雲五主編《四庫全書珍本九集》（臺北：臺灣商務，1978 年）。

〔註 184〕成化十四年（1478），謝鐸父死回浙江守喪，又請病假家居十年；成化十六年（1480），張泰病逝；弘治二年（1489），陸釴病逝。

〔註 185〕〔明〕陳子龍等輯《皇明詩選》，收錄《四庫禁燬書叢刊補編，第 55 冊》（北京：北京出版社，2005 年）。

〔註 186〕〔明〕焦竑：《玉堂叢話》卷六〈師友〉。

〔註 187〕〔明〕何良俊《四友齋叢說》卷八，收錄於陳田《明詩記事・丙籤》

雖不明言組黨成派，但在個人地位以及詩文創作的魅力下，形成了大批的名流與學士與之學習、唱和，淺移默化中學習其詩文理論與觀念，進而茶陵一派，蔚爲風行。雖然以復古爲號召的「前七子」李夢陽，在弘治六年中了進士，但是起初他仍爲李東陽的門生，「我師崛起楊與李，力挽一發回千鈞。」〔註188〕，甚至於弘治十四年，請求李東陽爲其父撰寫〈大明周府封邱王教授贈承德郎戶部主事李君墓表〉〔註189〕，可見當時的李夢陽並未對茶陵有絲毫的反對與偏見。

第三個時期是「衰微期」，時間主要自李東陽逝世後正德十二年算起，至嘉靖三到六年的「大議禮」事件結束後，期間約十年。《列朝詩集小傳》中云:「李西涯在弘、正間，主張風雅。」〔註190〕，可知正德十一年李東陽尚未逝世以前，他仍爲全文國的文壇領袖。但至西涯逝世後，茶陵派的精神領袖也隨之消失，文壇逐漸被另一派強勁反對黨「前七子」奪去。茶陵門人雖少了李東陽爲效法與尊崇對象，但仍對其服膺不已。如《列朝詩集小傳》中記載邵寶:「西涯既沒，李何之焰大張，而公獨守其師法，確然不變。」〔註191〕，又記載石珤云:「蓋正、嘉間，館閣文章得長沙之指授者，文隱其職志也。」〔註192〕，可知李東陽沒後，正德後期至嘉靖初期，茶陵派的門人依舊堅持著茶陵領袖的創作精神，只是因爲前七子聲勢越來越浩大，廖可斌先生於《復古派與明代文學思潮》中提到：

> 從弘治十五年（1502）到正德六年（1511）是復古派運動蓬勃高漲的階段。在政治上，復古派與外戚、特別是宦官劉瑾集團進行了頑強的抗爭，同時也對以李東陽爲代表的

卷一（板橋：廣文書局，1971年），頁956。

〔註188〕〔清〕王士禎：《池北偶談》卷十四〈談藝四〉。

〔註189〕〔明〕李東陽：《李東陽集（三）》（湖南：嶽麓書社出版，2008年12月），頁1141。

〔註190〕〔清〕錢謙益：《列朝詩集小傳》，〈李少師東陽〉，頁245。

〔註191〕〔清〕錢謙益：《列朝詩集小傳》，〈李少師東陽〉，頁245。

〔註192〕〔清〕錢謙益：《列朝詩集小傳》，〈李少師東陽〉，頁245。

> 向劉瑾等屈膝投降的上層官僚集團進行了批評。在文學上，復古派終於與茶流派脫鉤，走向獨立與成熟。〔註 193〕

自弘治十五年，復古派興起後，慢慢的醞釀並蔚爲大風。因正德初期李東陽尚未過世，所以茶陵尚能與前七子抗衡，形成內閣與郎署之間的文壇爭奪；自李東陽逝世後，雖有門人承其志，但又發生嘉靖年間的「大議禮」〔註 194〕事件，使得茶陵派的重要門人，一一退出政治舞臺。文學上復古派的「文必秦漢、詩必盛唐」導致茶陵一派氣焰漸低：「自李夢陽、何景明崛起宏、正之間倡復古學，於是文必秦漢，詩必盛唐，其才學足以籠罩一世，天下亦響然從之，茶陵之光焰幾燼。」〔註 195〕，又「是以正德、嘉靖、隆慶之閒，李夢陽、何景明等崛起於前，李攀龍、王世貞等奮發於後，以復古之說遞相唱和，導天下無讀唐以後書。天下響應，文體一新。七子之名，遂竟奪長沙之壇坫。」〔註 196〕，復古派興起，正可以說明茶陵派沒落。

最後一期爲「餘響期」，時間主要以嘉靖七年「大議禮」過後，至茶陵最後一位門人楊慎於嘉靖三十八年過世前，期間共歷約三十一年。此期的茶陵成員幾乎僅剩無幾，除了陸深、張邦奇、孫承恩外，最爲著名者即是楊慎。楊慎中進士於正德六年，而李東陽於七年辭官，故可稱爲李東陽最後的門生。錢謙益《列朝詩集小傳》中云：「用修（楊慎）垂髫嘗賦黃髮時，爲茶陵文正公（李東陽）所知。登第又出門下，詩文衣缽，實出指授。」〔註 197〕，可知楊慎與李東陽關係之深。而餘響期以楊慎卒爲止，乃是參考於《列朝詩集小傳》

〔註 193〕廖可斌《復古派與明代文學思潮》第六章〈復古運動第一次高潮興起的歷史條件與發展過程〉，頁 162。

〔註 194〕嘉靖皇帝爲了親生父母的尊號問題，與茶陵派的部分成員對立，導致茶陵受到排斥。石珤、何孟春、林俊、汪俊、喬宇等人，皆因此而被迫辭去職務，或消去官籍。更有顧清、儲巏、羅玘、吳儼、靳貴等人，更是分別於正德末或嘉靖初相繼過世，後繼無力的茶陵派，自此退出文學舞臺。

〔註 195〕卷一七〇，集部二三，別集類二三，頁 1490。

〔註 196〕卷一九〇，集部四三，總集類五，頁 1730。

〔註 197〕〔清〕錢謙益：《列朝詩集小傳》，頁 245。

中「用修歿於嘉靖中年，至是而長沙之門人始盡。」〔註 198〕之說，將楊慎亡定爲茶陵最後的終結。

〔註 198〕〔清〕錢謙益：《列朝詩集小傳》，頁 274。

第三章　李東陽詩歌根源論

以《詩經》〔註 1〕作爲詩歌的價值以及基礎，是縱觀《懷麓堂詩話》的主要脈絡。然而，何謂「詩學根源論」？筆者欲透過根源的追尋，探求李東陽詩歌中的何種價值？李東陽的觀念裡，經典的傳承絕大多可推至「詩三百」，在開宗明義第一則詩話中就闡明「詩在六經中，別是一教」，而六經指的即是儒家經典中的《詩》、《書》、《禮》、《樂》、《易》、《春秋》六部。表明了《詩經》在李東陽的觀念中，與創作詩歌的緊密相關性。在筆者通盤的爬梳了《李東陽集》後，發現其根源所追，並非單一，更擴至《論語》以及《滄浪詩話》的創作基礎，透過此來還原李東陽詩歌理論的脈絡與回歸。

第一節　「詩三百」根源論

李東陽的詩歌理論以「詩三百」作爲基礎的價值根源，也是判斷詩歌的最高標準。然而，在這個基礎上，可以概括成四個面向：一爲言志與緣情；二爲中庸之德；三爲政事名教思想；四爲詩樂同源。透過這四個部分，可以觀察李東陽不僅將詩歌歸之於個人的心志與情性上，更包含儒家中庸與政事的詩教概念。更準確來說，其詩歌理論不

〔註 1〕以下談到《詩經》，即以「詩三百」表示之。

脫於詩三百的儒教思想，既發乎情卻止乎禮，更擴大到王政之思。

一、言志與緣情

中國詩學中有「詩緣情」與「詩言志」兩大傳統，分別來自先秦與六朝，將詩由社會功用轉向個人抒情的發展，換句話說，以文學詩歌反映社會現實與政教美刺之用的政治氛圍，發展成個體感物的創作審美抒情經驗。然而，詩歌的「緣情」與「言志」究竟是否完全對立？

根據〈從「群體意識」到「個體意識」論文學史「詩言志」與「詩緣情」之對舉關係——以明代格調、性靈詩學分流起點作爲論證核心〉一文當中的結論可以得知：

> 當今「詩言志」、「詩緣情」是否對舉的問題，主要仍圍繞在「詩言志」中的「志」有「情」的成分，而在詮釋時著意將「詩言志」的「志」釋爲「性情」者，則屬性靈袁枚最有力，此可以視爲是其著力消解「詩言志」詩學傳統儒教教化的功能，並重構詩經由「言志」到「言情」的詮釋手段。〔註2〕

「言志」與「言情」是後來才被區分開來，本在《詩經》之際，「志」本包含了兩個部分，一爲「志」；一爲「情」。再來看到《毛詩注疏・詩大序》有這麼一段文字：

> 詩者，志之所之也，在心爲志，發言爲詩，情動於中而形於言，言之不足，故嗟歎之，嗟歎之不足，故詠歌之，詠歌之不足，不知手之舞之足之蹈之也。〔註3〕

詩乃心志的呈現，情則於心志之中，透過自我的情緒，進一步的手舞足蹈表現內心的情緒，其中更不脫心志與個人的抒情成分於其

〔註2〕李百容：〈從「群體意識」到「個體意識」論文學史「詩言志」與「詩緣情」之對舉關係——以明代格調、性靈詩學分流起點作爲論證核心〉《新竹教育大學人文社會學報》2009年第二卷第一期，頁25。

〔註3〕毛傳、鄭箋、孔穎達疏：《毛詩注疏》卷一（臺北：文藝印書館，十三經注疏，嘉慶二十年重刊宋本），頁20。

中。雖然，〈詩大序〉中談到的情與志都關乎政教，也都不脫於社會國家的儒教之說，但是不可否認詩歌的存在乃是表達內心的情感，無論心志或者個人抒發，都源於心。再者，鄭毓瑜〈詮釋的界域——從〈詩大序〉再探「抒情傳統」的建構〉中也曾云：

> 〈詩大序〉已把「志之所之」解釋爲「情動於中」，正可以證明「詩言志」的命題根本就是強調以「情」爲主要的精神活動。〔註4〕

可以知道，「詩三百」的「言志」根本包含了「言志」與「緣情」兩個部分於其中。李東陽所提到的「詩三百」價值「陶冶性情，感發志意」，正是建構在「詩三百」的「緣情」與「言志」之下。《懷麓堂詩話》開宗明義第一則云：

> 詩在六經中，別是一教，蓋六藝中之樂也。樂始於詩，終於律，人聲和則樂聲和。又取其聲之和者，以陶寫情性，感發志意，動盪血脈，流通精神，有至於手舞足蹈而不自覺者。後世詩與樂判而爲二，雖有格律，而無音韻，是不過爲排偶之文而已。使徒以文而已也，則古之教，何必以詩律爲哉？〔註5〕

此則通常舉例於「詩樂和一」的範疇中，但是我們可以看到其中「陶寫情性，感發志意，動盪血脈，流通精神，有至於手舞足蹈而不自覺者。」與「詩三百」當中「言之不足，故嗟歎之，嗟歎之不足，故詠歌之，詠歌之不足，不知手之舞之足之蹈之也。」可謂同一觀念。透過詩歌能夠將心中的情性與志意以外在的行爲表現出來。更深刻來說，情志的表現，在於自我志向的凸顯，即是「詩三百」當中的「興寄」觀念。這在李東陽的理論中，可見一般。李東陽進一步在第二十九則中云：

> 晦翁深於古詩，其效漢、魏，至字字句句、平側高下，亦相依倣。命意託興，則得之《三百篇》者爲多。觀所得《詩

〔註4〕鄭毓瑜：〈詮釋的界域——從〈詩大序〉再探「抒情傳統」的建構〉，《中國文哲研究期刊》第二十三期（2003年9月），頁3。

〔註5〕〔明〕李東陽：《李東陽集（三）》，〈懷麓堂詩話〉，頁1501。

傳》，簡當精密，殆無遺憾，是可見已。感興之作，蓋以經史事理，播之吟咏，豈可以後世詩家者流例論哉！〔註6〕

此則可以與第二十二則作相互對照之：

詩有三義，賦止居一，而比興居其二。所謂比與興者，皆託物寓情而爲之者也。蓋正言直述，則易於窮盡，而難於感發。惟有所寓託，形容摹寫，反復諷咏，以俟人之自得，言有盡而意無窮，則神爽飛動，手舞足蹈而不自覺。此詩之所以貴情思而輕事實也。〔註7〕

李東陽反對機械的模擬，所謂「晦翁深於古詩」，並非肯定「字字句句、平側高下」皆是仿「漢、魏」，而是將重點強調於「命意託興」。透過烘托興寄的表現，達到言志與言情的目的。這與「皆託物寓情而爲之」的比興之意，是相互貫通的，也就是說，「詩三百」的言志與緣情二大傳統，在李東陽的概念裡，形成了「有所寄託」，此觀點可以參照第七十四則:「詩文之傳，亦繫於所付託。」〔註8〕相互補充。

接著，李東陽更在「有所寄託」的基礎上，繼續延伸，提出「眞情實意」的觀點。第八十六則云：

輓詩始盛於唐，然非無從而涕者。壽詩始盛於宋，見施於官長故舊之間，亦莫有同而言者也。近時士大夫子孫之於祖父者弗論，至於姻戚、鄉黨，轉相徵乞，動成卷帙。其辭亦互爲蹈襲，陳俗可厭，無復有古意矣。〔註9〕

這裡提到輓詩，首先就必須要說明，何謂「輓詩」？根據陸容《菽園雜記》中有這麼一段文字，可以說明輓詩的概念：

今仕者有父母之喪，輒徧求輓詩爲冊，士大夫亦勉強以副其意，舉世同然也。蓋卿大夫之喪，有當爲神道碑者，有當爲墓表者，如內閣大臣三人，一人請爲神道碑，一人請爲葬誌，餘一人恐其以爲遺己也，則以輓詩序爲請。〔註10〕

〔註6〕〔明〕李東陽:《李東陽集（三）》,〈懷麓堂詩話〉，頁1508。
〔註7〕〔明〕李東陽:《李東陽集（三）》,〈懷麓堂詩話〉，頁1506。
〔註8〕〔明〕李東陽:《李東陽集（三）》,〈懷麓堂詩話〉，頁1517。
〔註9〕〔明〕李東陽:《李東陽集（三）》,〈懷麓堂詩話〉，頁1519。
〔註10〕〔明〕陸容:《菽園雜記》(北京：中華書局，1985年5月）卷十五，

於當時，上至內閣學士，下至一般公卿大夫，對於爲彼此祖父母或者父母，甚至鄉黨、親戚……等，撰寫輓詩，已屬於正常情況，如果少了輓詩，甚至會認爲喪禮未完成。可見當時的輓詩風氣瀰漫嚴重。然而，喪禮本該是哀莫至深，輓詩的情緒也應該發於情性，有眞實的情意。何以最終「其辭亦互爲蹈襲，陳俗可厭，無復有古意矣。」？我們接著看上述陸容《菽園雜記》接下來的論述，即可以明白：

> 皆有重幣入贄，且以爲後會張本。既有詩序，則不能無詩，於是而徧求詩章以成之。亦有仕未通顯，持此歸示其鄉人，以爲平昔見重於名人。而人之愛敬其親如此，以爲不如是，則於其親之喪有缺然矣。於是人人務爲此舉，而不知其非所當急。甚至江南銅臭之家，與朝紳素不相識，亦必夤緣所交，投贄求輓。受其贄者不問其人賢否，漫爾應之。銅臭者得此，不但裒冊而已，或刻石墓亭，或刻板家塾。有利其贄而厭其求者，爲活套詩若干首以備應付。及其印行，則彼此一律，此其最可笑者也。〔註11〕

根據張日郡《明代臺閣體及其詩學研究》中得知，論述中可得下列幾個要點：（一）上至內閣大臣，下至一般官員，爲彼此的父母或士大夫階級之間，撰寫神道碑、墓表及輓詩，已是一種常態。如果不這樣做，反而認爲「喪禮」不夠完整，而士大夫可得重幣亦能傳播自己的名聲。（二）不論是仕未通顯之人或是江南銅臭之家，都希望得到朝中大臣或是知名文人的輓詩，藉此以炫耀鄉閭，這與「耀金珠廣田宅以驕里閭者，世不以爲過」是同樣的意思，如果「金珠田宅」屬於物質層面，那麼「輓詩」就算是屬於「名聲」層面。（三）作輓詩之人，想得重幣卻又厭其求之人，會事先準備好「活套詩」若干首，大概就是事先寫好一個詩文本的格式，只需換換人名、讚辭之類的「公式詩」，於是才千篇一律。〔註12〕

頁189。

〔註11〕〔明〕陸容：《菽園雜記》卷十五，頁189。

〔註12〕張日郡：《明代臺閣體及其詩學研究》（新竹教育大學中國文學系碩

由此可知，公式化的輓詩，早已缺乏了眞情，詩文本當中，只是形式上的互換，無法連結興寄與情意，這也是李東陽說「無復有古意」的意思。當然，李東陽所針砭缺乏眞情，並不僅止於輓詩上，而是縱概了當時作詩的特徵。在臺閣體的流衍下，詩歌多極其鋪陳，缺乏寄託與興意，自然少了眞實情性的抒發。正因缺乏眞實情感的詩歌創作，情思亦短缺，便會與「言志」與「緣情」脫鉤，於是李東陽必須針砭之。不過，這又引伸了下一個問題，眞情實意的表現上，是否具備限度呢？「志」與「情」的基礎上，要如何不衝突？而能兼具呢？下一節繼續深入討論之。

二、中庸之德

中國的傳統思想「溫柔敦厚」，也可以用中國儒家的「中庸」來說明，這個觀念在李東陽的詩歌理論裡屢屢出現。然而，在談其「中庸」之思前，要先釐清「詩三百」當中的「中庸之德」究竟是何？以及「溫柔敦厚」的包含與特質。

「中庸」是孔子哲學中的基本原則，「詩三百」雖非孔子所著，但「刪詩說」正好可以說明其經過孔子的檢測，大致多符合孔子的處事以及想法。《論語・八佾》中曾云：「子曰：『〈關雎〉，樂而不淫，哀而不傷。』」〔註13〕，表現的是有節制的、理性的情感。〈詩大序〉也有此觀念：

> 主文而譎諫，言之者無罪，聞之者足以戒，故曰風。……故變風發乎情，止乎禮義。發乎情，民之性也；止乎禮義，先王之澤也。〔註14〕

上述強調詩歌的情感抒發，必須遵循禮義，有一定的規定以及適度的表現。兩段引文幾乎可以互相作爲註腳：如何才能樂而不淫，哀

士論文，2011年），頁50～51。

〔註13〕楊伯峻主編：《論語疏證》（上海：古籍出版社，1986年2月），頁76。

〔註14〕毛傳、鄭箋、孔穎達疏：《毛詩注疏》卷一（臺北：文藝印書館，十三經注疏，嘉慶二十年重刊宋本），頁20。

而不傷？在心發之稱情性，自然而然，但也止於禮之前，一切有法度但卻不拘束。同樣的，美刺的功能也必須要以「禮」作爲優先的準則，不能過於直接批評，必須要維護上位者的尊嚴以及自身身分的法度。

「溫柔」根據孔穎達的解釋：

> 溫謂顏色溫潤，柔謂性情和柔。詩依違諷諫，不指切事情，故云：溫柔敦厚，詩教也。〔註15〕

陳良運在《中國詩學體系論》中也針對「敦厚」作出了一番說明：

> 「敦」，實指樸實、本色。《老子》云：「敦兮其若樸」，可見「敦」是指「顏色溫潤，情性質樸」，還需是人樸實、本色的表現，不可作爲。「厚」即是「忠厚」之意，謂人必須有品德之厚，有深厚的倫理道德修養。〔註16〕

總體來說，溫柔敦厚是中國傳統的儒家思想，與「中庸」所包含的意義有其重疊之處，都是「和」、「親」、「敬」、「適」、「中」。〔註17〕

李東陽的詩歌理論當中，不乏這類的看法。若以「聲」而論，強調「宮」聲，在《懷麓堂詩話》第十八則云：

> 陳公父論詩專取聲，最得要領。潘禎應昌嘗謂予詩宮聲也，予訝而問之，潘言其父受於鄉先輩曰：「詩有五聲，全備者少，惟得宮聲者爲最優，蓋可以兼眾聲也。李太白杜子美之詩爲宮，韓退之之詩爲角，以此例之，雖百家可知也。」予初欲求聲於詩，不過心口相語，然不敢以示人。聞潘言，始自信以爲昔人先得我心，天下之理，出於自然者，固不約而同也。趙捴謙嘗作《聲音文字通》十二卷，未有刻本。本入內閣而亡其十一，止存總目一卷，以聲統字，字之於詩，亦一本而分者。於此觀之，尤信。門人輩有聞予言，

〔註15〕〔唐〕孔穎達，李學勤主編：《禮記正義》（臺北：臺灣古籍，2001年10月），頁1598。

〔註16〕陳良運：《中國詩學體系論》（北京：中國社會科學出版社，1992年7月），頁140～141。

〔註17〕朱自清：《詩言志辨》（臺北：頂淵出版社，2001年），頁123。

> 必讓予曰「莫太洩漏天機」，否也！〔註 18〕

何以「宮聲」爲最優？「宮商角徵羽」五聲是古代音樂的術語，「宮」聲乃表君聲，因爲調性典雅沉重，是古代樂性中最基本的調式，故可以「兼眾聲」，乃「最優」。這正好可以與第一則的字句相互參酌：「人聲和則樂聲和。又取其聲之和者，以陶寫情性，感發志意，動湯血脈，流通精神……」〔註 19〕，充分的表現出中庸之美，透過適切的調音，發揮了儒家的中和美，不偏不倚。然而，中庸之美是否必須有所限定，行韻窘迫呢？在其《懷麓堂詩話》第五則中云：

> 今泥古詩之成聲，平側短長，句句字字，摹仿而不敢失，非惟格調有限，亦無以發人之情性。若往復諷詠，久而自有所得，得於心而發之乎聲，則雖千變萬化，如珠之走盤，自不越乎法度之外矣。〔註 20〕

此則強調詩歌必須要「得於心而發之乎聲」，而此「自然之聲」，音節的長短雖然千姿萬態，但卻「自不越乎法度之外」。自然而然，表示不受刻意的雕塑，但卻能遊走於法度之內，而不離調音的規範之外。說明，若能人聲與樂聲相互配合，自然皆於法度之內，於是乎「界線之外」即消失，當然運用起來也自如且自由。在第六十八則，更直接將「自然」稱之爲「不失其正」：

> 長歌之哀，過於痛哭，歌發於樂者也。而反過於哭，是詩之作也。七情具焉，豈獨樂之發哉？惟哀而甚於哭，則失其正矣。善用其情者，無他，亦不失其正而已矣。〔註 21〕

表現出李東陽無論「哀傷」或者「開心」都強調「發乎情，止乎禮」的理論與作風。然而，何謂性情之正呢？其中的情與禮，又該如何拿捏？才能算中庸呢？朱熹在詮釋孔子「詩三百，一言以蔽之，曰『思無邪』。」一句時，曾云：

〔註 18〕〔明〕李東陽：《李東陽集（三）》，〈懷麓堂詩話〉，頁 1505。
〔註 19〕〔明〕李東陽：《李東陽集（三）》，〈懷麓堂詩話〉，頁 1501。
〔註 20〕〔明〕李東陽：《李東陽集（三）》，〈懷麓堂詩話〉，頁 1502。
〔註 21〕〔明〕李東陽：《李東陽集（三）》，〈懷麓堂詩話〉，頁 1516。

> 凡詩之言，善者可以感發人之善心，惡者可以懲創人之逸志，其用歸於使人，得其情性之正而已。〔註22〕

可以知道他是以「善惡」來分別「詩三百」當中的「性情之正」。又朱熹解釋孔子『〈關雎〉，樂而不淫，哀而不傷。』此句時，也曾言：

> 蓋淫者樂之過，傷者哀之過，獨爲是詩者得其性情之正，是以哀樂中節而不至於過耳。〔註23〕

可以得知「性情之正」不只以善惡，更以「是否適度」來詮釋。進一步以此來解釋李東陽的情性之正，即成爲自然而然的心志所發，但不違當時，既保有敦厚之意，又有緣情之效。如〈赤城詩集序〉中就曾云：「詩之爲物，大則關氣運，小則關土俗，而實本乎人之心。……其音多慷慨激烈，而不失其正。」〔註24〕，表現出詩歌本於人心，故可以慷慨激昂，但仍然能夠遊走法度之內，而不失其正。又〈聯句錄序〉中也提到：

> 夫詩之氣格、聲韻，雖俱稱大家，不能相合。合數人而爲詩，往復唱和，興出一時，而感時觸物，喜怒憂佚，不平之意，亦或錯然，有以自見，所謂變而不失其正者。〔註25〕

總合上述，可以歸結出李東陽對於詩歌的聲韻以及內容字句上，奉行著「中庸」的作法。在心爲志，發之而爲詩。詩者，是情性的表現，可以有許多種不同的表現手法，但情與志之間必須取得平衡，也就是「詩三百」的「中庸之德」。若以「人聲和，則樂聲和」來作爲基準，則自然的法度之外，亦可以有自我的發揮，也就是第三十則說的「自然之妙」〔註26〕，透過「自然」的呈現，將詩歌統攝在儒家的傳統詩觀之下，表現出「溫柔敦厚」的「中庸」之觀。而李東陽將「性情之

〔註22〕〔宋〕朱子集註、蔣伯潛廣解：《論語新解》（臺北：啓明書局，1952年），〈爲政〉，頁13～14。

〔註23〕〔宋〕朱熹著・朱傑人主編：《朱子全書》（上海：古籍出版社，2002年12月），〈詩序辨說〉，頁356。

〔註24〕〔明〕李東陽：《李東陽集（二）》，〈赤城詩集序〉，頁430。

〔註25〕〔明〕李東陽：《聯句錄》，〈聯句錄序〉。

〔註26〕〔明〕李東陽：《李東陽集（三）》，〈懷麓堂詩話〉，頁1508。

正」的「中庸」觀，表現在哪些面向呢？筆者將此點置於詩歌本質功能論中詳談之。

三、政事名教思想

「詩三百」以「詩教」化天下，主要期待藉由詩歌的教化達到「觀風聽政、移風易俗」的效用。也就是說舉凡政事名教之屬，美刺之類，都是在「政治」的範疇之內。〈詩大序〉中也曾談到此觀點：「先王以是經夫婦，成孝敬，厚人倫，美教化，移風俗。」〔註27〕，當然，李東陽身爲一代權相，亦不乏此層面的問題。故筆者期待透過「政事名教」的探析，連結出與「詩三百」的價值根源與關係。在其〈孔氏四子字說〉中詮釋的最爲清晰：

> 詩者，言之成聲，而未播之樂者。其爲教本人情，該物理，足以考政治，驗風俗。人能學詩，則事理通達，心氣和平而能言。古人詩，宜聖刪之爲世訊，謂其子：「學詩乎？不學詩無以言。」又曰：「汝爲《周南》、《召南》矣乎？蓋以此也。」〔註28〕

就李東陽的想法中，可以見得詩應該「本人情，該物理」，而最大的功用在於「考政治，驗風俗」，透過詩歌的薰陶，足以改善人的心性，也從其引「不學詩無以言」來看，可以知道李東陽對於「詩三百」的崇高認同。詩歌不僅是個人心性的開展，最終目標主要以政治的角度，欲達到教化萬民爲目的。《周南》與《召南》皆是《國風》之屬，就朱熹解云：「考其俗尚之美俗，而之其政治之得失焉。」〔註29〕，與李東陽云：「考政治，驗風俗」不謀而合。於〈邵孝子詩序〉中也有類似的說法：

> 古者國有美政，鄉有善俗，必播諸詩歌以風勵天下。薰陶

〔註27〕毛傳、鄭箋、孔穎達疏：《毛詩注疏》卷一（臺北：文藝印書館，十三經注疏，嘉慶二十年重刊宋本），頁20。

〔註28〕〔明〕李東陽：《李東陽集（三）》，〈孔氏四子字說〉，頁1088。

〔註29〕〔宋〕朱熹著：《詩集傳》（北京：中華書局，1985年7月）卷一，頁1。

誘掖，蓋有深於教令者，吾黨則有不得而辭焉。〔註30〕

「國有美政，鄉有善俗」都是屬於「政事」類，而「詩歌」則用來獎勵「美政」與「善俗」，逐漸薰陶之，達到「詩教」的作用。正如〈滄浪詩集序〉中所云：

蓋其所謂有異於文者，以其有聲律諷咏，能使人反復諷咏，以暢達情思，感發志氣，取類於鳥獸草木之微，而有益於名教政事之大。〔註31〕

異於文者，乃是「詩歌」。而除了有「聲律諷咏」使人能夠「反復諷咏」之外，主要依然要「有益於名教政事之大」，也關乎儒家傳統思想中「達則兼善天下」的觀念，而「政事名教」正是文人寒窗苦讀所欲追求報效的最終目標。

除此之外，李東陽更有談論到「興觀群怨」的觀念，在其〈題趙子昂書茅屋秋風詩後〉中云：

嗚呼，讀是詩可以興矣，書不足論也。唐室中興，瘡痍未復。子美以一布衣，衣不蓋兩肘，食不飽一腹，不愁朝夕凍餓死填溝壑，乃嘐嘐然開口長嘆謂天下蒼生計。其事若迂，其志亦可哀矣！使開元之世，海內富庶，邊塵不生，唐之君與相能以子美爲心，豈有成都之禍哉？豈爲開元，古之人皆然。〔註32〕

正如孔子所言：「詩，可以興、可以觀、可以群、可以怨。邇之事父，遠之事君。」〔註33〕，而這些「興」、「觀」、「群」、「怨」則體現在其反省之上。如前文提到子美，一介布衣透過詩歌傳遞著心志，令美刺、諷咏的功用足以警惕政事之效，雖然未必有用，但是以此爲借鏡，強調出詩歌對於政治上的重要與否。而此談到的子美，「愛國

〔註30〕〔明〕李東陽：《李東陽集（二）》，〈邵孝子詩序〉，頁415。

〔註31〕〔明〕李東陽：《李東陽集（二）》，〈滄浪詩集序〉，頁443。

〔註32〕〔明〕李東陽：《李東陽集（二）》，〈題趙子昂書茅屋秋風詩後〉，頁657。

〔註33〕〔宋〕朱子集註、蔣伯潛廣解：《論語新解》（臺北：啓明書局，1952年），〈陽貨〉，頁268。

憂民」爲其主要特徵，李東陽又在〈鏡川先生詩集序〉中談到：「愛君憂國，感事寫物，則得諸三百篇之旨爲深。」〔註34〕，將愛君憂國與感事傷物並列，強調詩歌既要有所感物，更要心懷政事，以「詩三百」爲宗。而李東陽對於杜子美的崇高敬意，筆者將在批評史觀一章中，特立一節細部詳述之。

四、詩樂同源

春秋「詩三百」時代，詩、舞、樂三位一體，有詩必有樂，有樂必有詩，並且當時有樂譜口耳相傳，但由於無法記載而失傳。在《詩經》中大量記載著盛大的歌舞場面，如《大雅》、《小雅》。《詩經》中出現的樂器也十分多樣，如蕭、管、鼓、田……等。《毛詩注疏·詩大序》裡有一段記載：

> 詩者，志之所之也，在心爲志，發言爲詩，情動於中而形於言，言之不足，故嗟歎之，嗟歎之不足，故詠歌之，詠歌之不足，不知手之舞之足之蹈之也。〔註35〕

《詩經》中記載當時人民勞動、生活、祭祀等活動內容，所採用的文字方式多複沓、疊韻，加強詩歌中的音樂性。就篇章而論之，「詩三百」都可以入樂，而詩經之樂可以用於各種場合，從祭祀祖先的祭典，到諸侯相聚的射禮，宴饗群臣的燕禮等等，尤其《雅》、《頌》的篇章，更是直接反應禮樂制度下的社會制度與生活。班固《漢書·藝文志》中明白指出：「古有采詩之官，王者所以觀風俗、知得失，自考正也。」〔註36〕，而在〈食貨志〉中又針對「采詩」之官解釋云：「男女有不得其所者，因相與歌詠，各言其傷。……孟春之月，群居者將散，行人振木鐸徇於路以采詩，獻之大師，比其音律，以

〔註34〕〔明〕李東陽：《李東陽集（二）》，〈鏡川先生詩集序〉，頁483。

〔註35〕毛傳、鄭箋、孔穎達疏：《毛詩注疏》卷一（臺北市：文藝印書館，十三經注疏，嘉慶二十年重刊宋本），頁20。

〔註36〕〔漢〕班固著·陳國慶匯編：《漢書藝文志匯編》（北京：中華書局，1983年），頁40。

聞於天子，故曰：王者不出牖戶而知天下。」〔註 37〕可以得知，采詩是以「音樂性」爲依歸。孔子的「刪詩說」，針對「不合樂」之詩進行整理，因此他對此也有相關的論述，如《論語》中〈泰伯〉篇：「興於詩，立於禮，成於樂。」〔註 38〕可以瞭解到詩樂合一，以禮行之，乃是助於政教效能。縱觀李東陽《懷麓堂詩話》中，有非常多相關於音樂性的討論，筆者列表整理之，如下：

表 3-1

第一則	詩在六經中，別是一教，蓋六藝中之樂也。樂始於詩，終於律。
第五則	古律詩各有音節，然皆限於字數，求之不難。惟樂府長短句，初無定數，最難調疊。然亦有自然之聲，古所謂聲依永者。謂有長短之節，非徒永也，故隨其長短，皆可以播之律呂，而其太長太短之無節者，則不足以爲樂。今泥古詩之成聲，平側短長，句句字字，摹仿而不敢失，非惟格調有限，亦無以發人之情性。若往復諷詠，久而自有所得，得於心而發之乎聲，則雖千變尤化，如珠之走盤，自不越乎法度之外矣。
第六則	詩必有具眼，亦必有具耳。眼主格，耳主聲。
第十則	觀《樂記》論樂聲處，便識得詩法。
十一則	此辭一出，一時傳誦不足，至爲三疊歌之。後之詠別者，千言萬語，殆不能出其意之外。必如是方可謂之達耳。
十三則	音韻鏗鏘，意象具足，始爲難得。若強排硬疊，不論其字面之清濁，音韻之諧舛，而云我能寫景用事，豈可哉？
十六則	長篇中須有節奏，有操，有縱，有正，有變。若平鋪穩布，雖多無益。唐詩類有委曲可喜之處，惟杜子美頓挫起伏，變化不測，可駭可愕，蓋其音響與格律正相稱。
十八則	陳公父論詩專取聲，最得要領。潘禎應昌嘗謂予詩宮聲也，予訝而問之，潘言其父受於鄉先輩曰：「詩有五聲，全備者少，惟得宮聲者爲最優，蓋可以兼眾聲也。李太白杜子美之詩爲宮，韓退之之詩爲角，以此例之，雖百家可知也。」

〔註 37〕〔漢〕班固著・金少英集釋：《漢書食貨志集釋》（北京：中華書局，1986 年 10 月），頁 38～39。

〔註 38〕《論語注疏》收錄於《楊樹達文集（十六）》（上海市：上海古籍出版社，1986 年 2 月第一版），頁 191～192。

二十七則	國初稱高楊張徐。高季迪才力聲調，過三人遠甚，百餘年來，亦未見卓然有以過之者，但未見其止耳。
三十二則	古詩歌之聲調節春天，不傳久矣。比嘗聽人歌《關雎》《鹿鳴》諸詩，不過以四字平引爲長聲，無甚高下緩急之節。意古之人，不徒爾也。今之詩，惟吳越有歌，吳歌清而婉，越歌長而激，然士大夫亦不皆能。
三十三則	若奏金石以破蟋蟀之鳴，豈易得哉？
三十四則	有古《竹枝》意，跌宕奇古，超出詩人蹊徑。
四十五則	《劉長卿集》淒婉清切，盡羈人怨士之思，蓋其情性固然，非但以遷謫故，譬之琴有商調，自成一格。
七十二則	陳白沙詩，極有聲韻。
七十六則	綽有古調
七十八則	五七言古詩仄韻者，上句末字類用平聲。惟杜子美多用仄，如《玉華宮》《哀江頭》諸作，概亦可見。其音調起伏頓挫，獨爲矯捷，以別出一格。
一零一則	韓蘇詩雖俱出入規格，而蘇尤甚。蓋韓得意時，自不失唐詩聲調。
一一二則	皆清激悲壯，可詠可歎。

〈鏡川先生詩集序〉中也提到：「詩與諸經同名而體異，蓋兼比興、協音律、言志歷俗，乃其所尙。」〔註 39〕。在這條原典中提出了三個重要觀念：一爲兼比興；二爲協音律；三爲言志厲俗。

「兼比興」，所表現的具體手法爲：

> 所謂比與興者，皆託物寓情而爲之者也。蓋正言直述，則易於窮盡，而難於感發。惟有所寓託，形容摹寫，反復諷詠，以俟人之自得，言有盡而意無窮，則神爽飛動，手舞足蹈而不自覺，此詩之所以貴情思而輕事實也。〔註 40〕

其中的「反復諷詠」即與音樂的節奏性相關，強調詩歌要寓情於物，有所寄託，至於寄託的形式則要以反覆吟誦而能自得爲基準，言有盡而意無窮，才是佳者。

〔註 39〕〔明〕李東陽：《李東陽集（二）》，〈鏡川先生詩集序〉，頁 483。
〔註 40〕〔明〕李東陽：《李東陽集（三）》，〈懷麓堂詩話〉，頁 1506。

再者,「協音律」直接指出詩之音樂性。並在其文集中反覆出現,以作爲輔證。例如〈春雨堂稿序〉:「夫文者,言之成章,而詩又其成聲者也。」〔註 41〕,〈匏翁家藏集序〉「言之成章者爲文,文之成聲者則爲詩。」〔註 42〕,〈孔氏四子字說〉「詩者,言之成聲,而未播之樂者也。」〔註 43〕……等,都一再的將音樂性視爲詩的原始屬性,也是說詩樂是合一的,不能將之區分開來,如果詩樂區分開來,那麼詩將不再稱爲詩,而只能稱之爲「文」。故,可知詩文最大的差別在於音樂性。

最後「言志厲俗」乃針對詩的教化功能而言,如其〈滄州詩集序〉中談到:「以其有聲律諷詠,能使人反覆諷詠,暢達情思,感發志氣,取類於鳥獸草木之微,而有益於名教政事之大。」〔註 44〕,詩歌內容上,多取於鳥獸草木,主要是達到教化作用,但要能夠暢達情思,感發志意,發人深省,仍舊必須透過聲律的諷詠與反覆吟誦,於是也可以歸於音樂的和諧度與節奏聲調。若以詩樂關係,配合上述的三個要件,筆者將以下圖呈現之:

表 3-2

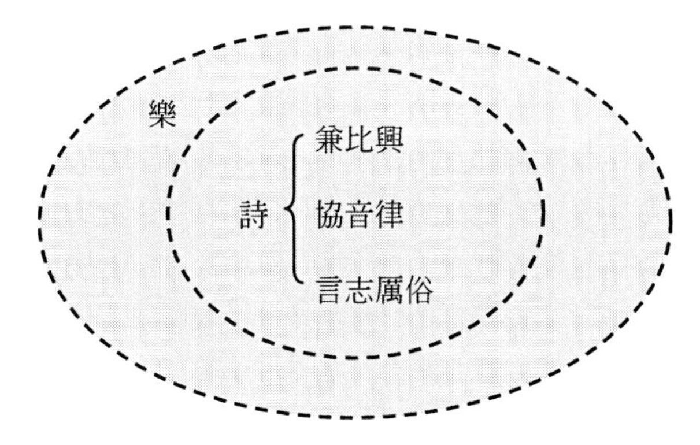

〔註 41〕〔明〕李東陽:《李東陽集(三)》,〈春雨堂稿序〉,頁 959。
〔註 42〕〔明〕李東陽:《李東陽集(三)》,〈匏翁家藏集序〉,頁 978。
〔註 43〕〔明〕李東陽:《李東陽集(三)》,〈孔氏四子字說〉,頁 1088。
〔註 44〕〔明〕李東陽:《李東陽集(二)》,〈滄州詩集序〉,頁 443。

由此圖可以發現，就李東陽的詩觀中，在詩的大範疇底下，包含了三個組成的結構，然此三個組成結構都不脫鉤於音樂性或節奏性的特點，換言之，在李東陽的詩學理論中，音樂成了其「格調詩學」的重要關鍵。至於「何謂格調」？筆者將在詩歌本質論中詳細說明之。

第二節 《論語》之「質而不俚」根源論

根據《李東陽集》的文本當中，雖然強調詩歌必須有心志的呈現，以及合於樂律，並表現出政事社會功用，但另一方面，可以不斷的看到「質古」的觀念充斥其中，強調創作詩歌必須要以「質」、「不俚」爲原則，筆觸樸實但不失粗俗。最明顯的爲其《懷麓堂詩話》第二十四則：

> 質而不俚，是詩家難事。樂府歌辭所載《木蘭辭》，前首最近古。唐詩，張文昌善用俚語，劉夢得《竹枝》亦入妙。至白樂天令老嫗解之，遂失之淺俗。其意豈不以李義山輩爲澀僻而反之？而弊一至是，豈古人之作端使然哉？〔註45〕

上文所述，詩歌必須文字樸實，但是卻不能過於鄙俗。舉《木蘭辭》與《竹枝》爲例。《樂府詩集》中收錄著兩首《木蘭辭》，雖然經過後人潤飾，但仍然具備鮮明的民間創作精神，以樸拙眞意爲風格；後張籍與劉禹錫皆以擅民歌而得李東陽認同；但白樂天的老嫗能解卻被他視爲失之鄙俗。由此可知，其強調的風格，主要仍然以「質古」作爲基準。

「質而不俚」本出自班固《漢書・司馬遷傳》中：

> 自劉向、揚雄博極群書，皆稱遷有良史之才，服其善序事理，辨而不華，質而不俚，其文直，其事核，不虛美，不隱善，故謂之實錄。〔註46〕

強調司馬遷因「善序事理」、「辨而不華」、「質而不俚」，呈現出「文

〔註45〕〔明〕李東陽：《李東陽集（三）》，〈懷麓堂詩話〉，頁1506～1507。
〔註46〕〔漢〕班固：《漢書》，〈司馬遷傳〉。

直」、「事核」，且內容「不虛美」、「不隱善」，而有崇高的文學地位。這樣史論的觀念，正好與《論語・雍也》的主張不謀而合：

> 子曰：「質勝文則野，文勝質則史。文質彬彬，而後君子。」〔註47〕

強調辭達與文質要相互對稱。若樸質勝過文飾，則顯得粗野；若文飾勝過樸質，則顯得虛浮。所謂文質彬彬，乃是指文飾與樸質內容必須比例相互分配，才能稱得上君子。這裡的「君子」，實際上是指內在與外在相得益彰的修養之人，傾向於待人處事的範疇。而若只取前二句，「質勝文則野，文勝質則史。」，正好可以用來說明李東陽對於詩歌文辭應該如何兼顧情志的最好註腳，這也是由論語一脈相傳於先秦兩漢的儒家傳統詩歌觀念。《淮南子・繆稱》篇也曾云：「文者，所以接物也，情繫於中而欲發外者也。以文滅情則失情，以情滅文則失文；文情理通，則鳳麟極矣。」〔註48〕，而李東陽正好要達到「文情理通」的境界，也就是「質文相襯」的意思。

我們在仔細看到「質而不俚」的觀念，李東陽並未表達不可使用俚俗，而是主張必須「善用俚俗」，避免「淺俗」之弊。這與其〈擬古樂府引〉中云的觀念是相通的：

> 予嘗觀漢、魏間樂府歌辭，愛其質而不俚，腴而不艷，有古詩言志依永之遺志，播之鄉國，各有攸宜。〔註49〕

其所愛為「質而不俚」、「腴而不艷」，有其所到之處，但又不奪人耳目，這與其追求中庸與含蓄的主張是一致的。中國傳統儒教觀，向來崇尚「溫柔敦厚」且「中和之美」，李東陽在詩歌理論當中也本著此觀念，並且隨處可見。

以「質古」為尚的主張，也表現於其對陶淵明的喜愛之情，如

〔註47〕楊伯峻主編：《論語疏証》（上海：上海古籍出版社，1986年2月），頁142。

〔註48〕張雙棣：《淮南子校釋》（北京：北京大學出版社，1997年8月），頁1063。

〔註49〕〔明〕李東陽：《李東陽集（一）》，〈擬古樂府引〉，頁3。

《懷麓堂詩話》第四十二則云：「陶詩質厚近古，愈讀而愈見其妙。」〔註50〕。鍾嶸的《詩品・宋徵士陶潛》中即對陶淵明作了以下詮釋：

> 文體省靜，殆無長語。篤意眞古，辭興婉愜。每觀其文，想其人德。世嘆其質直。至如「懽言酌春酒」、「日暮天無雲」，風華清靡，豈直爲田家語耶？古今隱逸詩人之宗也。〔註51〕

以「篤意眞古」、「辭興婉愜」來表現其詩歌的風格，也相呼應於李東陽「質而不俚」的觀念，故以「妙」而讚之。然而，「質而不俚」本身具備著「求眞」的創作概念，因李東陽以情志爲詩歌要求與主張，自然對於詩歌要求「眞情實意」，強調「貴情思」，這個部份的具體方法，筆者將於第五章李東陽詩學創作方法論中，進一步詳談。

第三節　《滄浪詩話》根源論

王鐸曾在〈懷麓堂詩話序〉中讚李東陽的《懷麓堂詩話》云：「用託之木，與滄浪並傳。」〔註52〕，可以得知明代時人對於《懷麓堂詩話》的讚許是將嚴羽《滄浪詩話》與之並列。縱觀李東陽詩論，可以清楚的發現其理論與嚴羽有相關連之處。如果，我們將「詩三百」定爲李東陽詩歌價值根源的遠源，那麼《滄浪詩話》更可以將之視爲李東陽詩歌價值根源的近源。以下筆者將透過兩個面向，來探討李東陽源於《滄浪詩話》之處：一爲「盛唐爲宗」；二爲「詩體之辨」。

一、盛唐與興寄

嚴羽《滄浪詩話》中十分強調取「盛唐」爲宗。《滄浪詩話》開

〔註50〕〔明〕李東陽：《李東陽集（三）》，〈懷麓堂詩話〉，頁1511。
〔註51〕〔南朝梁〕鍾嶸：《詩品》（臺北：臺灣古籍出版社，1997年），頁51。
〔註52〕〔明〕王鐸〈懷麓堂詩話序〉，見〔清〕丁保福：《歷代詩話續編》下（北京：中華書局，1983年），頁1368。

宗明義第一則，強調「入門須正，立志須高」，強調必須以「漢魏盛唐」爲師。〔註53〕並利用禪學的大乘、小乘的理念，來區分「漢魏、盛唐」與「本朝」之詩，云：

> 禪家者流，乘有小大，宗有南北，道有邪正。學者須從最上乘、具正法眼悟第一義，若小乘禪聲聞辟支果，皆非正也。論詩如論禪，漢魏晉與盛唐之詩則第一義也；大曆以還之詩則小乘禪也；已落第二義矣；晚唐之詩則聲聞辟支果也。學漢魏晉與盛唐詩者，臨濟下也；學大曆以還之詩者，曹洞下也。〔註54〕

上述中，強調第一義爲「漢魏晉與盛唐」，而將大曆以下，即是指「中唐到宋代」的詩歌，列入「小乘」，也就是「第二義」，強調是「第二等」詩歌，價值性有別於「第一等」。配合「入門須正，立志須高」的說法，表示若學詩歌，必須以「漢魏、盛唐」爲準則，若學大曆以降之詩，則乃不入流之意。可以得知，嚴羽以「盛唐」作爲學習的準則，這點正好被李東陽所承襲之。

在《懷麓堂詩話》第八則清楚明言：

> 宋詩深，卻去唐遠；元詩淺，去唐卻近。顧元不可爲法，所謂「取法乎中，僅得其下」耳。〔註55〕

上述正好可以體現李東陽「崇唐抑宋」的主張，宋代雖離唐較近，但是宋詩講求義理，《滄浪詩話》中就曾經針對宋詩作這樣一個評論：「詩有詞理意興。南朝人尙詞而病於理；本朝人尙理而病於意興；唐人尙意興而理在其中；漢魏之詩，詞理意興，無跡可求。」〔註56〕，可以與李東陽的詩學理論相互參照。詩歌以「唐」惟宗，宋詩尙理而缺乏興寄，因此集中在「義理」、「言理不言情」、「以文作詩」等特點上，這與唐詩所講求的「無盡之言」有著相當大的區

〔註53〕〔宋〕嚴羽著．郭紹虞校釋：《滄浪詩話校釋》，頁1。
〔註54〕〔宋〕嚴羽著．郭紹虞校釋：《滄浪詩話校釋》，頁11～12。
〔註55〕〔明〕李東陽：《李東陽集（三）》，〈懷麓堂詩話〉，頁1503。
〔註56〕〔宋〕嚴羽著．郭紹虞校釋：《滄浪詩話校釋》，頁148。

別性，嚴羽讚盛唐詩：

> 盛唐諸人唯在興趣，羚羊掛角，無迹可求。故其妙處透徹玲瓏，不可湊泊，如空中之音，相中之色，水中之月，鏡中之象，言有盡而意無窮。〔註 57〕

強調盛唐主要以「興趣」爲主，詩歌講求韻味，妙處在於意境的超脫，與「詩三百」的性情與情韻較爲接近，強調天眞興致的自然不假雕琢，並且可以反覆吟咏，達到餘韻不絕之效；與宋詩的以文爲詩，強調字句來歷，以及押韻出處，如江西詩派，末流黏皮帶骨有所區隔性。故李東陽於《懷麓堂詩話》第七則中進一步提到何以唐宋有所區隔，而以唐詩爲宗的原因：

> 唐人不言詩法，詩法多出宋，而宋人於詩無所得。所謂法者，不過一字一句，對偶雕琢之工，而天眞興致，則未可與道。其高者失之捕風捉影，而卑者坐於黏皮帶骨，至於江西詩派極矣。〔註 58〕

唐、宋詩之間的差異性，即在於「興趣」二字，唐詩能夠自脫於心志，將文字與意境呈現「言有盡而意無窮」的境界，這也是李東陽於詩論當中一再強調詩歌必須講求自我的情思，以及比興作用的要點。透過「盛唐」爲宗的論調，可以清楚了解嚴羽企圖恢復古典審美理想，挽救宋代詩歌，甚至南宋過後作詩過於理性化的傾向。廖可斌於《復古派與明代文學思潮（上）》中云：

> 南宋時期，特別是南宋末年，通過對中國古代詩歌特別是宋代詩歌發展道路的反思，批判古典詩歌創作中理性化與俗化傾向，力圖保持和恢復古典審美理想與古典詩歌的審美特徵，已成爲當時許多有識之士的共識。後來明代復古派的復古理論，可以說是肇端於此。〔註 59〕

故李東陽承襲了嚴羽以「盛唐」爲法的觀念，主要強調詩歌的「興

〔註 57〕〔宋〕嚴羽著．郭紹虞校釋：《滄浪詩話校釋》，頁 26。
〔註 58〕〔明〕李東陽：《李東陽集（三）》，〈懷麓堂詩話〉，頁 1503。
〔註 59〕廖可斌：《復古派與明代文學思潮（上）》（臺北：文津出版社，1994 年），頁 47。

寄」功能，期待透過盛唐詩歌創作的方法，產生詩歌寄託之效，而能上溯回「詩三百」的「言志與緣情」的特色上，達到「復古」的作用，此「古」，最終可推回「詩三百」。而這一系列的詩歌史觀與批評觀點，將於第六章的詩歌批評與史觀中一一分析之。至於，「比興」二字於詩歌理論中應該如何落實，筆者將置於第五章詩歌創作方法論時，再詳述之。

二、詩體之辨

觀察嚴羽《滄浪詩話》中有「詩體」一章，內容主要分辨「詩之體裁」，如近體、古體、柏梁體……等；更有「詩之風格」。分辨風格時則區分為兩個時段，一為「以時而論」；一則為「因人而論」。「以時而論」:「建安體」、「唐初體」、「盛唐體」……等;「因人而論」:「少陵體」、「太白體」、「孟浩然體」……等。〔註 60〕可以得知嚴羽十分重視詩歌的各種不同因時、因人而論的風格，強調不同的時代會產生不同的詩歌風格，甚至同一個時代，不同的人物經歷不同的背景，也會產生不同的詩歌風格。無論是以「時」或者以「人」而論，每一種風格都有其獨具一格之處。這樣的觀念，正好被李東陽所承襲，更進一步提出「格調」的理論。關於「格調」二字所包含的內容以及時代的傳承，十分廣泛，故筆者將於下一章詩歌的本質與功能論當中，特立一節來詳述探討之，此小節僅針對李東陽對於詩歌將之區分了哪些風格與體裁論之。

李東陽承襲了嚴羽所倡導的風格論，在其《懷麓堂詩話》第六十五則當中提到：

> 漢、魏、六朝、唐、宋、元詩，各自為體，譬之方言，秦晉吳越閩楚之類，分疆畫地，音殊調別，彼此不相入。此可見天地間氣機所動，發為音聲，隨時與地，無俟區別，而不相侵奪。然則人囿於氣化之中，而欲超乎時代土壤外，

〔註 60〕參自〔宋〕嚴羽著・郭紹虞校釋：《滄浪詩話校釋》，頁 48～107。

不亦難乎？〔註 61〕

強調每個朝代都「各自爲體」，這裡的「體」即是指「風格」，每個朝代都有自己的詩歌風格。「人囿於氣化之中，而欲超乎時代土壤外，不亦難乎？」強調風格的形成乃是因爲人於環境中，受環境影響薰陶而成，故風格的形成不脫於環境的條件，如社會風氣、時代、以及地域性等。

針對嚴羽提出的單人單家風格點評，李東陽也有類似的論述，如《懷麓堂詩話》第四十二則：

陶詩質厚近古，愈讀而愈見其妙。韋應物稍失之平易，柳子厚則過於精刻，世稱陶韋，又稱韋柳，特概言之。惟謂學陶者，須自韋柳而入，乃爲正耳。〔註 62〕

或《懷麓堂詩話》第九則：

唐詩李杜之外，孟浩然王摩詰足稱大家。王詩豐縟而不華靡，孟卻專心古澹，而悠遠深厚，自無寒儉枯瘠之病。由此言之，則孟爲尤勝。儲光義有孟之古而深遠不及岑參，有王之縟而又以華靡掩之。故杜子美稱「吾憐孟浩然」，稱「高人王右丞」，而不及儲岑，有以也夫。〔註 63〕

針對陶淵明、韋應物、柳子厚、孟浩然、王摩詰、儲光羲……等這幾位唐詩大家，作了系列的評論。其中較爲特色的是李東陽不僅對單人單家作了個人的評析，如「王詩豐縟而不華靡」、「專心古澹，而悠遠深厚，自無寒儉枯瘠之病。」，將嚴羽論二人不足之處補齊，更論述各家之間的風格相互影響區別性。如「陶詩質厚近古」、「韋應物稍失之平易」、「柳子厚則過於精刻」，將陶淵明、韋應物、柳子厚三人作並列對比。這三人之間的可比性在於都作「山水田園詩」，李東陽則針對此部分，對於三人進行分析。得出結果，陶詩風格質厚，韋詩平易近人，柳詩則過於精雕細琢。將此結果比之嚴羽，可

〔註 61〕〔明〕李東陽：《李東陽集（三）》，〈懷麓堂詩話〉，頁 1515。
〔註 62〕〔明〕李東陽：《李東陽集（三）》，〈懷麓堂詩話〉，頁 1511。
〔註 63〕〔明〕李東陽：《李東陽集（三）》，〈懷麓堂詩話〉，頁 1503。

以知道，李東陽的評析有更進一步說明與補充，也作了自己的理解與詮釋。

再者，其不僅在單家單人上作了風格的描述，更按照題材區分了「臺閣詩」、「山林詩」等。如其《懷麓堂詩話》第六十八則：

> 秀才作詩不脫俗，謂之「頭巾氣」；和尚作詩不脫俗，謂之「餕餡氣」；詠閨閣過於華豔，謂之「脂粉氣」。能脫此三氣，則不俗矣。至於朝廷典則之詩，謂之「臺閣氣」；隱逸恬澹之詩，謂之「山林氣」，此二氣者，必有其一，卻不可少。〔註64〕

李東陽將詩依照體裁分成「秀才作」、「和尚詩」、「詠閨閣」、「臺閣詩」、「山林詩」……等，依照其內容，將之風格特色闡述出來，並進行對比。不僅如此，更針對山林與臺閣的難易度，進行了說明與比較，如《懷麓堂詩話》第八十六則：

> 作山林詩易，作臺閣詩難。山林詩或失之野，臺閣詩或失之俗。野可犯，俗不可犯也。蓋惟李杜能兼二者之妙。若賈浪仙之山林，則野矣；白樂天之臺閣，則近乎俗矣。況其下者乎？〔註65〕

其中強調了山林詩與臺閣詩的末流之弊，並比較了弊端的嚴重性與否，更對比出單人單家對於臺閣與山林之間的弊端。此節只是列舉出李東陽的論述，並不加以分析說明之。但由上述列舉，則可以明白，李東陽對於將詩歌分家分體的理念，其來有源，但是卻能改其不足而補齊足，令嚴羽的詩體之辨有了更豐富的內涵與詮釋。

第四節　小　結

李東陽根據詩歌的學習基礎以及「詩歌根源與價值」，經由上述的分析論述後，可以歸納成下列數點：

（一）以「詩三百」作爲價值根源，是李東陽於詩歌理論當中十

〔註64〕〔明〕李東陽：《李東陽集（三）》，〈懷麓堂詩話〉，頁1516。
〔註65〕〔明〕李東陽：《李東陽集（三）》，〈懷麓堂詩話〉，頁1519。

分重要的觀點。在這樣的脈絡下，出現了「詩言志」與「詩緣情」，二者的交叉影響，主要爲了「興寄」自我。再者，儒家傳統的詩教觀下，「中庸之德」的觀念以及「名教政事」的重視，也成了李東陽在這大環境之下的合流之思。連帶而下，「詩樂合流」本著孔子的詩說影響，令李東陽格外重視，因此「在心爲志，發而爲聲」而成詩，甚至提出「格調」之說。整體思維都不脫離儒家士大夫傳統「溫柔敦厚」的觀念而行。

（二）李東陽對於論語的根源傳承，其實與「詩三百」的觀念並無太大的區分，主要也是依循著「中和之美」的觀念而來，雖然強調眞心實意，但是必須要「質文相襯」，不能過當，「發乎情，止乎禮」，符合儒家觀念。

（三）《滄浪詩話》的價值根源，在於近代的追求與學習，主要以「盛唐」爲法，強調自然而然，天眞浪漫的思維，這與李東陽當時對時代風氣的反動有一定的關係。並且強調詩歌分體，進一步補足嚴羽的不足，並承先啓後的開拓前七子對於詩歌的理解與理念。

第四章　李東陽詩歌本質論

從前一章的詩歌本源論當中，我們可以看出李東陽的詩歌價值幾乎可以分成遠源與近流，來延伸其詩歌的本質思考。然，無論遠緣或者近流，最終都可以回歸到「詩三百」的價值上，進行討論。就丁師威仁於《明洪武、建文地域詩學研究》當中所言：「經書的本質就是詩歌創作的本質，經書的功能就應是詩歌創作所必備的作用。」〔註1〕，「詩三百」中的本質即是李東陽創作中最核心的價值，貫徹李東陽詩歌理論中，可以發現「樂」在其中佔據地位之重，這也連結到前一章所談到「樂爲心聲」的主題。在中國的傳統思潮中，詩歌原應該詩樂合一，這也是李東陽提倡「格調」，並且期望回歸「復古」的主因。本章將詩歌的本質與功能合論，正是希望透過「詩三百」的「樂」之本質，進而達到「樂化人心」的實用功能。

第一節　「格調」論

綜觀整個明代詩學，「格調」與「復古」的存在不容小覷，「格調」理論更是明代詩論研究當中的重要一環，而李東陽倡導的「格調」，在其詩論當中相當重要。然而，文學批評史上對於「格調」的

〔註1〕丁師威仁：《明洪武、建文地域詩學研究》（臺北：花木蘭文化出版社，2008年3月初版），頁72。

淵源卻有不同的看法。郭紹虞、袁行霈等人都認爲南宋嚴羽的《滄浪詩話》最早提出「格調」一說〔註2〕；蕭華榮則表示「格調」一詞的眞正奠基者應爲李東陽提出。〔註3〕實際上，《滄浪詩話》對於「格調」的詩學影響在於宗法漢、魏晉、盛唐等；至於李東陽，乃是第一位將「格調」將作爲一個詩學理念，並給予具體的闡釋說明者。

實際上，「格」、「調」二字的詩學理念萌芽甚早，並且萌芽時間並不一致。縱觀研究者的資料蒐集而觀，可以發現魏晉之際以「調」作爲詩學理論；「格」則晚於「調」被運用廣泛；然而「格」、「調」二字聯用，早在盛唐已經相當普遍。爲了更能清晰的詮釋李東陽所提出「格調」說，我們必須對「格」與「調」二字，作一個梳理，並且將其發展的脈絡作一個基本的理解與介紹，以利我們進入李東陽的「格調」本質論的探討。

一、魏晉南北朝至明初之「格調」淺析〔註4〕

（一）魏晉南北朝時期：魏晉時期出現二人以「格」、「調」作爲詩學理論者，一爲劉勰；一爲顏之推。劉勰《文心雕龍》中〈隱秀〉、〈才略〉篇，都曾經以「格」、「調」來論詩。〈隱秀〉「陳思之《黃雀》，公幹之《青松》，格剛才勁，而並長於諷喻。」〔註5〕，另〈才略〉「劉向之奏議，旨切而調緩；趙壹之辭賦，意繁而體疏；孔融氣盛於爲筆，禰衡思銳於爲文，有偏美焉。」〔註6〕。「格」所

〔註2〕郭紹虞：《中國文學批評史》（上海：上海古籍出版社，1998年），頁541；袁行霈、孟二冬、丁放：《中國詩學理論》（合肥：安徽教育出版社，1994年），頁943。

〔註3〕蕭華榮：《中國詩學思想史》（上海：華東師範大學，1996年），頁240。

〔註4〕魏晉南北朝至明初之「格調」源流分期主要參考曾碧清：《明代格調理論研究》（四川師範大學文學院碩士論文，2008年），頁5～10。

〔註5〕〔南朝梁〕劉勰著，劉振甫譯：《文心雕龍》（北京：中華書局，1986年），〈隱秀〉，頁359。

〔註6〕〔南朝梁〕劉勰著，劉振甫譯：《文心雕龍》，〈隱秀〉，頁425～426。

指乃是風格剛健、堅毅；而又指出四人分別在語調、體制、意氣、文思上，呈現高低之分。顏之推《顏氏家訓・文章》中云：

> 文章以理致爲心腎，氣調爲筋骨，事義爲皮膚，華麗爲冠冕。……古人之文，宏材逸氣，體度風格，去今實遠；但緝疏樸，未爲密致耳。今世音律諧靡，章句偶對，避諱精詳，賢於往昔多矣。宜以古之制裁爲本，今之辭調爲末，並須兩存，不可偏棄也。〔註 7〕

此「氣調」爲氣韻才調，也就是「聲律」。「體裁」與「氣調」是構思文章的主要關鍵。顏之推強調古之體裁勝於今人，但音律上又不及今人。因此今人不僅必須注重古人的文章體裁，又要講究辭采與聲律，不可偏棄。這樣重視詩歌的氣調、體制、聲律，也正是李東陽「格調」中所提倡的部分內容，故將之視爲「格調」淵源也未嘗不可。只是此時的「格」，僅限於人物所出現的「品格」，較難針對詩歌的作品作批評。

（二）唐朝時期：有學者對於「格調」的流行下這樣的論點：「胚胎於唐，萌芽於兩宋，發展於元及明初，盛行於明之中葉，衰弱於晚明，復振於清乾嘉之際。」〔註 8〕，可以知道唐代對於「格調」理論的使用，雖未有建全的理論，但已經見怪不怪。唐代提倡「格調」較爲重要者爲殷璠、皎然、王昌齡。殷璠〈河嶽英靈集序〉中云：

> 自蕭氏以還，尤增矯飾。武德初，微波尚在；貞觀末，標格漸高；景雲中，頗通遠調；開元十五年（後），聲律風骨始備矣。〔註 9〕

以「標格漸高」、「頗通遠調」來表現唐代貞觀、景雲的詩風，表現盛

〔註 7〕〔南朝梁〕顏之推：《顏氏家訓・文章》，見於《百子全書》第六卷（浙江：浙江古籍出版社，1919 年）石拓本。

〔註 8〕吳瑞泉：《明清格調詩說研究》（東吳大學中國文學系博士論文，1987 年），頁 51。

〔註 9〕〔唐〕殷璠：〈河嶽英靈集序〉，收錄於《唐人選唐詩（上）》（上海：上海古籍出版社，1958 年 12 月），頁 40。

唐時期的繁榮文壇。「標格漸高」指的是明朗剛健的詩歌品格；「頗通遠調」乃是高遠響亮的詩歌聲律效果。其「格」針對六朝雕琢浮靡的形式與詩風作改革，強調積極內涵的詩歌內容；「調」則是高遠響亮的音調，帶著盛唐宏大的平正之韻律。且提倡詞與調必須相和，首尾相稱，又云：「詞有剛柔，調有高下，但令詞與調合，首末相稱，中間不敗，便是知音。」〔註10〕強調重視聲律，並且內意與形式並重，風骨與聲律並存。皎然《詩式・文章宗旨》中云：

> 曩者嘗與諸公論康樂爲文，直於情性，尚於作用，不顧詞采，而風流自然。彼清景當中，天地秋色，詩之量也；慶雲從風，舒卷萬狀，詩之變也。不然，何以得其格高，其氣正，其體貞，其貌古，其詞深，其才婉，其德宏，其調逸，其聲諧哉？〔註11〕

「直於情性，尚於作用，不顧詞采，而風流自然。」是皎然論詩的最高標準，呈現自然韻味，其具體的表現乃是「格高，氣正，體貞，貌古，詞深，才婉，德宏，調逸，聲諧」。何謂「高」，何謂「逸」呢？皎然進一步解釋：「風韻朗暢曰高；體格閑放曰逸。」〔註12〕其中「格高」指作者詩歌中展現的清麗脫俗品格，因此擺脫雍弱平淺；「調逸」則是說明詩風的具體總結，主要是呈現在興象風神此類的表現。將體格聲調上升到明代興象風神的高層上，講求比興的只可意會不可言傳，相對較爲抽象，且已經開始注意到詩歌的審美而非停留於意而已。王昌齡《詩格》當中云：

> 凡作詩之體，意是格，聲是律，意高則格高，聲辨則律清，格律全，而後始有調。〔註13〕

〔註10〕〔唐〕殷璠：〈河嶽英靈集序〉，收錄於《唐人選唐詩（上）》（上海：上海古籍出版社，1958年12月），頁40。

〔註11〕〔唐〕釋皎然著，李壯鷹校注：《詩式校注》（山東：齊魯書社，1986年），頁90。

〔註12〕〔唐〕釋皎然著，李壯鷹校注：《詩式校注》，頁53～54。

〔註13〕張伯偉：《全唐詩詩格匯考》（江蘇：江蘇古籍出版社，2002年4月），頁160。

「意」乃是指「立意」,「格」指的是「作品的品格」,「意是格」表示詩歌品格決定於作者立意，若作者立意超凡脫俗，則詩歌品格自然高，王昌齡表現「格」必須立意高遠，同時必須遵守格律規範。二者都達到，才能具備「調」。故可以明顯得到，「調」乃是詩歌的整體風貌，包含了詩歌的立意以及聲律規範，內容與形式統一的名稱。

（二）宋元時期：宋代詩歌的「格」、「調」理論，主要以姜夔《白石道人詩說》與嚴羽《滄浪詩話》影響明代「格調」理論最爲巨大。《白石道人詩說》中云：

> 意出於格，先得格也；格出於意，先得意也。……意格欲高，句法欲響，只求工於句、字，亦末矣。故始於意格，成於句、字。句意欲深、欲遠，句調欲清、欲古、欲和，是爲作者。〔註14〕

姜夔與王昌齡同樣把「意」與「格」並提，其「格」偏於主觀立意上，認爲詩歌「格」、「調」必須建立在「意」上，詩歌必須先講求句意，再講求句法。句意深遠，句調才能清、古、和。這與明代「格調」論詩重詩歌的句法與字法，講求詩歌音韻和諧是一脈相傳的。若說唐代的詩論以「格調」爲強調作者作品樣貌與詞采聲律之間的關係，則宋代的詩論家則多了「學古」與「創新」的內涵於其中，這從「句調欲清、欲古、欲和」中可見一斑。然而，學古的對象爲何？方向又爲何？這就是姜夔的「調」之主張了。

實際影響明代李東陽「格調」論者，非嚴羽《滄浪詩話》莫屬。嚴羽以禪論詩，重妙悟，主張復古、學古，提倡風貌、形式上模擬古人詩作，且論詩重法。在《滄浪詩話．詩辨》中云：

> 詩之法有五：曰體制、曰格力、曰氣象、曰興趣、曰音節。〔註15〕

上述的引文，王運熙、顧易生認爲是詩歌藝術的五標準〔註16〕；郭紹

〔註14〕〔宋〕姜夔：《白石道人詩說》，見於何文煥輯《歷代詩話（下）》（北京：中華書局出版，1981年），頁628。

〔註15〕〔宋〕嚴羽：《滄浪詩話》，見於何文煥輯《歷代詩話（下）》，頁678。

〔註16〕王運熙、顧易生：《中國文學批評史新編（上）》（上海：復旦大學出

虞認為是學古之法。〔註 17〕嚴羽強調詩學盛唐，此五法正是對盛唐詩歌的總結，因此既是詩歌藝術亦是學盛唐之法。首重「體制」，表明不同體制就有不同的詩歌表現方式；「格力」則接近「風骨」之意，要求詩歌語言必須剛健有感染力。「氣象」是抽象表現盛唐詩歌雄渾壯闊，渾然一體的美感。「興趣」則是說明詩歌必須要有空靈之美，不可太過落實，必須具備興意。「音節」則強調詩歌的節奏與聲律之美。雖然並未直言「格調」二字，但卻是明代「格調」的重要源頭之一。

元代詩歌的發展走向低潮，詩歌理論同樣發展緩慢，不過出現了楊士宏的《唐音》，影響了明代高棅《唐詩品匯》甚大。《唐音》當中以「審音律之正變」〔註 18〕作為選詩的宗旨，從體格聲調入手，將唐詩分成〈始音〉、〈正音〉、〈遺響〉。另外〈正音〉又依照時間將唐詩分成初盛唐、中唐、晚唐；且按不同體裁進行歸類，影響明代高棅亦使用「審音律之正變」的方法來編選唐詩，重視詩歌的音聲格律與體裁化分。

（三）明初時期：明代詩歌中最大的特色即是復古與創新兩大思潮的衝擊與協調，尤以復古聲勢浩大。明初承於前朝「格調」之說者，主要集中在高啓、貝瓊、張以寧、林鴻、高棅等人身上。然而，使明人知宗唐音者，棅之功獨多，下啓李東陽具眼具耳之說，故終明之世，館閣以為宗，李何之模擬盛唐，亦均胚肇於高棅為多。〔註 19〕高棅以「別體制之始終，審音律之正變」〔註 20〕為宗旨，編

版社，2001 年 11 月），頁 355。

〔註 17〕郭紹虞：《中國歷代文論選（二）》（上海：上海古籍出版社，2001 年 10 月），頁 426。

〔註 18〕〔元〕楊士宏：《唐音》，見紀筠等撰《四庫全書》第 1368 冊（上海：上海古籍出版社，1987 年），頁 175～176。

〔註 19〕吳瑞泉：《明清格調詩說研究》（東吳大學中國文學系博士論文，1987 年），頁 94。

〔註 20〕〔明〕高棅：《唐詩品匯（上）》（上海：上海古籍出版社，1981 年），頁 9～10。

選了《唐詩品匯》，此書直接影響了李東陽因聲辨體的「格調說」。在編選的過程中，承襲了楊士宏《唐音》的作法，先依照時代區分初、盛、中、晚唐四個時期，再依體裁來編排每個時期之詩歌，最後以音律來區分詩歌成就高低，具體分成九個層次：正始、正宗、大家、名家、羽翼、接武、正變、餘響、旁流。

在時期的推崇上，高棅將盛唐詩歌歸在「正宗、大家、名家、羽翼」，因此直接影響後來明代「格調」派的「詩崇盛唐」觀念。再者，以「審音律」來「別體制」，導致李東陽「因聲變體」的形成。其認爲透過音律可以辨別出詩歌的體制，甚至可以透過音調聲律而得知作者以及創作時期：

> 今試以數十百篇之詩，隱其姓名，以示學者，須要視得何者爲初唐？何者爲盛唐？何者爲中唐、爲晚唐？又何者爲王、楊、盧、駱，又何者爲沈、宋，又何者爲陳拾遺，又何爲李、杜，又何者爲孟爲儲，爲二王，爲高、岑，爲常、劉、韋、柳，爲韓、李、張、王、元、白、郊、島之製。〔註 21〕

因聲辨體爲高棅主要的詩學觀點，透過詩歌的聲律、興象、文詞來辨別不同時期的詩歌風格以及不同作家的創作風格，達到聽其詩，知其時，知其人得目的。也就是說「誠使吟詠性情之士，觀詩以求其人，因人以知其時，因其時以辨其文章之高下，詞氣之盛衰，本乎始以達其終，審其變而歸於正，則攸遊敦厚之教，未必小補云。」〔註 22〕，透過吟詠，便可知其人、知其時，這樣的辨體觀念，被李東陽所吸收，因而提出詩必具眼、具耳的直接而詳細之「格調」理論。

綜合以上四個時期而論，可以大概了解「格調」二字，從基本的詩歌形式外在特徵，如聲韻上的表現，到用字、語氣、美感整體性的表現，可以知道「格調」二者的內涵性越見豐碩。以廖可斌對

〔註 21〕〔明〕高棅：《唐詩品匯（上）》，頁 9。
〔註 22〕〔明〕高棅：《唐詩品匯（上）》，頁 10。

於「格調」二字的看法：「包含了美與善的統一、情與理的統一、意與象的統一、詩樂結合、中和之美等各方面內容。」〔註23〕可謂較爲全面性的說法。故，我們可以下一個定論，以狹義上來說，「格調」二字在於聲律形式的層次上；廣義上則已經提升到「審美」的感受上。

二、李東陽「格調」論

「格調說」，是李東陽的詩學理論中，最具特色的一個環節，更可以作爲明代首位將「格調」二字高舉，並給予清楚闡釋者。此時我們不禁要問，究竟李東陽所認爲的「格調」是何？又是承自誰的觀念？或者與前人之說是否相互吻合？或者具備歧異性呢？

承自高棅「別體制之始終，審音律之正變」之先，啓前七子「詩必盛唐」之後的復古之風，是李東陽提倡「格調」最大的貢獻。「格調」一詞實難清楚的將之說明清晰，若強硬將李東陽的「格調」理論作一說明，可以「辨體」二字來概括。李東陽的「辨體」面向包羅十分廣泛，舉凡「詩文辨體」、「詩詞辨體」、「詩畫辨體」、「體裁辨體」、「風格辨體」甚至「時代辨體」，在其《懷麓堂詩話》中都有提及。然而，辨體的主要本質不脫「樂」之因素，也是李東陽「格調」當中最主要的論述。

在闡述其「格調論」之前，必須先對李東陽定義下的「格」、「調」作一番瞭解，《懷麓堂詩話》第六則除了可以解釋何爲「格」、「調」外，更可以詮釋李東陽的兩個詩歌觀念，一則時代格調；一則因聲辨體。其云：

> 詩必有具眼，亦必有具耳。眼主格，耳主聲。聞琴斷，知爲第幾弦，此具耳也；月下隔窗辨五色線，此具眼也。費侍郎廷言嘗問作詩，予曰：「試取所未見詩，即能識其時代格調，十不失一，乃爲有得。」費殊不信。一日與喬編修維翰觀新頒中秘書，予適至，費即掩卷問曰：「請問此何代

〔註23〕廖可斌：《復古派與明代文學思潮（上）》，頁207。

> 詩也？」予取讀一篇，輒曰：「唐詩也。」又問何人，予曰：「須看兩首。」看畢曰：「非白樂天乎？」於是二人大笑，啓卷視之，蓋《長慶集》，印本不傳久矣。〔註24〕

此則說明到「格」主要以「眼」觀之，表示詩歌之「格」指的是詩歌的圖畫性或者辭采等視覺上的審美效果；「調」則是以「耳」聽之，代表詩歌的音樂性，也就是音律、聲韻所產生的聽覺效果與感受。由此可知，李東陽的「格」與「調」，一則是視覺上的體悟，一則爲聽覺上的感受。然而，「格」所代表的不僅僅是詩歌上體裁或者辭藻，李東陽認爲「眼主格」更可以分辨出時代以及本身作者的風格與體裁差異。「耳主調」則可以透過音韻的方式，更進一步的判斷時代與地區性的差異。將「格」與「調」合起來，就是指審美特徵的標準，換言之，詩歌整體所表現的情感、時代、地域以及詩人的個人風格，都將透過「格調」的審美而被掌握。

我們再進一步的說明，「格」之審美下所闡述的「風格」差異。實際上，李東陽所主張的風格，並不只侷限在作品的個人風格，甚至是體裁、時代以及地域之間的風格，也都有其差異性。就體裁而言，《懷麓堂詩話》第二則云：

> 古詩與律不同體，必各用其體乃爲合格。然律猶可間出古意，古不可涉律。〔註25〕

這裡談到「古詩」與「律體」之間的差異，其認爲，「古詩與律不同體」。於當時的律體，主要要求黏對，並不排斥音韻，因此「律猶可漸出古意」；但是古詩卻不可以因爲黏對的要求而喪失了音韻，因此「古不可涉律」。此論點正好可以用來說明李東陽提倡「辨明詩體」想法，詩歌的體裁之間，都有其不同的要求與不同，所以必須有所區隔。就作者之間的個人風格，《懷麓堂詩話》第七十八則這樣說明：「昔人論詩，謂「韓不如柳，蘇不如黃」。雖黃亦云「世有文章名一世，而詩不逮古人者，殆蘇之謂也」，是大不然。……其勢必久而漸

〔註24〕〔明〕李東陽：《李東陽集（三）》，〈懷麓堂詩話〉，頁1502。
〔註25〕〔明〕李東陽：《李東陽集（三）》，〈懷麓堂詩話〉，頁1501。

窮，賴杜詩一出，乃稍爲開擴，庶幾可盡天下之情事。韓一衍之，蘇再衍之，於是情與事，無不可盡。而其爲格，亦漸粗矣。」〔註 26〕這裡談到韓、柳、黃、杜……等，即是表明不同的詩人，有其不同的作家風格。再者，談到時代與地域風格之間的差異性，《懷麓堂詩話》第六十五則云：

> 漢、魏、六朝、唐、宋、元詩，各自爲體，譬之方言，秦、晉、吳、越、閩、楚之類，分疆畫地，音殊調別，彼此不相入。此可見天地間氣機所動，發爲音聲，隨時與地，無俟區別，而不相侵奪。然則人囿於氣化之中，而欲超乎時代土壤外，不亦難乎？〔註 27〕

上述強調了「時代」的不同產生不同詩歌風格，以及「地域性」的差異，也會有所區別，都關乎社會風俗與人文環境的影響。如其《懷麓堂詩話》第三十五則中云：

> 文章固關氣運，亦繫於習尚。周召二南、王豳曹衛諸風，商周魯三頌，皆北方之詩，漢魏西晉亦然。唐之盛時稱作家在選列者，大抵多秦晉之人也。蓋周以詩教民，而唐以詩取士，畿甸之地，王化所先，文軌車書所聚，雖欲其不能，不可得也。荊楚之音，聖人不錄，實以要荒之故。六朝所製，則出於偏安僭據之域，君子固有譏焉，然則東南之以文著者，亦鮮矣。本朝定都北方，乃爲一統之盛，歷百有餘年之久，然文章多出東南，能詩之士，莫吳越若者。而西北顧鮮其人，何哉？無亦科目不以取，郡縣不以薦之故歟？〔註 28〕

強調統治者的決策與喜惡，將對詩歌造成一定的影響。先秦至唐的政治中心於北方，以詩取士，統治者也多喜好，故詩人多產於北方。六朝則偏安於南方，江南一隅詩情裊裊，少了剛健之氣。明代則吳越富饒發達，文化也興盛，故多產詩人。可以見得社會風俗

〔註 26〕〔明〕李東陽：《李東陽集（三）》，〈懷麓堂詩話〉，頁 1518。
〔註 27〕〔明〕李東陽：《李東陽集（三）》，〈懷麓堂詩話〉，頁 1515。
〔註 28〕〔明〕李東陽：《李東陽集（三）》，〈懷麓堂詩話〉，頁 1509。

以及統治者的決策，影響了文化的差異。強調文化差異，就不能忽略環境的影響，故詩人不能離開環境而生存，因此「人囿於氣化之中，而欲超乎時代土壤外，不亦難乎？」。

「調」，就李東陽的判斷中，指得即是「音樂性」的呈現，這與傳統「詩舞樂」三合一的「詩三百」系統是一脈相傳的。《懷麓堂詩話》開宗明義第一則就明言：

> 詩在六經中，別是一教，蓋六藝中之樂也。樂始於詩，終於律，人聲和則樂聲和。又取其聲之和者，以陶寫情性，感發志意，動盪血脈，流通精神，有至於手舞足蹈而不自覺者。後世詩與樂判而爲二，雖有格律，而無音韻，是不過爲排偶之文而已。使徒以文而已也，則古之教，何必以詩律爲哉〔註29〕

李東陽的「詩樂一體」主要承於〈毛詩序〉而來：「情發於聲，聲成文，謂之音」〔註30〕。上述文字中，先指出「詩三百」是六藝之「樂」，再提出「始於詩，終於律」的觀點，說明詩乃本於樂而生。再者，「人聲和」是「樂聲和」的必要條件，有其先後順序，才能「陶寫情性，感發志意，動湯血脈，流通精神」，儒家中的「樂」乃從「詩三百」中可歌可唱而來，故可以明白樂始於詩的觀念。然而「終於律」則是因爲「後世詩與樂判而爲二，雖有格律，而無音韻，是不過爲排偶之文而已。使徒以文而已也。」後代的詩歌已經無法歌唱，有格律而缺少音韻，於是詩文二分。由上述可以得知，李東陽「格調」的提出，乃是修正「有格律，而無音韻」的陋習，透過音韻的存在，來辨明詩文之體，更是李東陽「格調論」中極爲重要的觀點。於〈滄州詩集序〉中更進一步的說明：

> 詩之體與文異，故有長於記敘，短於吟諷，終其身而不能變者，其難如此，而或庸言諺語，老婦穉子之所通解，以

〔註29〕〔明〕李東陽：《李東陽集（三）》，〈懷麓堂詩話〉，頁1501。

〔註30〕毛傳、鄭箋、孔穎達疏：《毛詩注疏》卷一（臺北市：文藝印書館，十三經注疏，嘉慶二十年重刊宋本），頁20。

為絕妙，又若易然，何哉？若詩之才，復有遲速精粗之異者，而亦無所與繫。……蓋以其有聲律諷詠，能使人反覆諷詠，暢達情思，感發志氣，取類於鳥獸草木之微，而有益於名教政事之大。〔註31〕

詩與文最大的不同在於其能夠兼用比興，託物寓情，更需要通過有規律的聲韻「反覆諷詠」，在和諧的韻律之中，展現詩人的情思，感發讀者志意。正因為詩文之間具備了「音樂」的差異，因此，強調詩文不能相互混淆。如其在〈匏翁家藏集序〉當中云：

言之成章者為文，文之成聲者則為詩。詩者與文同謂之言，亦各有體，而不相亂。若典、謨、誦、誥、誓、命、爻、象之謂文；風、雅、頌、賦、比、興之為詩，變於後世，則凡序、記、書、疏、箴、銘、贊、頌之屬皆文也，辭、賦、歌、行、吟、謠之屬皆詩〔註32〕

此處明確的說明詩與文的差異性，並且歸類出何為詩，何又為文？表現「各有體，而不相亂」的規則。又〈春雨堂詩稿序〉中也有此觀念的延伸：

夫文者，言之成章，而詩者又其成聲者也。章之為用，貴乎紀述鋪敘，發揮而藻飾，操縱開闔，惟所欲為，而必有一定之準。若歌吟詠嘆，流通動盪之用，則存乎聲，而高下長短之節，亦截乎不可亂。……古之六經，《易》、《書》、《春秋》、《禮》、《樂》皆文也，惟『風雅頌』則謂之《詩》，今其為體固在也。〔註33〕

提出了詩文最大的不同在於「詩者又其成聲者也」，且必須「歌吟詠嘆，流通動盪之用，則存乎聲，而高下長短之節，亦截乎不可亂。」故可以知道詩文之間的差異在於詩必須講究聲韻音律之美，重視詩歌的音樂特徵。因此，透過音樂與詩歌的內在本質相通性，提出了「觀《樂記》論樂聲處，便識得詩法。」〔註34〕，強調詩法即是「音樂」

〔註31〕〔明〕李東陽：《李東陽集（二）》，〈滄州詩集序〉，頁443。
〔註32〕〔明〕李東陽：《李東陽集（三）》，〈匏翁家藏集序〉，頁979。
〔註33〕〔明〕李東陽：《李東陽集（三）》，〈春雨堂詩稿序〉，頁959。
〔註34〕〔明〕李東陽：《李東陽集（三）》，〈懷麓堂詩話〉，頁1504。

之法。李東陽推崇杜甫詩的原因，更是因著此原因：

> 長篇中須有節奏，有操，有縱，有正，有變。若平鋪穩布，雖多無益。唐詩類有委曲可喜之處，惟杜子美頓挫起伏，變化不測，可駭可愕，蓋其音響與格律正相稱。回視諸作，皆在下風。然學者不先得唐調，未可遽爲杜學也。〔註35〕

從上述可以得知，李東陽認爲長篇的排律，必須要具備音韻節奏的美感，然而要如何呈現長篇排律的創作技巧呢？必須要掌握整首作品的音韻節奏，也就是「操」；又要在修辭以及文意上能夠放開，不拘泥於音韻的拘束，也就是「縱」；作品的風格要音韻節奏以平正的狀態呈現，也就是「正」；更要令整首詩的節奏具備變化，也就是「變」。如此才能達到音韻性，但又不被音韻性所左右。再細看之，可以發現李東陽以杜甫爲唐調的基準，乃是因爲其「音響與格律正相稱」，這也是杜甫排律之所以能夠勝出於明代的原因所在。然而，何謂「音響與格律正相稱」呢？指得是杜甫排律的作品，不僅遵守了排律應該有的格律，也就是「格」或者「體裁」部分，更呈現出「音響」，也就是「調」，能搭配格律，達到情境與音響相互呼應的境界，形成只有杜甫才能達到的「體」。

由此可知，李東陽所強調的「調」，主要鎖定在「音樂」上，但也講求必須要「格」與「調」相互配合，達到「正相稱」的境界，才可能形成好的詩作。然而此時，我們就不禁要探討，甚麼樣的聲調才是能配合格律的適當聲調呢？李東陽在《懷麓堂詩話》第十八則云：

> 陳公父論詩專取聲，最得要領。潘禎應昌嘗謂予詩宮聲也，予訝而問之，潘言其父受於鄉先輩曰：「詩有五聲，全備者少，惟得宮聲者爲最優，蓋可以兼眾聲也。李太白杜子美之詩爲宮，韓退之之詩爲角，以此例之，雖百家可知也。」予初欲求聲於詩，不過心口相語，然不敢以示人。聞潘言，始自信以爲昔人先得我心，天下之理，出於自然者，固不

〔註35〕〔明〕李東陽：《李東陽集（三）》，〈懷麓堂詩話〉，頁1505。

> 約而同也。趙捴謙嘗作《聲音文字通》十二卷，未有刻本。本入內閣而亡其十一，止存總目一卷，以聲統字，字之於詩，亦一本而分者。於此觀之，尤信。門人輩有聞予言，必讓予曰「莫太洩漏天機」，否也！〔註36〕

上述講到「以聲統字」，作爲詩歌創作的重要作標，可以得知「調」在詩歌的組成上即爲重要，可以當作詩歌創作的本質，也清楚的標明出「宮聲」即是最優之聲，因爲可以「兼眾聲」，這又呼應到第一則所論，「人聲和則樂聲和」，「兼眾聲」自然能達到聲之合。

然而，這裡我們又提到一個問題，也是根本核心的關鍵，何以「聲調」上必須要「兼眾聲」？何以必須以「樂聲和」作爲標準，又何以欲達到「人聲和」的狀態呢？這與儒家傳統講究「中和之美」無法脫鉤。自古「中庸之德」與「平正」的觀念充斥儒家思想，講求必須「溫柔敦厚」，不偏不移，講究雅正之美，正是詩歌的本質，故在具體的「格調」要求上，自然也必須將「和」作爲具體依規。

沿著詩文辨體的脈絡而下，上述我們討論到了「如何辨」？主要以「音韻」的有無作區分。再者我們要討論到如何掌握詩歌的「獨特性」。這個問題的產生與溯源，就必須要談到嚴羽的《滄浪詩話》，李東陽繼承其「妙悟」的觀念。《滄浪詩話・詩辨》有云：

> 夫詩有別材，非關書也；詩有別趣，非關理也。然非多讀書，多窮理，則不能極其致。所謂不涉理路，不落言筌者，上也。〔註37〕

「讀書」、「窮理」，都是屬於理性思考者，故上述所提及如「讀書」、「窮理」、「理路」都是屬於邏輯的思考。與「才」、「趣」的才能與趣味，是分屬不同的範疇，乃屬於形象思維。嚴羽認爲詩歌的創作基本上是屬於形象思維，不能以理性的邏輯概念來概括之。這樣的觀念，被李東陽所接受並且加以擴張說明，《懷麓堂詩話》第四十則有云：

> 詩有別材，非關書也；詩有別趣，非關理也。然非讀書之

〔註36〕〔明〕李東陽：《李東陽集（三）》，〈懷麓堂詩話〉，頁1505。
〔註37〕〔宋〕嚴羽著・郭紹虞校釋：《滄浪詩話校釋》，頁26。

> 多明理之至者，則不能作。論詩者無以易此矣。彼小夫賤隸婦人女子，眞情實意，暗合而偶中，固不待於教。而所謂騷人墨客學士大夫者，疲神思，弊精力，窮壯至老而不能得其妙，正坐是哉。〔註38〕

藉由上述的論調，可以知道李東陽不僅完全認同嚴羽「詩有別材，非關書也；詩有別趣，非關理也。然非讀書之多明理之至者，則不能作」的觀念，甚至將嚴羽並未詳加說明的部分，也以例子加以具體申論。「小夫賤隸」指的是社會階層底下的勞動者，與「婦人女子」一般都是沒有受教育或者邏輯思考的機會，但是他們所吟唱出的民歌，往往有眞情實意，原因乃是因爲將自己的感覺與知覺表現於民歌之中，也就是「暗合而偶中」表現形象思維。反觀「騷人墨客」、「學士大夫」之流，終生都在讀書窮理，甚至爲了邏輯思考而筋疲力盡，始終無法創造妙趣橫生的好詩，原因無他，正是丟失了形象思維而已。二者相互對比，更可以知道，詩歌的形象與妙悟，無關乎窮理與讀書，乃在於眞情實意，將自己的生命融入詩歌當中。

上述總體而觀李東陽之「格調」論，筆者以下圖作爲一總結：

圖 4-1

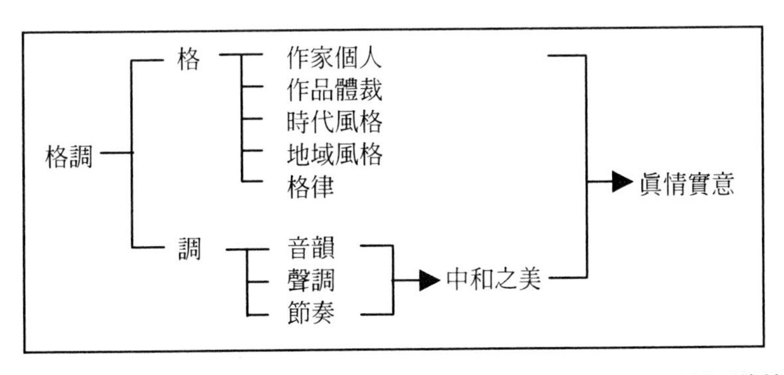

李東陽的格調中，若以「格」與「調」二者區分，可以知道其格調二字包羅十分廣泛，並且合於中庸之道與中和之美，也就和於儒家

〔註38〕〔明〕李東陽：《李東陽集（三）》，〈懷麓堂詩話〉，頁1510。

傳統。且承於嚴羽的妙悟，又能開拓出眞意，這乃是突破臺閣末流以雅正爲主，以政治歌詠爲中心的太平之思，而能將詩歌拉往審美與個人的意志上，抬高文學爲政治附庸的本質，令詩歌的走向趨於文學的個人審美化。

第二節　「本於情、不失正」本質論

詩歌與情感之間的關係頗爲親密，如同上節討論「格調」不脫眞情實意的心志下，「小夫賤隸」與「婦人女子」皆能有所暢。故可以知道，具備眞實情感的詩歌，才有生命力。黃文吉曾在《中國詩文中的情感》一書中論及詩歌與情感的關係：

> 人類感情爲了要得到合理的宣洩，文學藝術於焉誕生。〈毛詩序〉說：「情動於中而形於言，言之不足，故嗟嘆之；嗟嘆之不足，故詠歌之；詠歌之不足，不知手之舞之，足之蹈之也。」人的感情從內心發動後，就會表現在語言，形之於文字，這就是詩。〔註39〕

詩歌與情感之間的關係密切，詩歌的產生必須因於情感，否則詩歌的生命力必然喪失。由此，我們可以回到李東陽何以著重詩歌情感的問題上。其在《懷麓堂詩話》第二十二則云：

> 詩有三義，賦止居一，而比興居其二。所謂比與興者，皆託物寓情而爲之者也。蓋正言直述，則易於窮盡，而難於感發。惟有所寓託，形容摹寫，反復諷詠，以俟人之自得，言有盡而意無窮，則神爽飛動，手舞足蹈而不自覺，此詩之所以貴情思而輕事實也。〔註40〕

此則針對宋詩不知「比興」強調「義理」而評之。嚴羽《滄浪詩話》曾對宋詩作這樣的論述：「近代諸公乃作奇特解會，遂以文字爲詩，以才學爲詩，以議論爲詩。夫豈不工，終非古人之詩也，蓋於一唱

〔註39〕黃文吉：《中國詩文中的情感》（臺北：臺灣書局，1988年3月），頁3。

〔註40〕〔明〕李東陽：《李東陽集（三）》，〈懷麓堂詩話〉，頁1506。

三嘆之音，有所歉焉。」〔註 41〕說明宋詩有悖於詩之「吟於情性」〔註 42〕。「比興」在李東陽的觀念中，是受客觀事物的啓發或者借助於客觀事物書寫主觀情志的藝術感受與思維，乃創作詩歌意象與意境的方式，能夠達到詩歌情景交融、虛實相生、餘韻多元的效果，具備鮮明生動的抒情美，這種種的委婉之情，即是由「眞情實意」的情緒所發，故其強調詩歌必須「貴情思而輕事實」。所謂「貴情思」即是指詩歌的本質在於「吟詠性情」，反對以文字爲詩，以議論爲詩，以鋪陳事實爲詩，把詩歌形成道家的附庸，以及說理的工具。這樣的概念追本溯源則必須來自臺閣體末流所產生的影響談起。

成化以降，臺閣體「餘波所衍，漸流爲膚廓冗長，千篇一律。」〔註 43〕；《凫藻集五卷》提要中云「(高) 啓詩才富健，工於摹古，爲一代巨擘。而古文則不甚著名，然生於元末，距宋未遠，猶有前輩軌度，非洪、宣以後漸流爲膚廓冗沓號『臺閣體』者所及。」〔註 44〕；《倪文僖集三十二卷》提要也說明：「三楊臺閣之體，至弘、正之間而極弊，冗闒膚廓，幾於萬喙一音。」〔註 45〕；《襄毅文集十五卷》中更說明「明自正統以後，正德以前，金華、青田流風漸遠，而茶陵、震澤猶未奮興。數十年間，惟相沿臺閣之體，漸就庸膚。」；《類博稿十卷附錄二卷》提要中提到：「正統、成化以後，臺閣之體漸成嘽緩之音。」〔註 46〕。以上種種，都可以得知當時臺閣體入不敷用的狀態，故李東陽起而倡之。王國維於《人間詞話》中也針對仿傚作了論述：「蓋文體通行既久，染指遂多，自成習套。豪傑之士，亦

〔註 41〕〔宋〕嚴羽著．郭紹虞校釋：《滄浪詩話校釋》，頁 26。

〔註 42〕〔宋〕嚴羽著．郭紹虞校釋：《滄浪詩話校釋》，頁 26

〔註 43〕〔清〕永瑢等撰：《四庫全書總目》(北京：中華書局，1965 年 6 月第 1 版第 1 刷)。本小節所引皆爲此版本，以後所引之文，僅標「卷－集部－類－頁數」。卷一七〇，集部二三，別集類二三，頁 1484。

〔註 44〕卷一六九，集部二二，別集類二二，頁 1471。

〔註 45〕卷一七〇，集部二三，別集類二三，頁 1487。

〔註 46〕卷一七〇，集部二三，別集類二三，頁 1487。

難於其中出新意。」〔註 47〕，表達一味模擬，沒有自我眞實情意的詩歌，無法禁起推敲。

強調詩貴情思，不免要思考，何種情？李東陽對此也提出了關乎性情的本質看法，他強調情必須要屬於「自然」，因爲「自然之情」才是「眞情」，「眞情」乃是「眞詩」之源，這又扣回「詩三百」中以「詩言志」與「詩緣情」相關的論調，強調自我的情性所發，能夠諷咏吟唱的好詩，必定眞實。同樣這也可以配合《滄浪詩話》中，「夫詩有別材，非關書也；詩有別趣，非關理也。」的思路上，實際上，這些都是環環相扣的。故《懷麓堂詩話》中云：「彼小夫賤隸婦人女子，眞情實意，暗合而偶中，固不待於教。」，即使讀書不多，明理不至也能「暗合偶中」，具備眞實情感。我們可以看到《懷麓堂詩話》中的一則舉例來證明之：

> 「月到梧桐上，風來楊柳邊。」豈不佳？終不似唐人句法。「芙蓉露下落，楊柳月中疏。」有何深意？卻自是詩家語。〔註 48〕

前二句，乃單純的寫景句，對仗工整，純爲寫景，自然沒有情感於其中，於是與唐詩相去甚遠。後兩句，雖然仍爲寫景，但是卻形成了動態的景物描述，有自我的情緒在其中，將情與景相互交疊，達到情景交融的效果，自然是「詩家語」。又看到《懷麓堂詩話》第四十五則：

> 《劉長卿集》淒婉清切，盡羈人怨士之思，蓋其情性固然，非但以遷謫故，譬之琴有商調，自成一格。若柳子厚永州以前，亦自有和平富麗之作，豈盡爲遷謫之音耶？〔註 49〕

談到劉禹錫與柳宗元之詩，以「情性固然」來概括之，表現出肺腑之情，肯定不假安排，不涉外物的自然而然。再三強調「情」的存在必然性，於《懷麓堂詩話》中不乏例子，如：

〔註 47〕王國維：《人間詞話》（上海：上海古籍出版社，1998 年），頁 13。
〔註 48〕〔明〕李東陽：《李東陽集（三）》，〈懷麓堂詩話〉，頁 1505。
〔註 49〕〔明〕李東陽：《李東陽集（三）》，〈懷麓堂詩話〉，頁 1511。

「雞聲茅店月，人跡板橋霜。」人但知其能道羈愁野況於言意之表，不知二句中不用一二閑字，止提掇出緊關物色字樣，而音韻鏗鏘，意象具足，始爲難得。若強排硬疊，不論其字面之清濁，音韻之諧舛，而云我能寫景用事，豈可哉？〔註50〕

李東陽指出從創作上而言，「情」乃第一要素，情發於中，因而成詩。因此，我們可以在大膽斷定，詩歌的優劣與否，存在乎「情」。契合了「言情」的本質，加上精妙的創作技巧，自然能成爲上乘之作。反之，若詩無法言本「情」，不論技巧適當精妙與否，都是下乘者。因此，於《懷麓堂詩話》第六十七則云：「詩之作，七情具焉。」〔註51〕。又其〈南行稿序〉中也云：「耳目所接，興況所寄，左觸右激，發乎言而成聲，雖欲止之，亦有不可得而止矣。」〔註52〕，這樣的觀念影響後代詩歌理論十分巨大。

李東陽主「情」，卻能避免一味的情性放縱，如何爲之呢？因其強調「不失其正」。然而，何謂「正」呢？就朱熹理解孔子「思無邪」一句時，下了這樣的注解：

凡詩之言，善者可以感發人之善心，惡者可以懲創人之逸志，其用歸於使人，得其性情之正而已。〔註53〕

在解「詩三百」的〈關雎〉篇時，亦言：

孔子曰：「關雎樂而不淫，哀而不傷。」愚謂此言爲此詩者，得其性情之正、聲氣之和也。蓋德如雎鳩，摯而有別，則后妃性情之正固可以見其一端矣。至於寤寐反側，琴瑟鐘鼓，極其哀樂而皆不過其則焉。則詩人性情之正，又可以見其全體也。〔註54〕

〔註50〕〔明〕李東陽：《李東陽集（三）》，〈懷麓堂詩話〉，頁1504。

〔註51〕〔明〕李東陽：《李東陽集（三）》，〈懷麓堂詩話〉，頁1515。

〔註52〕〔明〕李東陽：《李東陽集（三）》，〈南行稿序〉，頁1341。

〔註53〕〔宋〕朱熹集註．蔣伯潛廣解：《論語新解》（臺北：啓明書局，1952年），〈爲政〉，頁13～14。

〔註54〕〔宋〕朱熹集註：《詩集傳》（北京：中華書局，1958年7月）卷一，頁2。

就朱熹認知下，「詩三百」的「性情之正」乃辨於「善惡」，這也是儒家傳統的道德觀念。正因爲有善惡之分，才能得其詩作的「性情之正」。也就是說，「樂而不淫，哀而不傷。」的詩歌，多「極其哀樂而皆不過其則」，體現出不過度的儒家中庸思想，正好與李東陽的「不失其正」相互輝映。《懷麓堂詩話》第六十七則云：

> 長歌之哀，過於痛哭，歌發於樂者也。而反過於哭，是詩之作也。七情具焉，豈獨樂之發哉？惟哀而甚於哭，則失其正矣。善用其情者，無他，亦不失其正而已矣。〔註55〕

就李東陽的觀念而言，詩歌不僅表現喜樂，更能表達哀慟。喜怒哀樂都是本於人性，由心志所發，但不是放縱的高歌或者痛哭，而是必須有所節制。要求必定有所限度，不能過當使用。又於〈王城山人詩集序〉中談到：

> 然其敘事引物，感時傷古，懷思笑樂，往復開闔，未嘗不出乎正。觀此，亦可以知其人。〔註56〕

強調情感必須要中和、適度，符合儒家溫柔敦厚的詩教觀，認爲詩歌的情感不應劍拔弩張，激烈的情感要出於平和的內容，在平淡之中見得情感的喜怒哀樂，合於「發乎情，止乎禮義」的道德觀。這樣的觀念，充斥於李東陽的文學理論中，且不僅僅只用於詩歌的創作，甚至文章的表現，都本著「發乎情，止乎禮義」的觀念而行之，如：

> 凡悲歡喜愕鬱抑宣泄之間，一出於正，雖不敢自謂，而亦因以自考也。〔註57〕

又如：

> 其音多慷慨激烈，而不失其正。〔註58〕

又如：

> 夫言者，心之聲也，君子必於是而觀人。觀人者不於所勉而於所忽，故凡學於家而陳於有司者，固未嘗不以正進也。

〔註55〕〔明〕李東陽：《李東陽集（三）》，〈懷麓堂詩話〉，頁1515。
〔註56〕〔明〕李東陽：《李東陽集（二）》，〈王城山人詩集序〉，頁396。
〔註57〕〔明〕李東陽：《李東陽集（三）》，〈東祀錄〉，頁1424。
〔註58〕〔明〕李東陽：《李東陽集（二）》，〈赤城詩集序〉，頁430。

> 及其滿志而意得，物逐而氣移，舞蹈歌詠之際，蓋有不自覺者。而是詩也，皆不戾乎正。〔註59〕

又如：

> 夫詩之氣格、聲韻，雖俱稱大家者，不能相合。合數人而爲詩，往復唱和，興出一時，而感時觸物，喜怒憂佚，不平之意，亦或錯然，有以自見，所謂變而不失其正者。〔註60〕

上述四則都以「不失其正」作爲宗旨。透過適當情性表現，將自身的感受合宜的傳達，這就是李東陽「發乎情、止乎禮義」的概念。故一言以蔽之，「本乎情，不失正」也。

第三節　小　結

我們具體的將上述對於李東陽「詩歌本質」之討論，羅列成以下的研究成果：

（一）李東陽以「格調論」，作爲其「詩歌本質與功能」的主要概念，著重在於「格調」二字的分別意義與綜合意義。「格」字與「調」字所包含的意義相較於前朝都有所突破，並能容納百川。格者，可以分成：個人、詩體、時代、地域、格律等多重意思；調者分成：音韻、節奏、聲律等意義。透過音樂性的表現，將格調的審美方式，發揮淋漓盡致，而提升了詩歌於政治體系中的附庸地位。

（二）「格調論」中主要以「聲」來辨詩文，這也是李東陽最重要的詩學理論之一。透過詩文辨體，進一步的表現「詩樂和一」的觀念，更扣回「詩三百」的「詩舞樂三合一」境界。

（三）「格調」上也提出作詩必須以「眞情實意」爲主，妙悟爲本，回到嚴羽的「詩有別材，非關書也；詩有別趣，非關理也。」之中。格調二字的產生，也將詩歌從社會意義，稍微帶回了個人意志上，回歸了「詩三百」的「言志與緣情」不二分的境界。

〔註59〕〔明〕李東陽：《李東陽集（二）》，〈京闈同年會詩序〉，頁458。
〔註60〕〔明〕李東陽：《李東陽集（三）》，〈聯句錄〉，頁1452。

（四）李東陽作詩以「情」爲本，強調詩歌必須自心胸流出，若非眞情實意，空有技巧，仍無法成爲上乘之作。但是也不能過度放縱情緒，必須要有所限制與制度，也就是「本乎情，止乎禮義」的觀念，透過有限度的表達情緒，令詩歌能展現中庸與平和之美，也與「詩三百」的中庸之德有緊密的相連性，總體一句，「溫柔敦厚詩教也」。

第五章　李東陽詩歌創作論

自前兩章探討李東陽詩歌本源論以及詩歌本質功能論，本章將專門處理李東陽對於其所提出的詩歌觀點，要如何實踐於創作上？甚麼樣具體的方法，以呼應自己的觀點呢？從前兩章的分析中，我們可以得知李東陽詩歌理論中「格調」占了極重比例，且多可回歸「詩三百」或者經典中。且以「本於性情」出發，又贊同詩歌必須要具備獨特性，「不經人道語」〔註 1〕方爲上。「格調」所涉及的審美問題，必須要經由歸類、分析，並且明辨各朝代的風格特色後才能建構出自己的依循規範，因此如何從經典中學習，就變得十分重要。換言之，如何達到學古，但又能貴其所得？如何擬古，但又不囿於古？這就是本章所必須探討的重點。

在進入詩歌創作的分析之前，先舉《懷麓堂詩話》中的一則，作爲李東陽創作中的概括：「觀《樂記》論樂聲處，便識得詩法。」〔註 2〕，就李立慶的補充，《樂記》的論聲處，主要包含六點：

> 一、樂聲的發生，肇起於人心對物的感應，世界萬事萬物是音樂創作的本源；強調創作主體的作用，視作家主觀之「心」爲創作活動的主導。「心」既可感於物而動產生感

〔註 1〕〔明〕李東陽：《李東陽集（三）》，〈懷麓堂詩話〉，頁 1504。
〔註 2〕〔明〕李東陽：《李東陽集（三）》，〈懷麓堂詩話〉，頁 1504。

> 情，又可以移情於物使物皆著我之色彩。「樂聲」是人「心」與外「物」交融渾化爲一的結晶。二、樂聲是政治與世情的反映。三、注重樂聲的教化功能。四、強調樂聲尚中和。五、樂聲是感情的眞實流露。六、倡言樂聲平易而含蓄。〔註 3〕

綜觀李東陽對於詩歌創作，可以發現，其主張幾乎可以容括在上述六點之中，並且提出更爲具體的作法，將詩歌的創作延展的更爲全面。以下，就「師古」的工夫，以及「求眞」與「聲律」三種面向，分節討論之。

第一節　「師古」工夫論

在詩歌本質與功能論一章中，首先即以「格調」作爲論述的主軸，可以見得「格調」的概念在李東陽心中具有崇高的價值。那我們不禁要深入聯想，何以「格調」會令李東陽如此重視？一個詩歌觀念的提出，必定有其因應的背景，換言之，理論的出現，正是因爲要「解決」當時存在的部分缺乏，否則理論的提出將無太大的意義。「格調」的概念我們於前一章有過分析，發現十分重視「音樂性」，並且強調「辨體」，應對的正是「沒有音樂」與「辨體不分」。如：「後世詩與樂判而爲二，雖有格律，而無音韻，是不過爲排偶之文而已。使徒以文而已也，則古之教，何必以詩律爲哉？」〔註 4〕。「辨體」之法，首重於識百家、學百代，如：「其效漢魏，至字字句句，平側高下，亦相依仿。命意託興，則得之《三百篇》者爲多。」〔註 5〕，可知，「師古」是其創作中，極爲重要的一個環節。如何「師」？筆者將分成：一、「學、識、力」說；二、師古不泥古；三、「比、興」說，三個面向來詮釋「師古」之法，以及其範疇與

〔註 3〕〔明〕李東陽著・李立慶校釋：《懷麓堂詩話校釋》，頁 44。
〔註 4〕〔明〕李東陽：《李東陽集（三）》，〈懷麓堂詩話〉，頁 1501。
〔註 5〕〔明〕李東陽：《李東陽集（三）》，〈懷麓堂詩話〉，頁 1508。

擇取。

一、「學、識、力」說

李東陽認爲詩人不能脫離時代與地域的影響而創作，故時代格調影響詩人的創作風格，這樣的觀念在「格調說」時已經詮釋得非常清楚。我們可以知道「漢、魏、六朝、唐、宋、元詩，各自爲體，譬之方言，秦、晉、吳、越、閩、楚之類，分疆畫地，音殊調別，彼此不相入。此可見天地間氣機所動，發爲音聲，隨時與地，無俟區別，而不相侵奪。然則人囿於氣化之中，而欲超乎時代土壤外，不亦難乎？」〔註6〕中的「體」爲「風格」；「調」爲「音調」。要如何能夠辨別「風格」與「音調」的個別差異呢？於是李東陽提出「格調」的概念，也是他詩學理論中最重要的一個理論：

> 詩必有具眼，亦必有具耳。眼主格，耳主聲。聞琴斷，知爲第幾弦，此具耳也；月下隔窗辨五色線，此具眼也。費侍郎廷言嘗問作詩，予曰：「試取所未見詩，即能識其時代格調，十不失一，乃爲有得。」費殊不信。一日與喬編修維翰觀新頒中秘書，予適至，費即掩卷問曰：「請問此何代詩也？」予取讀一篇，輒曰：「唐詩也。」又問何人，予曰：「須看兩首。」看畢曰：「非白樂天乎？」於是二人大笑，啓卷視之，蓋《長慶集》，印本不傳久矣。〔註7〕

「眼主格」，指「詩的風格」；「耳主聲」，指「詩的聲調」，合而言之即是「格調」，透過詩的聲調與風格，來辨別詩的作者與地域、時代等。嚴羽也提過類似此說法：「作詩正須辨盡諸家體制。」〔註8〕，可知李東陽承襲了這樣的概念。並且在這樣的基礎上又提出「格」與「調」兩方面來辨詩。不過，這延伸到了一個很重要的問題，如果要以「格調」辨詩，就必須「辨盡諸家體制」，言意之下必須要「熟

〔註6〕〔明〕李東陽：《李東陽集（三）》，〈懷麓堂詩話〉，頁1515。
〔註7〕〔明〕李東陽：《李東陽集（三）》，〈懷麓堂詩話〉，頁1502。
〔註8〕〔南宋〕嚴羽：《滄浪詩話》〈附答吳景仙書〉，見〔清〕何文煥、丁福保：《歷代詩話》（北京：中華書局，1981年），頁707。

讀涵養」眾體，否則怎能辨別呢？關於這個問題，李東陽也提出了「學、識、力」的概念來解決。三者包含的理念太過廣泛，必須要一步步的說明與深入，才能接近李東陽對於「如何學詩」的概念裡。於《懷麓堂詩話》第七則云：

> 唐人不言詩法，詩法多出宋，而宋人於詩無所得。所謂法者，不過一字一句，對偶雕琢之工，而天眞興致，則未可與道。其高者失之捕風捉影，而卑者坐於黏皮帶骨，至於江西詩派極矣。惟嚴滄浪所論超離塵俗，眞若有所自得，反覆譬說，未嘗有失。顧其所自為作，徒得唐人體面，而亦少超拔警策之處。予嘗謂識得十分，只做得八九分，其一二分乃拘於才力，其滄浪之謂乎？若是者往往而然。然未有識分數少而作分數多者，故識先而力後。〔註 9〕

從「詩必有具眼，亦必有具耳。眼主格，耳主聲。聞琴斷，知為第幾弦，此具耳也；月下隔窗辨五色線，此具眼也。」可以得知，東陽學詩貴在「識」，而「識」的體現在於「眼、耳」的工夫，這就是他一直重複提倡的辨體。由上一則可以更清楚的強調「識」之重要性，所謂的「識」，指的是詩人必須有區別詩歌體制、音調，辨識詩作風格、優劣的能力，也就是「詩必有具眼，亦必有具耳。」這部分與嚴羽看法相同，嚴羽認為「學詩者以識為主」〔註 10〕。但與嚴羽相異者，李東陽更提出了「識先而力後」的差別。不過這裡要先談到一個問題，究竟「識」要「識」多少才足夠呢？《懷麓堂詩話》的三十一則就明確的將此答案呈現出來，其云：

> 選詩誠難，必識足以兼諸家者，乃能選諸家；識足以兼一代者，乃能選一代。一代不數人，一人不數篇，而欲以一人選之，不亦難乎？〔註 11〕

「識」，必須要「足以兼諸家者」或者「足以兼一代者」，換言之，必須要「博識」，才能夠達到效果。再者，「識」從何而來？「識」

〔註 9〕〔明〕李東陽：《李東陽集（三）》，〈懷麓堂詩話〉，頁 1503。
〔註 10〕〔南宋〕嚴羽：《滄浪詩話》，見〔清〕何文煥：《歷代詩話》，頁 687。
〔註 11〕〔明〕李東陽：《李東陽集（三）》，〈懷麓堂詩話〉，頁 1508。

自讀書與涵養而得，也就是「學」。其〈桃溪雜詩稿序〉中也曾云：

> 夫詩有二要，學與識而已矣。學而無識，譬之失道，兼程終老，不能至。有識矣，而學力弗繼，雖復知道，其與不知者，均也。漢唐以來，作者特起，必其識與學皆超乎一代，乃足以稱名家，傳後世。肩差而踵接者，代亦不過數人。其餘冥行窘步，卒歸於泯滅澌盡之地者，不知其幾也。世豈患無詩哉？患不得其要耳。〔註12〕

上述可以得知，雖以「識」為首要，但若無「學」的配合，仍然無法完全成就詩歌的創作，必須要兼具「識」與「學」。因為「學而無識，譬之失道，兼程終老，不能至。有識矣，而學力弗繼，雖復知道，其與不知者，均也。」可以得知，必須要學能博，才能識百家、百代。在其《懷麓堂詩話》中就映證此觀念。〈鏡川先生詩集序〉中曾云：

> 說者謂：「詩有別才，非關乎書；詩有別趣，非關乎理。」然非讀書之多，識理之致，則不能作；必博學以聚乎理，取物以廣夫才，而比之聲韻，和之節奏，則其為辭，高可諷，長可詠，近可以述，而遠可以傳矣。〔註13〕

「識」雖重要，但是若沒有博學通覽，如何能有「識」之本領，故其曰：「必博學以聚乎理，取物以廣夫才」，達到「讀書之多，識理之致」，而後能「作」。透過學之外，仍必須要「觸類旁通」，如其《懷麓堂詩話》第七十一則中云：

> 子貢因論學而知詩，子夏因論詩而知學。其所為問答論議，初不過骨角玉石面目采色之間，而感發歆動，不能自已。讀詩者執此求之，亦可以自得矣。〔註14〕

此則強調學詩必須要「感發歆動」，觸類旁通，得言外之意，才能得其精隨。因此，學不僅要學百家、識百代，更要舉一反三，令文思流動，得其弦外之音，言外之意。不過，除了學詩心態必須「觸類旁通」外，又延伸一個問題，所謂「學」，究竟該「學」的範疇是甚

〔註12〕〔明〕李東陽：《李東陽集（二）》，〈桃溪雜詩稿序〉，頁486。
〔註13〕〔明〕李東陽：《李東陽集（二）》，〈鏡川先生詩集序〉，頁483。
〔註14〕〔明〕李東陽：《李東陽集（三）》，〈懷麓堂詩話〉，頁1516。

麼呢？李東陽也針對這一個個問題進行說明，其《懷麓堂詩話》中明言：

> 宋詩深，卻去唐遠；元詩淺，去唐卻近。顧元不可爲法，所謂「取法乎中，僅得其下」耳。〔註15〕

此觀點與嚴羽如出一轍，嚴羽《滄浪詩話・詩辨》中也云：「入門須正，立志須高……學其上，僅得其中；學其中，斯爲其下矣。……工夫須從上做下，不可從下做上。」〔註16〕。綜合二者可以得知，李東陽乃承襲嚴羽之「取法乎上」而來，強調詩歌的學習標準不容妥協，必須回歸唐詩。那麼何謂「正」、「上」呢？是否就是指唐詩呢？李東陽曾在《懷麓堂詩話》中提「第二義」：

> 『寫留行道影，焚卻坐禪身。』開口便自黏帶，已落第二義矣。所謂『燒卻活和尚』，正不須如此說。〔註17〕

第二義乃指「賈島」的詩作，但他並未說明第一義是何？此說法乃是根據嚴羽而來，那麼何謂第一義呢？「漢魏晉與盛唐之詩，第一義也。」〔註18〕，若以此理，「上」者，乃「漢魏晉與盛唐之詩」。但是，李東陽並未拘泥於嚴羽的範疇，並未將「漢魏晉與盛唐之詩」以外都排外，其認爲「漢、魏、六朝、唐、宋、元詩，各自爲體，譬之方言，秦晉吳越閩楚之類，分疆畫地，音殊調別，彼此不相入。」〔註19〕，舉凡優秀的作品皆有可學之處，詩本於時代與地域的不同，可傳其世者，皆有可師，只要區分的出詩之高下品質即可。

何謂「力」呢？指的即是「才力」。「予嘗謂識得十分，只做得八九分，其一二分乃拘於才力。」才力的高下，則取決於「智力」，即是是否具備學詩的「慧根」之意。如果才與識沒有必備的涵養，則詩不易作也。如其〈滄州詩集序〉中所云：

〔註15〕〔明〕李東陽：《李東陽集（三）》，〈懷麓堂詩話〉，頁1503。
〔註16〕〔宋〕嚴羽著・郭紹虞校釋：《滄浪詩話校釋》，頁1。
〔註17〕〔明〕李東陽：《李東陽集（三）》，〈懷麓堂詩話〉，頁1504。
〔註18〕〔宋〕嚴羽著・郭紹虞校釋：《滄浪詩話校釋》，頁11。
〔註19〕〔明〕李東陽：《李東陽集（三）》，〈懷麓堂詩話〉，頁1515。

> 必其識足以知其窔奧，而才足以發之，然後爲得。及天機物理之相感觸，則有不煩繩墨而合者，詩非難作，而亦不易作也。〔註20〕

可以得知，若非「識」足，「才」無以發之，乃能得詩作。配合前者所言，縱然能「識」，若「才」不足，仍然有所侷限。綜合前者針對「識、學、才」三者，筆者嘗試以下圖表示之，以期能更加清楚：

圖 5-1

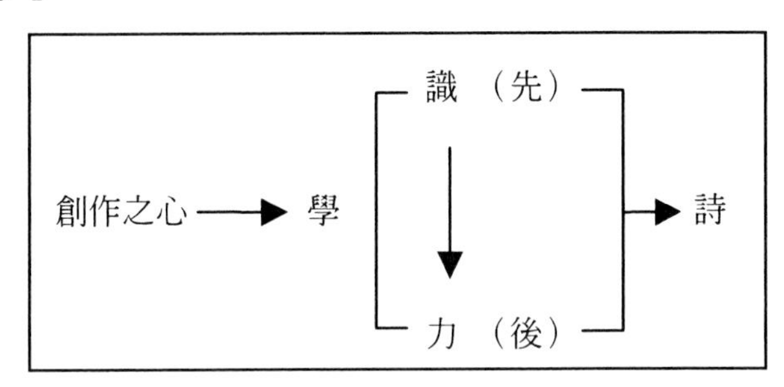

創作者有心，仍然必須透過「學習」，才能創作。「學」之後，必須包含兩個要件，一爲「識」；一爲「力」。識得百家百代，輔以才力，而後能詩。這裡我們不禁要問，「師」近百家百代，究竟所「師」爲何？這就必須到下一點來說明之。

二、師古不泥古

李東陽雖然以「師古」作爲「格調」的途徑，但他認爲雖師古，但卻不可「泥古」。此觀念在《懷麓堂詩話》中不僅一次出現，第五則：

> 古律詩各有音節，然皆限於字數，求之不難。惟樂府長短句，初無定數，最難調疊。然亦有自然之聲，古所謂聲依永者。謂有長短之節，非徒永也，故隨其長短，皆可以播之律呂，而其太長太短之無節者，則不足以爲樂。今泥古詩之成聲，平側短長，句句字字，摹仿而不敢失，非惟格

〔註20〕〔明〕李東陽：《李東陽集（二）》，〈滄州詩集序〉，頁443。

> 調有限，亦無以發人之情性。若往復諷詠，久而自有所得，得於心而發之乎聲，則雖千變尤化，如珠之走盤，自不越乎法度之外矣。如李太白《遠別離》，杜子美《桃竹杖》，皆極其操縱，易嘗按古人聲調？而和順委曲乃如此。固初學所未到，然學而未至乎是，亦未可與言詩也。〔註21〕

此則針對當時的詩歌弊病而發，他認爲「今泥古詩之成聲，平側短長，句句字字，摹仿而不敢失，非惟格調有限，亦無以發人之情性。」，泥古者多仿效，詩歌本質以「情」爲主，然而因爲泥古，導致無法發人情性，自然少了「情感」。他又具體提出，「若執一而求之，甚者乃至於廢百，則刻舟膠柱之類」〔註22〕，固執不知變通。雖然有極力模仿的作品，儘管十分相似，但仍然缺少生命，如：

> 林子羽《鳴盛集》專學唐，袁凱《在野集》專學杜，蓋皆極力摹擬，不但字面句法，並其題目亦效之，開卷驟視，宛若舊本。然細味之，求其流出肺腑，卓爾有立者，指不能一再屈也。〔註23〕

力主盛唐，主要是以「唐調」爲學習對象，「情性」仍然要「求其流出肺腑」，因此反對剽竊模擬，批評林鴻與袁凱「極力摹擬，不但字面句法，並其題目亦效之，開卷驟視，宛若舊本。」。然而，如何才能達到「不泥古」的要求呢？〈鏡川先生詩集序〉中所言：

> 所爲詩者，其名故未改也，但限以聲韻，例以格式，名雖同而體尚亦各異。漢唐及宋，代與格殊。逮乎元季，則愈難矣。今之爲詩者，能軼宋窺唐，已爲極矣。兩漢之體，已不復講。而或者又曰：「必爲唐，必爲宋。」規規焉，俯首縮步，至不敢易一辭，出一語。縱使似之，亦不足貴矣，況未必似乎！……豈必模某家，效某代，然後謂之詩哉。〔註24〕

李東陽強調學習模擬前人不可拘囿於一家一代，亦步亦趨的模擬，即

〔註21〕〔明〕李東陽：《李東陽集（三）》，〈懷麓堂詩話〉，頁1502。
〔註22〕〔明〕李東陽：《李東陽集（三）》，〈懷麓堂詩話〉，頁1509。
〔註23〕〔明〕李東陽：《李東陽集（三）》，〈懷麓堂詩話〉，頁1506。
〔註24〕〔明〕李東陽：《李東陽集（二）》，〈鏡川先生詩集序〉，頁483。

便是相似，也毫無意義，況東施效顰，無法相似呢？故學詩不可刻意仿效某一代或者某一家、某一人。學習主要以「音調」爲主，內容則以「流出肺腑」即可。此觀點主要是針對臺閣體末流「千篇一律」的創作風氣而起。仿效主要以「唐調」爲主，那麼內容上的創作，除了直抒胸臆外，更必須要具備詩歌的自然超脫之意，因此又有「比興」之法，下點詳述之。

三、「比、興」說

詩歌想要具備超脫之意，就必須透過「比興」手法，《懷麓堂詩話》第二十二則云：

> 詩有三義，賦止居一，而比興居其二。所謂比與興者，皆託物寓情而爲之者也。蓋正言直述，則易於窮盡，而難於感發。惟有所寓託，形容摹寫，反復諷詠，以俟人之自得，言有盡而意無窮，則神爽飛動，手舞足蹈而不自覺，此詩之所以貴情思而輕事實也。〔註 25〕

此則當中，明確的表明作詩比、興重於賦，若要達到「言有盡而意無窮」則必須要強調比、興，因爲「正言直述，則易於窮盡，而難於感發」，但是作詩必須要主情，並且吟詠感發，自然而形象。「風、雅、頌、賦、比、興」合稱六義，「賦比興」本來乃是解釋「風雅頌」的三種詩體，乃是屬於「政治教化」功能，至鍾嶸《詩品．序》中才明確的將「賦比興」由政治教化轉成強調詩歌的美感意義與藝術效果〔註 26〕，「賦比興」形成詩歌的三種不同表現手法：

> 故詩有六義焉：一曰興，二曰比，三曰賦。文已盡而意有餘，興也；因物喻志，比也；直書其事，寓言寫物，賦也。弘斯三義，酌而用之，幹之以風力，潤之以丹彩，使詠之者無極，聞之者動心，是詩之至也。〔註 27〕

〔註 25〕〔明〕李東陽：《李東陽集（三）》，〈懷麓堂詩話〉，頁 1506。

〔註 26〕蔡英俊：《比興物色與情景交融》（臺北：大安出版社，1995 年 3 月），頁 117。

〔註 27〕〔南朝梁〕鍾嶸：《詩品．序》（臺北：臺灣古籍出版社，1997 年），

賦，直書其事；比，因物喻志；興，文盡意餘。三者之間，各自代表不同的創作手法與性質，更是做詩的法度。以葉嘉瑩的說法：

> 從「賦」、「比」、「興」三個字的最簡單最基本的意義來加以解釋的話，則所謂「賦」者，有鋪陳之意，是把所欲敘寫的事物加以直接敘述的一種表達方式；所謂「比」者，有擬喻之意，是把所欲敘寫的事物借比爲另一事物來加以敘述的表達方式；而所謂「興」者，有感發興起之意，是因某一件事物之觸發而引出所欲敘寫之事物的一種表達方法。〔註28〕

葉嘉瑩對於「賦比興」的詮釋十分精闢，也很容易明白。透過「鋪陳」、「擬喻」、「感發興起」三個解說，我們再回到李東陽的「詩有三義，賦止居一，而比興居其二。」李東陽主「情」，故其詩論「貴情思而輕事實」，強調「言外之意」。賦者，太過直言，並無法達到感發之意，自然爲其所排斥。賦者，平鋪直述，適合古風長篇的巨作，律詩絕句因字句、字數都有一定的限制，所以「貴比興」以寓言不盡意無窮之意。不過，這也可以連結到「批評」的概念上，李東陽尊崇「唐詩」，也許有一部分原因乃因爲「重比興」。唐、宋之別在於唐詩多用比興而宋詩則多用賦體，因李東陽倡託物喻情，以造深遠的情思，故「崇唐詩」。這一連串的詩史觀，我們將留到下一章詩學的批評與詩史觀再詳述之。

我們再來看到《懷麓堂詩話》第二十九則：

> 晦翁深於古詩，其效漢魏，至字字句句，平側高下，亦相依仿。命意託興，則得之《三百篇》者爲多。觀所著《詩傳》，簡當精密，殆無遺憾，是可見已。感興之作，蓋以經史事理，播之吟詠，豈可以後世詩家者流例論哉。〔註29〕

頁5。

〔註28〕葉嘉瑩：《迦陵談詩二集》（臺北：東大圖書公司，1985年2月初版），〈中國古典詩歌中形象與情意之關係例說：從形象與情意之關係看賦、比、興之說〉，頁119。

〔註29〕〔明〕李東陽：《李東陽集（三）》，〈懷麓堂詩話〉，頁1508。

反對機械式的模擬，這裡讚賞「晦翁深於古詩」，並非肯定「字字句句，平側高下，亦相依仿」，而是應該把重點放於「命意託興」，其「仿漢」、「仿魏」都指是爲了「託物喻情」。因爲能夠託物喻情，故能「得之《三百篇》者爲多」，因此，比興手法，是爲了要更接近「詩三百」的寓意與風格，這也能扣回詩歌的本源，與李東陽的詩學概念。透過具體的「比興」手法，以期能夠得「詩三百」之旨，並講求音韻，令詩歌能「詩樂和一」，多以「詩三百」的吟詠性情爲主要的溯源概念，也就是「詩文之傳，亦繫在於所付託」〔註30〕。因此，李東陽反對意象太著，如《懷麓堂詩話》第四十六則：

> 「樂意相關禽對語，生香不斷樹交花。」論者以爲至妙。予不能辯，但恨其意象太著耳。〔註31〕

李東陽強調「意象超脫」，反對意象太著。可以透過嚴羽的論調，呈現的更加明白：「盛唐諸人唯在興趣，羚羊掛角，無迹可求。故其妙處透徹玲瓏，不可湊泊，如空中之音，相中之色，水中之月，鏡中之象，言有盡而意無窮。」〔註32〕，此概念十分抽象，主要透過「興寄」的方法，表現自己的情志，達到借物起興之感，這也是李東陽強調「貴情思而輕事實」的具體手法，因爲言有盡而意無窮能達到情感上的留白，反而令人感受深刻。若將詩之內涵分成二種：一爲情思；一爲事實，那麼筆者嘗試將李東陽的觀念置表如下：

圖 5-2

〔註30〕〔明〕李東陽：《李東陽集（三）》，〈懷麓堂詩話〉，頁 1516。
〔註31〕〔明〕李東陽：《李東陽集（三）》，〈懷麓堂詩話〉，頁 1511。
〔註32〕〔宋〕嚴羽著．郭紹虞校釋：《滄浪詩話校釋》，頁 26。

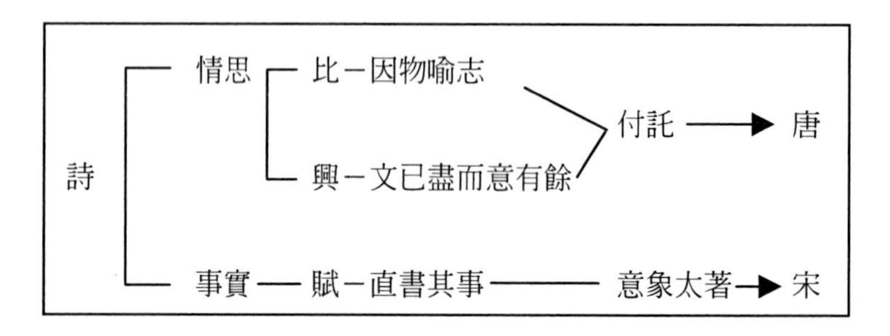

第二節　「求眞」工夫論

上文「師古不泥古」一點中，不斷提到作詩必須「求其流出肺腑」，可見情感的存在與否，與詩歌的成功與否占有極大的重要性。換言之，「心」是否存於「詩」之中，就成了作者的寫作一大課題。李東陽也同樣抱持著這樣的理念，因此，在其詩歌創作中，有一大部分的理論都關乎「求眞」。我們先來看《懷麓堂詩話》第十一則：

> 作詩不可以意徇辭，而須以辭達意。辭能達意，可歌可詠，則可以傳。王摩詰「陽關無故人」之句，盛唐以前所未道。此辭一出，一時傳誦不足，至爲三疊歌之。後之詠別者，千言萬語，殆不能出其意之外。必如是方可謂之達耳。〔註 33〕

此則講求的是「辭能達意」，主要由論語「子曰：『辭達而已矣。』」而來。朱熹曾對此句下註解：「辭，取達意而止，不以富麗爲工。」〔註 34〕，可以得知，李東陽的理論與孔子一脈相傳，都以「意」爲主，強調不可刻意的追求華麗文藻。前述說過，一個理論的興起，必定承載著前朝或者當時的困境，於是產生反動或者改善，以便往前推進。李東陽提倡「以辭達意」正是因爲針砭宋、元之詩所產生的弊端，甚至當時臺閣體一味的雍容制式，如胡應麟於《詩藪》中云：

〔註 33〕〔明〕李東陽：《李東陽集（三）》，〈懷麓堂詩話〉，頁 1504。

〔註 34〕〔宋〕朱熹：《論語集注》（臺北：藝文書局出版社，1966 年），頁 67。

宋人專用意而廢辭，若枯枿槁梧，雖根幹屈盤，而絕無暢茂之象。元人專務華而離實，若落花綴蕊，雖紅紫嫣嫚，而大都衰謝之風。〔註35〕

以及沈德潛《說詩晬語》云：

永樂以還，崇臺閣體，諸大老倡之，眾人應之，相習成風，靡然不覺。〔註36〕

可以得知，宋代「用意而廢辭」，元代「務華而離實」，明代「相習成風」，過與不及，皆有偏好，無法發自內心，感發性情。李東陽在「以辭達意」的原則下，又提倡「自然之妙」。透過反面說法，來呈現天眞自然之趣，如《懷麓堂詩話》第五十八則：

李長吉詩，字字句句欲傳世，顧過於劇術，無天眞自然之趣。通篇讀之，有山節藻棁而無梁棟，知其非大道也。〔註37〕

李賀號「詩鬼」，詩風「虛荒誕幻」，皆是因爲過度追求奇巧怪險，詩的呈現難免雕琢晦澀，導致有佳句無佳篇。因此，李東陽主張必須天眞自然，自出胸臆，何謂「自然」呢？即是不過度雕飾，能夠「以辭達意」。再者，李東陽又提出「詩貴不經人道語」〔註38〕，由於當時的輓詩盛行，在第三章詩歌本源論中已經詳述過，輓詩的成作多公式化，了無新意，「互爲蹈襲，陳俗可厭，無復有古意矣」，因此李東陽才有此論提出，也是爲解決當時困境所出。

上述，無論「辭能達意」、「自然」、「詩貴不經人道語」……等，多脫離不了「心」的情感呈現，針對此李東陽則有自己的「洗心」之理，〈洗句亭〉一詩中云：

洗句復洗句，洗句先洗心。心清絕塵滓，句清無哇淫。洗

〔註35〕〔明〕胡應麟：《詩藪》（上海：上海古籍出版社，1958年10月），頁206。

〔註36〕〔清〕沈德潛：《說詩悴語．下》，見丁福保：《清詩話》（上海：上海古籍出版社，1999年），頁547。

〔註37〕〔明〕李東陽：《李東陽集（三）》，〈懷麓堂詩話〉，頁1514。

〔註38〕〔明〕李東陽：《李東陽集（三）》，〈懷麓堂詩話〉，頁1504。

句尚可淺，洗心須用深，所用有深淺，水哉何古今。有句莫太清，太清寡知音。知音苦不遇，獨和滄浪吟。〔註39〕

此則看似用以「修身」，但若比之作詩，實際上也是可以共通。李東陽強調詩「本乎情，止乎禮義」，本乎情，乃心所至；止於禮義，更是心之所制。心所發，情可眞，詩可眞。故只要發之於心，性情所至，辭自然能達意，詩能自然，自出胸臆，且能夠創新，因為並非因循前人。這也又扣回了師古而不泥古的概念上，能夠師古而不被前人所囿。

第三節　「聲律」工夫論

綜觀李東陽的詩論，可見得「詩歌音律」占有極大的比重，甚至提出的「格調」中，調的出現，乃是辨別詩、文的關鍵。〈鏡川先生詩集序〉中提到：「詩與諸經同名而體異。蓋兼比興，協音律，言志厲俗，乃其所尚。」〔註40〕，〈春雨堂稿序〉：「夫文者，言之成章，而詩又其成聲者也。」〔註41〕，〈匏翁家藏集序〉「言之成章者爲文，文之成聲者則爲詩。」〔註42〕，〈孔氏四子字說〉「詩者，言之成聲，而未播之樂者也。」〔註43〕……等，都一再的將音樂性視爲詩的原始屬性，可以見得「音樂」在其創作的概念裡，具備十分重要的因素。李東陽認爲必須「以聲統字」、「求聲於詩」……等。又《懷麓堂詩話》第十則更直接將「詩法」提出：「觀《樂記》論樂聲處，便識得詩法。」〔註44〕，可見其詩法中，「音樂」占據相當大的成分。以下我們就來詳述究竟李東陽認爲詩歌創作中，「聲律」應該如何下工夫呢？

首先，《懷麓堂詩話》的開宗明義第一則就談到「聲之和」，其

〔註39〕〔明〕李東陽：《李東陽集（一）》，〈洗句亭〉，頁139。
〔註40〕〔明〕李東陽：《李東陽集（二）》，〈鏡川先生詩集序〉，頁483。
〔註41〕〔明〕李東陽：《李東陽集（三）》，〈春雨堂稿序〉，頁959。
〔註42〕〔明〕李東陽：《李東陽集（三）》，〈匏翁家藏集序〉，頁978。
〔註43〕〔明〕李東陽：《李東陽集（三）》，〈孔氏四子字說〉，頁1088。
〔註44〕〔明〕李東陽：《李東陽集（三）》，〈懷麓堂詩話〉，頁1504。

云：

> 詩在六經中別是一教，蓋六藝中之樂也。樂始於詩，終於律，人聲和則樂聲和。又取其聲之和者，以陶寫情性，感發志意，動湯血脈，流通精神，有至於手舞足蹈而不自覺者。後世詩與樂判而爲二，雖有格律，而無音韻，是不過爲排偶之文而已。使徒以文而已也，則古之教，何必以詩律爲哉？〔註45〕

辨體，是李東陽詩論的要旨，這在前面章節已經十分詳盡的敘述過，可以得知「音樂」是必備的，那麼甚麼樣的音樂，才是適合的呢？「人聲和則樂聲和」，強調「聲之和」是詩歌音韻節奏的準則，並且只有「聲之和」才能「陶寫情性，感發志意，動湯血脈，流通精神」，將自己的情感釋放出來。這裡我們不禁想問，何謂「聲之和」？或者，甚麼樣的聲音才能構成「聲之和」？針對這點，李東陽在《懷麓堂詩話》第十八則中明確的說明：

> 陳公父論詩專取聲，最得要領。潘禎應昌嘗謂予詩宮聲也，予訝而問之，潘言其父受於鄉先輩曰：「詩有五聲，全備者少，惟得宮聲者爲最優，蓋可以兼眾聲也。李太白杜子美之詩爲宮，韓退之之詩爲角，以此例之，雖百家可知也。」予初欲求聲於詩，不過心口相語，然不敢以示人。聞潘言，始自信以爲昔人先得我心，天下之理，出於自然者，固不約而同也。趙撝謙嘗作《聲音文字通》十二卷，未有刻本。本入內閣而亡其十一，止存總目一卷，以聲統字，字之於詩，亦一本而分者。於此觀之，尤信。門人輩有聞予言，必讓予曰「莫太洩漏天機」，否也！〔註46〕

上述以「宮」聲作爲最優，因爲可以「兼眾聲」。李東陽以前，嚴羽也曾在《滄浪詩話·詩評》中以五聲來說詩：「孟浩然之詩，諷咏久之，有金石宮商之聲。」〔註47〕，然而，李東陽與嚴羽不同的是：

〔註45〕〔明〕李東陽：《李東陽集（三）》，〈懷麓堂詩話〉，頁1501。
〔註46〕〔明〕李東陽：《李東陽集（三）》，〈懷麓堂詩話〉，頁1505。
〔註47〕〔宋〕嚴羽著·郭紹虞校釋：《滄浪詩話校釋》，頁195。

嚴羽論詩著重在「興趣」、「意象」、「氣象」等較為抽象的觀念上；李東陽則著眼於「聲調」上。他將各種風格的詩作都融入了聲調的表現上，「李太白杜子美之詩為宮，韓退之之詩為角」，直言「求聲於詩」，並且說明「天下之理，出於自然者，固不約而同也」，表達出他對詩歌的音樂性之重視，以及「格調」論詩中，更偏於「調」，也就是「音韻」。

宮、商、角、徵、羽五聲，其中宮聲是音樂中最基本的調式，調性典雅沉重，因此李東陽稱之「最優」，並且可以「兼眾聲」。然而，這就必須談到，為何「兼眾聲」的「宮聲」最優呢？因為李東陽以「詩三百」為詩歌本源，強調儒家的中和之美，這樣的概念於詩歌理論中也經常出現，筆者將於下一章詩歌批評與詩史觀中，再將此「中和」的風格觀加以論述。因此，「中和」概念既存於「宮聲」之中，自然能夠「人聲和」，若「人聲和」之後即能「樂聲和」，接著「陶寫情性，感發志意，動湯血脈，流通精神」，而使詩歌具備情感與生命力。

李東陽尊「盛唐」，這樣的概念流竄在整個詩學理論中，盛唐之中又以「杜甫」為最宗。在《懷麓堂詩話》第十六則中有云：

> 長篇中須有節奏，有操，有縱，有正，有變。若平鋪穩布，雖多無益。唐詩類有委曲可喜之處，惟杜子美頓挫起伏，變化不測，可駭可愕，蓋其音響與格律正相稱。回視諸作，皆在下風。然學者不先得唐調，未可遽為杜學也。〔註 48〕

上述可以將「學者不先得唐調，未可遽為杜學也」、「音響與格律正相稱」獨立出來，這兩個部分也就是李東陽在詩歌聲律上最為重要的兩個概念。首先，我們應該要理解何為「唐調」？若以字面上解釋唐調，則是「唐詩形式所具備的音韻」，然而，為何「不先得唐調，未可遽為杜學」？根據陳岸峰〈格調的追求－論沈德潛對明清詩學的傳承與突破〉一文中可以找到解釋：

〔註 48〕〔明〕李東陽：《李東陽集（三）》，〈懷麓堂詩話〉，頁 1505。

> 李氏指出杜詩長篇之高在於「音響與格律正相稱」，亦即是說，不同的詩體有不同的音響與之相配稱，只有配稱得當，方爲格調之正宗。李氏指出，在唐詩中以杜詩的格調最高，其他諸作皆不及。然而，若要學得杜詩的格調，卻必須先從其他唐調著手。由此可見，杜詩乃最先被李東陽奉爲格調說的典範，從而杜詩亦成爲後來前、後七子以至沈德潛等格調派所推崇的模仿對象，而有關杜詩的討論亦構成明、清詩學理論的重要組成部分。〔註 49〕

對比李東陽的原文：「長篇中須有節奏，有操，有縱，有正，有變。」可以知道杜甫的長篇排律重視音韻，必須要掌握整首作品的音韻節奏，也就是「操」；又要在修辭以及文意上能夠放開，不拘泥於音韻的拘束，也就是「縱」；作品的風格要音韻節奏以平正的狀態呈現，也就是「正」；更要令整首詩的節奏具備變化，也就是「變」。如此才能達到音韻性，但又不被音韻性所左右。再細看之，可以發現李東陽以杜甫爲唐調的基準，乃是因爲其「音響與格律正相稱」，這也是杜甫排律之所以能夠勝出於明代的原因所在。

因此，如果我們再縮小範圍些，以杜甫的排律來做爲唐調的內涵，就可以知道李東陽的「唐調」應該是指「唐代律詩形式具備的音韻」。我們再根據〈明代「格調說」與「復古派」與杜詩的連結〉一文進行「唐調」的探討，可以更清楚的發現到蛛絲馬跡。此篇論文中先引了楊士奇的原文。楊士奇於〈杜律虞註序〉中曾對「律詩」作說明：

> 律詩始盛於開元、天寶之際，當時如王、孟、岑、韋諸作者，猶皆雍容蕭散，有餘味可諷咏也。〔註 50〕

可以知道唐調是「雍容蕭散，有餘味可諷咏」，接著又說：

> 若雄深渾厚，有行雲流水之勢，冠冕佩玉之風，流初胸次，從容自然，而皆由夫性情之正，不局於法律，亦不越乎法

〔註 49〕陳岸峰：〈格調的追求－論沈德潛對明清詩學的傳承與突破〉收錄於《漢學研究》第 24 期第 2 期，頁 232～233。

〔註 50〕楊士奇：《東里續集》卷十四〈杜律虞註序〉。

> 律之外，所謂從心所欲不踰矩，爲詩之聖者，其杜少陵乎。〔註 51〕

其中「不局於法律，亦不越乎法律之外，所謂從心所欲不踰矩」與李東陽的「音響與格律正相稱」意義上爲相近的。換言之，唐調的特色即是「雍容蕭散，有餘味可諷咏也」，而杜詩的排律特色「不局於法律，亦不越乎法律之外，所謂從心所欲不踰矩」或者又稱「音響與格律正相稱」。由於師古不可以師一代或者一家，否則易流於亦步亦趨，而無特色，「豈必模某家，效某代，然後謂之詩哉。」，因此，必須先學會唐調的「雍容蕭散，有餘味可諷咏也」，才能學習杜甫的排律，達到「音響與格律正相稱」。

因此，李東陽將唐調與杜甫長篇排律的格調區分開來，認爲唐代律詩乃是「正」；杜甫長篇排律乃是「變」。此「變」乃是變化莫測之意。杜甫的長篇排律是學者的終極目標，那麼就必須由「正」入手學「唐調」，再學習「變」之「杜甫長篇排律」，才能循序漸進，有所成就。〔註 52〕也就是說，必須有唐調之雍容蕭散入手，進而學習杜甫之變化莫測的風格，才是詩歌的學習途徑。因此，學詩的音韻，必先學唐調，才能學杜甫的長篇排律，逐漸接觸核心。

李東陽對於「韻」的穩定性也有要求，《懷麓堂詩話》第三十九則云：

> 詩韻貴穩，韻不穩則不成句。和韻尤難，類失牽強，強之不如勿和。善用韻者，雖和猶其自作；不善用者，雖所自作猶和也。〔註 53〕

押韻，是作詩的重要關鍵。李東陽強調「詩韻貴穩」，主要在於追求詩歌音韻的和諧自然，能夠更好的書寫情性，這也符合「人聲和則樂聲和，又取其聲之和者，以陶寫情性，感發志意，動湯血脈，流通精

〔註 51〕楊士奇：《東里續集》卷十四〈杜律虞註序〉。

〔註 52〕整理自簡恩定：〈明代「格調說」與「復古派」與杜詩的連結〉空大人文學報第 19 期，頁 11～12。

〔註 53〕〔明〕李東陽：《李東陽集（三）》，〈懷麓堂詩話〉，頁 1510。

神」的概念。再者，他不僅要求韻，更要求「用字」，但其用字也須配合「韻」，《懷麓堂詩話》第二十八則云：

> 詩用實字易，用虛字難。盛唐人善用虛，其開合呼喚，悠揚委曲，皆在於此。用之不善，則柔弱緩散，不復可振，亦當深戒，此予所獨得者。夏正夫嘗謂人曰：「李西涯專在虛字上用工夫，如何當得？」予聞而服之。〔註54〕

「詩用實字易，用虛字難。」主要是立足於詩歌的「音韻」上而提出的，所以強調「虛」字能夠「開合呼喚，悠揚委曲」。故，無論是聲律或者音韻，甚至是字句上的運用，李東陽都強調必須要「合於眾聲」，必須要「兼納百川」，因爲唐調具備和諧的韻律，能令人感發志意。

第四節　小　結

我們具體的將上述對於李東陽「詩歌創作」之討論，羅列成以下的研究成果：

（一）李東陽的詩歌創作以「師古」作爲最主要的內涵。師古中又概分成「學、識、力說」、「師古不泥古」、「比、興說」三者。詩歌創作以「學」爲最基礎，「必博學以聚乎理，取物以廣夫才」，才能達到「讀書之多，識理之致」，而後能「作」。「識」則是「辨盡諸家體制」的方法，僅有如此，才能辨別「風格」與「音調」的個別差異。而「力」則是指「才力」，透過才力的高下，檢視是否具備學詩的「慧根」。透過「學識力」三者的同時兼具，才可能創作好詩。

（二）在創作的過程中，雖然主張擬古，但反對泥古。強調音調師古，但是文字與內容必須「求其流出肺腑」。因此更近一步有「比興」之法。因爲賦：「正言直述，則易於窮盡，而難於感發」，但是作詩必須要主情，並且吟詠感發，自然而形象。李東陽提倡託物喻情，

〔註54〕〔明〕李東陽：《李東陽集（三）》，〈懷麓堂詩話〉，頁1507。

以造深遠的情思，故「崇唐詩」，故強調「比興」，因唐詩多以「比興」爲詩。

（三）師古不泥古的觀念，自然連結出「求眞」的概念，講求「辭能達意」，正是因爲針砭宋、元之詩所產生的弊端，甚至當時臺閣體一味的雍容制式。以及「自然」、「詩貴不經人道語」、「洗心」之理，都由心所發，情可眞，詩可眞。故只要發之於心，性情所至，辭自然能達意，詩能自然，自出胸臆，且能夠創新。

（四）聲律觀念上以「聲之和」作爲最大概念，何爲「和」呢？李東陽提出「宮」聲作爲最優，因爲可以「兼眾聲」。並認爲「音響與格律正相稱」的杜甫長篇排律爲最宗，但是學杜甫長篇排律前必須先學「唐調」。認爲唐代律詩乃是「正」；杜甫長篇排律乃是「變」，學習須由「正」入手，再學「變」。且更提出「詩韻貴穩」與「用虛字」來強調「音韻」必須「合於眾聲」、「兼納百川」。

實際上，李東陽所提出的創作之法，主要集中在「聲律」上的「師古」，強調「以聲論詩」，欲反抗當時臺閣體末流千篇一律的模擬之風，以聲辨詩、文的差異。內容與語言上，大多沒有太多的限制，要求必須「流出肺腑」，不可刻意的進行雕琢，在這樣的提倡上，自然言語以「達意」作爲基準即可。另外，詩作的「比興」手法，承襲自嚴羽，講求「言有盡而意無窮」，更是在臺閣「剽竊模擬」當中，尋求詩歌本身的審美解放。

第六章　李東陽詩歌批評與詩史觀論

本篇論文第三章談論到李東陽的詩歌根源論，可以發現李東陽的詩歌根源多可上推「詩三百」，雖然尚有《論語》、《滄浪詩話》，但多不及「詩三百」對於李東陽的影響之大。但「詩三百」僅僅只是「源」，尚必須探討「流」，才能梳理出李東陽在整個明代「格調派」中占的地位，以及完整的詩史觀。多數的詩歌批評多依歸於詩史觀中，故了解其詩史觀更能夠進一步了解對各詩人之間的批評與看法。本章節除了要探討李東陽的詩史觀外，更針對李東陽認爲詩歌必須具備「中和」爲要件，具體呈現出詩歌的「中庸」之美。

《明史・文苑傳》中載明代詩文發展變遷，說明明代詩歌的轉變多與「唐詩」有著無法脫鉤的關係：

> 明初，文學之士承元季虞、柳、黃、吳之後，師友講貫，學有本原。宋濂、王禕、方孝儒以文雅，高、楊、張、徐、劉基、袁凱以詩著。其他勝代遺逸，風流標映，不可指數，蓋蔚然稱盛已。永、宣以還，作者遞興，皆沖融演迤，不事鉤棘，而氣體漸弱。弘、正之間，李東陽出入宋、元，溯流唐代，擅聲館閣。而李夢陽、何景明倡言復古，文自西京、詩自中唐而下，一切吐棄，操觚談藝之士翕然宗之。明之詩文，於斯一變。迨嘉靖時，王愼中、唐順之輩，文宗歐、曾，詩仿初唐。李攀龍、王世貞輩，文主秦、漢，

詩規盛唐。王、李之持論，大率與夢陽、景明相唱和也。歸有光頗後出，以司馬、歐陽自命，力排李、何、王、李，而徐渭、湯顯祖、袁宏道、鍾惺之屬，亦各爭鳴一時，於是宗李、何、王、李者稍衰。至啓、禎時，錢謙益、艾南英準北宋之矩矱，張溥、陳子龍擷東漢之芳華，又一變矣。有明一代，文士卓卓表見者，其源流大抵如此。〔註 1〕

上述可以發現，明代詩歌的流變過程，雖然未謹守一方，但卻與唐代脫不了干係，多以唐詩為軸心，初步以圖示表現，更可以呈現「唐詩」在明代詩歌中占據的地位以及重要性：

表 6-1

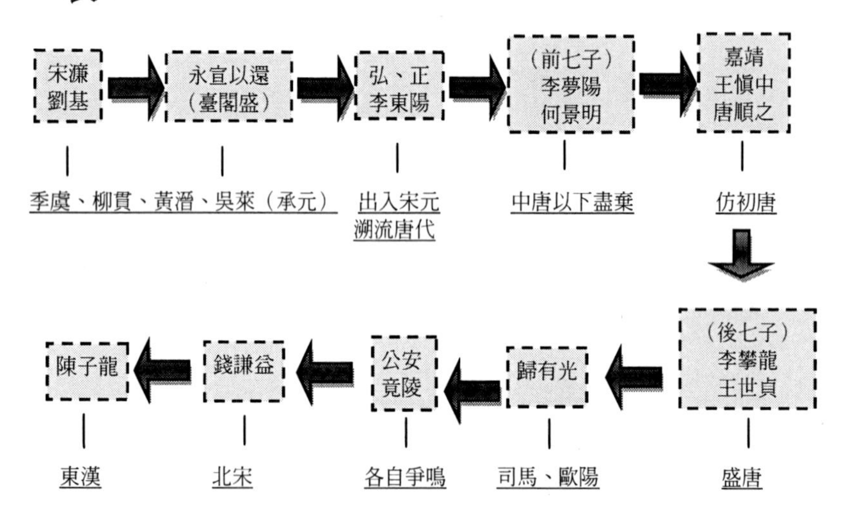

就圖表中可知，大部分的詩歌著力點於「唐代」，我們特別把李東陽的部分做細看，可以得知「出入宋、元，溯流唐代」。配合胡應麟《詩藪》中云：「成化以還，詩道旁落，唐人風致，幾於盡隳。獨李文正才具宏通，格律嚴整，高步一時，興起李、何，厥功甚偉。是時中晚、宋、元諸調雜興，此老砥柱其間，故不易也。」〔註 2〕可以將二段原

〔註 1〕〔清〕張廷玉等撰：《明史》（北京：中華書局，1974 年 7 月）卷二百八十五，〈文苑傳〉，頁 7307～7308。

〔註 2〕〔明〕胡應麟：《詩藪・續編》（上海：古籍出版社，1979 年 11 月）

文交集於「唐代」，可以得知，李東陽詩歌崇「唐」，但不排斥其他朝代，能夠兼師眾長。以下就「崇唐」以及「兼師眾長」、「中和美」三點，分別細項闡述並細分。

第一節　崇「盛唐」法「杜甫」

首先，在探討李東陽的「盛唐」觀前，必須先對其「時代格調」作一個說明，雖然在《懷麓堂詩話》中強調：「漢魏六朝唐宋元詩，各自爲體，譬之方言，秦晉吳越閩楚之類，分疆畫地，音殊調別，彼此不相入。此可見天地間氣機所動，發爲音聲，隨時與地，無俟區別，而不相侵奪。然則人囿於氣化之中，而欲超乎時代土壤外，不亦難乎」〔註 3〕，強調時代所產生的氛圍，是詩歌呈現的特徵，不脫於外，但是也不因此否定詩歌本身的努力。在〈桃溪雜稿序〉中亦云：

> 或乃謂古今文章，局時代，關氣運，斷不相及，遂不復致力其間，亦自棄之甚矣。然此猶以體格言之。又嘗觀《三百篇》之旨，根道理，本情性，非體與格之可盡。……故其所自立也，又可獨歸之時代乎！〔註 4〕

換言之，詩歌的影響因素除了「時代」以及「地域性」外，詩人自己的「情性」以及所闡述的「道理」，則可以跳脫時代風格的局限，產生詩家的個人風格。但反觀《懷麓堂詩話》中對於「唐代」的闡述極其多，以下羅列之：

第七則

> 唐人不言詩法，詩法多出宋，而宋人於詩無所得。所謂法者，不過一字一句，對偶雕琢之工，而天眞興致，則未可與道。其高者失之捕風捉影，而卑者坐於黏皮帶骨，至於

卷一，〈國朝上〉，頁 345。

〔註 3〕〔明〕李東陽：《李東陽集（三）》，〈懷麓堂詩話〉，頁 1515。

〔註 4〕〔明〕李東陽：《李東陽集（二）》，〈桃溪雜稿序〉，頁 486。

江西詩派極矣。〔註5〕

第八則

宋詩深，卻去唐遠；元詩淺，去唐卻近。顧元不可爲法，所謂「取法乎中，僅得其下」耳。〔註6〕

第十五則

「寫留行道影，焚卻坐禪身。」開口便自黏帶，已落第二義矣。所謂「燒卻活和尚」，正不須如此說。〔註7〕

第六十六則

六朝宋元詩，就其佳者，亦各有興致，但非本色，只是禪家所謂「小乘」，道家所謂「尸解」仙耳。〔註8〕

由上述三則可以得知，「唐代」於李東陽觀念中，乃是「第一義」，根據嚴羽《滄浪詩話》中所闡述：

禪家者流，乘有小大，宗有南北，道有邪正。學者須從最上乘、具正法眼悟第一義，若小乘禪聲聞辟支果，皆非正也。論詩如論禪，漢魏晉與盛唐之詩則第一義也；大曆以還之詩則小乘禪也；已落第二義矣；晚唐之詩則聲聞辟支果也。學漢魏晉與盛唐詩者，臨濟下也；學大曆以還之詩者，曹洞下也。〔註9〕

強調「第一義」指得是「漢魏晉與盛唐」，大曆以下則是指「中唐到宋代」，已經落入「第二義」。就李東陽的原則下，「六朝宋元詩」多已經落入第二義，屬於第二等詩歌，又說明「取法乎中，僅得其下」，於是可以歸納，詩歌以「唐代」，尤其是「初盛唐」爲優。再細分第八則，可以將詩歌以唐、宋、元作爲學習的入門，依照李東陽的觀念，「宋詩遠不如元詩，而元詩遠不如唐詩」。宋詩主義理，元詩詩之淺俗，這兩者的差異，已經在第三章第三節〈《滄浪詩話》根源〉

〔註5〕〔明〕李東陽：《李東陽集（三）》，〈懷麓堂詩話〉，頁1502。
〔註6〕〔明〕李東陽：《李東陽集（三）》，〈懷麓堂詩話〉，頁1503。
〔註7〕〔明〕李東陽：《李東陽集（三）》，〈懷麓堂詩話〉，頁1505。
〔註8〕〔明〕李東陽：《李東陽集（三）》，〈懷麓堂詩話〉，頁1515。
〔註9〕〔宋〕嚴羽著・郭紹虞校釋：《滄浪詩話校釋》，頁11～12。

中說明過，此處便不再重複。因此，綜合言之，李東陽詩史觀中以「唐詩」作爲基準，再一一類推之，透過遠近親疏的關係，梳理出「唐詩→元詩→宋詩」的脈絡。

這觀念的產生，幾乎從明初就開始，並非李東陽所獨創，《唐詩解序》中云：「蓋詩者，性情之精微也。……詩至唐眾體備矣。精華大宣，詩之海也。」〔註10〕又明代高棅也在《唐詩品匯》中云：「開元、天寶間，神秀聲律，粲然大備，故學者當以爲楷式。」〔註11〕李東陽依循這樣的觀念而下。唐詩中李東陽更崇尚「盛唐」，再細緻劃分，可以「杜甫」作爲學習的目標。於《懷麓堂詩話》有許多類似的條例，最明顯爲第一百三十四則，云杜詩如下：

> 清絕如「胡騎中宵堪北走，武陵一曲想南征」。富貴如「旌旗日暖龍蛇動，宮殿風微燕雀高」。高古如「伯仲之間見伊呂，指揮若定失蕭曹」。華麗如「落花遊絲白日靜，鳴鳩乳燕青春深」。斬絕如「返照入江翻石壁，歸雲擁樹失山村」。奇怪如「石出倒聽楓葉下，櫓搖背指菊花開」。瀏亮如「楚天不斷四時雨，巫峽長吹萬里風」。委曲如「更爲後會知何地，忽漫相逢是別筵」。俊逸「短短桃花臨水岸，輕輕柳絮點人衣」。溫潤如「春水船如天上坐，老年花似霧中看」。感慨如「王侯第宅皆新主，文武衣冠異昔時」。激烈如「五更鼓角聲悲壯，三峽星河影動搖」。蕭散如「信宿漁人還汎汎，清秋燕子故飛飛」。沉著如「艱難苦恨繁霜鬢，潦倒新停濁酒杯」。精煉如「客子入門月皎皎，誰家搗練風淒淒」。慘戚如「三年笛裡關山月，萬國兵前草木風」。忠厚如「周宣漢武今王是，孝子忠臣後代看」。神妙如「織女機絲虛夜月，石鯨鱗甲動秋風」。雄壯如「扶持自是神明力，正直元因造化功」。老辣如「安得仙人九節杖，拄到玉女洗頭盆」。執此以論，杜眞可謂集

〔註10〕〔明〕毛先舒著・唐汝詢選釋・王振漢點校：《唐詩解序》（河北：河北大學出版社，2001年），頁1。

〔註11〕〔明〕高棅編選：《唐詩品匯》（上海：古籍出版社，1982年），頁4。

詩家之大成者矣。〔註 12〕

李東陽如此大手筆的分析單個詩人，並用了二十個形容詞來形容之，說明杜甫能適應各種風格，並且遊刃有餘。縱觀整個《懷麓堂詩話》，幾乎是絕無僅有的，甚至在最後下結論「集詩家之大成者」，給予杜甫極高成就地位。

雖然李東陽亦將李杜並列，並在《懷麓堂詩話》中屢見不鮮，如「李杜詩，唐以來無和者，知其不可和也。」〔註 13〕、「野可犯，俗不可犯也。蓋惟李杜能兼二者之妙。」〔註 14〕、「若非及大成手，雖欲學李杜，亦不免不如稊稗之誚。」〔註 15〕可以得知，李東陽一如唐以來之文人，對於李杜的推崇傾慕之高。然而，爲何獨崇杜甫呢？每每李東陽論及詩法時，多以杜甫詩作例，談及李白時多以「太白天才絕出，眞所謂『秋水出芙蓉，天然去雕飾。』」〔註 16〕爲形容，雖然二人之間「二公齊名並價，莫可軒輊」〔註 17〕，但是李白之「天才」，無法可學，就如宋代陳師道於《後山詩話》中所解：「學詩當以子美爲詩，有規矩固可學。……學杜不成，不失爲工。」〔註 18〕李東陽論詩法，故以循規蹈矩的「杜法」做爲學習的圭臬。實際上，明初時早已透露李白與杜甫二人之間可學與不可學的差異性，，明初宋濂在詩論中曾云：「開元、天寶中，杜子美復繼出，……並時而作，有李太白，宗風騷及建安七子，其格極高，其變化若神龍之不可羈。」〔註 19〕李白雖亦承襲著「漢魏風骨」而來，但是其「天才」不可「羈」，正如李東陽所說「天才絕出」，不可學的意味濃厚，自

〔註 12〕〔明〕李東陽：《李東陽集（三）》，〈懷麓堂詩話〉，頁 1530。
〔註 13〕〔明〕李東陽：《李東陽集（三）》，〈懷麓堂詩話〉，頁 1511。
〔註 14〕〔明〕李東陽：《李東陽集（三）》，〈懷麓堂詩話〉，頁 1519。
〔註 15〕〔明〕李東陽：《李東陽集（三）》，〈懷麓堂詩話〉，頁 1529。
〔註 16〕〔明〕李東陽：《李東陽集（三）》，〈懷麓堂詩話〉，頁 1525。
〔註 17〕〔明〕李東陽：《李東陽集（三）》，〈懷麓堂詩話〉，頁 1525。
〔註 18〕〔宋〕陳師道：《後山詩話》，見丁福保《歷代詩話・下》，頁 304。
〔註 19〕〔明〕宋濂：《宋學士全集》卷二十八（北京：中華書局，1985 年），〈答章秀才論詩書〉，頁 1051。

然無法被李東陽所拆解，也無法承載學習步驟。

我們再回到杜甫的問題上來看，李東陽在李杜之間，擇取杜甫，不僅在《懷麓堂詩話》中可見，在其他詩論中也可以引證，如〈瑤臺吟稿序〉中云：

> 昔人謂必行萬里道，讀萬卷書，乃能讀杜詩。蓋杜之爲詩也，悉人情，該物理，以極乎政事風俗之大，無所不備，故能成一代之制作，以傳後世。〔註20〕

又《懷麓堂詩話》第七十八則

> 漢魏以前，詩格簡古，世間一切細事長語，皆著不得。其勢必久而漸窮，賴杜詩一出，乃稍爲開擴，庶幾可盡天下之情事。〔註21〕

李東陽尚杜甫不僅因爲詩法，更因其詩能夠上追「詩三百」，不僅「悉人情，該物理」，更能有「政事風俗」，呼應前文云杜甫能兼納百家風格，因此能「一代之制作」。不僅詩風能夠符合李東陽欲追求風骨的心態，更認同杜甫詩品與人品的高尚情節，在〈題趙子昂書茅屋秋風詩後〉一文中云：

> 嗚呼，讀是詩者可以興矣，書不足論也。唐室中興，瘡痍未復。子美以一布衣，衣不蓋兩肘，食不飽一腹，不愁朝夕凍餓死塡溝壑，乃嘐嘐然開口長嘆爲天下蒼生計。其事若迂，其志亦可哀矣！始開元之世，海內富庶，邊塵不生，唐之君與相能以子美爲心，豈有成都之禍哉？豈惟開元，古之皆然。〔註22〕

透過上述可以得知，李東陽對於杜甫的人品也相當景仰，憂國患民之心，昭然若現。或許我們可以大膽猜測，李東陽欲以古爲借鏡，暗喻有明當時的朝政，若官員多能有如杜甫之心，也許能夠振國綱。

談到杜甫之詩法，就必須要提及《懷麓堂詩話》第十六則：

〔註20〕〔明〕李東陽：《李東陽集（二）》，〈瑤臺吟稿序〉，頁471。
〔註21〕〔明〕李東陽：《李東陽集（三）》，〈懷麓堂詩話〉，頁1518。
〔註22〕〔明〕李東陽：《李東陽集（二）》，〈題趙子昂書茅屋秋風詩後〉，頁657。

> 長篇中須有節奏，有操，有縱，有正，有變。若平鋪穩布，雖多無益。唐詩類有委曲可喜之處，惟杜子美頓挫起伏，變化不測，可駭可愕，蓋其音響與格律正相稱。回視諸作，皆在下風。然學者不先得唐調，未可遽爲杜學也。〔註 23〕

此則於前一章〈李東陽詩歌創作方法論〉中第三節聲律工夫論中已經談論十分清楚，得出「學詩的音韻，必先學唐調，才能學杜甫的長篇排律，逐漸接觸核心。」然而，這裡延伸出一個問題，既然李東陽崇杜甫，卻不能直接學習杜甫，只能旁敲側擊的慢慢接近核心，表示以學詩法而言，雖崇尚杜甫，但是仍然必須包羅萬象，這也是李東陽論詩中最關鍵，也最與前七子有所差異之處。在詩史觀以及批評上，雖尊杜，但卻不獨學杜，反而能兼具萬法，也就是《明史・文苑傳》所談到的「出入宋元，溯源唐代」。以下，將藉由這樣的觀念，繼續延伸出「取法乎上」的批評觀，也透過此觀念，建立出屬於李東陽的詩學史觀，以及其心中各個朝代所代表的「上」爲何？

第二節　取法乎「上」？

「取法乎上」這個觀念來自《懷麓堂詩話》第八則：「宋詩深，卻去唐遠；元詩淺，去唐卻近。顧元不可爲法，所謂「取法乎中，僅得其下」耳。」〔註 24〕，以「盛唐」爲準則，衡比宋詩與元詩，受到了嚴羽《滄浪詩話》影響：

> 入門須正，立志須高；以漢魏晉盛唐爲師，不作開元、天寶以下人物。若自退屈，即有下劣詩魔入其肺腑之間，由立志之不高也。行有未至，可加工力；路頭一差，愈騖愈遠，由入門之不正也。故曰：學其上，僅得其中；學其中，斯爲下矣。又曰：見過於師，僅堪傳授；見與師齊，減師半德也。工夫須從上做下，不可從下做上，先須熟讀楚辭，朝夕風詠，以爲之本；及讀古詩十九首、樂府四篇；李陵、

〔註 23〕〔明〕李東陽：《李東陽集（三）》，〈懷麓堂詩話〉，頁 1505。
〔註 24〕〔明〕李東陽：《李東陽集（三）》，〈懷麓堂詩話〉，頁 1503。

蘇武、漢魏五言皆須熟讀；即以李杜二集枕藉觀之，如今人之治經。然後博取盛唐名家醞釀胸中，久之自然悟入。雖學之不至，亦不失正路。此乃是從頂上做來，謂之向上一路，謂之直截根源，謂之頓門，謂之單刀直入也。〔註25〕

上述表現必須師法「上」者，何謂「上」者？當以「漢、魏晉、盛唐」爲上，李東陽接收了此觀念，認爲詩者，盛唐爲優。但是與嚴羽不同者在於，李東陽並不似嚴羽僅限於「漢、魏晉、盛唐」，僅以「楚辭」、「古詩十九首」、「李杜」等爲師法對象耳。反觀其更廣開視野，徹底實現「取法乎上」的理念，只要有所助益或者對詩歌史上有所貢獻者，多可爲其師法對象，並不限於時代或者文體上。例如《懷麓堂詩話》第九則：

唐詩李杜之外，孟浩然王摩詰足稱大家。王詩豐縟而不華靡，孟卻專心古澹，而悠遠深厚，自無寒儉枯瘠之病。由此言之，則孟爲尤勝。儲光羲有孟之古而深遠不及岑參，有王之縟而又以華磨掩之。故杜子美稱「吾憐孟浩然」，稱「高人王右丞」，而不及儲岑，有以也夫。〔註26〕

李東陽雖以「杜甫」爲上，但是卻能兼納百川，倡李杜外，更能依照各詩人的優劣進行說明，並提出自己的觀點。當然，李東陽基本上仍然以「尊唐」，目的在學習唐詩雄渾正大的氣魄、法度，以及音韻等藝術技巧方面，以唐代的雄渾一改臺閣末流「膚廓冗長」〔註27〕的弊病。在此則，分別比較了王維、孟浩然、儲光羲三人，推崇之餘，更以「大家」表現對王、孟的讚許。在李東陽之前，每每論及王孟差異，多分別評論二人的詩歌風格，少見直接評斷二人的優劣，如陳師道：「子瞻謂孟浩然之詩，韻高而才短，如造內法酒手，而無材料爾。」〔註28〕又明初宋濂亦表示：「王摩詰依倣淵明，雖運詞清

〔註25〕〔宋〕嚴羽著・郭紹虞校釋：《滄浪詩話校釋》，〈詩辨〉，頁1。

〔註26〕〔明〕李東陽：《李東陽集（三）》，〈懷麓堂詩話〉，頁1503～1504。

〔註27〕卷一七〇，集部二三，別集類二三，頁1484。

〔註28〕〔宋〕陳師道：《後山詩話》，見丁福保《歷代詩話・下》（北京：中華書局，1983年），頁308。

雅，而萎弱少風骨。」〔註 29〕多針對二人詩歌的風格進行說明，而李東陽則直接以「古澹、悠遠深厚」作爲孟浩然勝出的關鍵。在此之後，涉及王、孟二人之間的優劣比較漸多，但多與李東陽相左，如明中葉王世貞云：「摩詰才勝孟襄陽，由工入微，不犯痕跡，所以爲佳。……孟造思極苦，既成，乃得超然之致。……第其句不能出五字外，篇不能出四十字外，此所短也。」〔註 30〕可見王世貞認爲王勝於孟，與李東陽相反。

另外，針對「詩文不同體」的觀念，已於第四章〈李東陽詩歌本質功能論〉中的格調論講述十分清晰，但針對與杜甫「以詩爲文」不同的韓愈「以文爲詩」，李東陽不僅不加以批判，反而能針對其各有所長而讚揚之，可見雖然基於「崇唐」的觀念下，李東陽仍然能夠中立的針對每個詩人進行合理的批評。其看法爲：

> 詩與文不同體，昔人謂杜子美以詩爲文，韓退之以文爲詩，固未然。然其所得所就，亦各有偏長獨到之處。近見名家大手以文章自命者，至其爲詩，則毫釐千里，終其身而不悟。然則詩果易言哉？〔註 31〕

詩文辨體之說，主要源自嚴羽的理論，故強調崇唐尚杜，但是他又認爲「所得所就，亦各有偏長獨到之處」，同一個觀念在〈鏡川先生詩集序〉中也呈現：「韓昌黎之詩，或譏爲文，……今觀其宏才遠趣，拔時代而超人群也，惡可不與知者道哉。」〔註 32〕觀於韓愈的「以文爲詩」歷代多有批判，但李東陽卻只提出當時詩文不分的文壇現狀而已，對於杜、韓二人的作品，讚許有佳。除了李杜與王孟之外，李東陽更是經常將韓愈、蘇軾並言之。蘇軾乃是宋代詩人，根據李東陽「崇唐抑宋」的觀念，照理說是不可能被提出，但是在《懷

〔註 29〕〔明〕宋濂：《文憲集》卷二十八（臺北：世界書局，1988 年），頁 409～410。

〔註 30〕〔明〕王世貞：《藝苑卮言》卷四，見丁福保：《歷代詩話續編》（北京：中華書局，1983 年），頁 1006。

〔註 31〕〔明〕李東陽：《李東陽集（三）》，〈懷麓堂詩話〉，頁 1504。

〔註 32〕〔明〕李東陽：《李東陽集（二）》，〈鏡川先生詩集序〉，頁 484。

麓堂詩話》中被提及，並且將之與杜甫與韓愈並言之，並拋棄了昔人「韓不如柳，蘇不如黃」的意見，拉高了韓愈與蘇軾的文壇地位：

> 昔人論詩，謂「韓不如柳，蘇不如黃」。雖黃亦云「世有文章名一世，而詩不逮古人者，殆蘇之謂也」，是大不然。漢魏以前，詩格簡古，世間一切細事長語，皆著不得。其勢必久而漸窮，賴杜詩一出，乃稍爲開擴，庶幾可盡天下之情事。韓一衍之，蘇再衍之，於是情與事，無不可盡。而其爲格，亦漸粗矣。然非具宏才博學，逢原而泛應，誰與開後學之路哉？〔註 33〕

我們嘗試以圖示來表現，可以知道李東陽的觀念中，詩歌題材擴充的三個歷程如下：

表 6-2

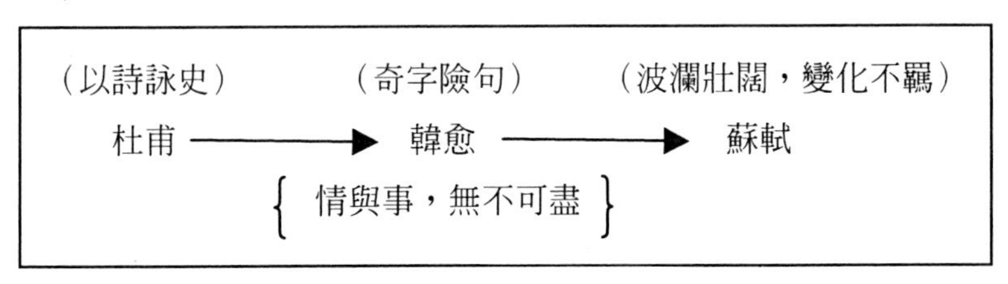

在詩意境與題材上，由原本的鳥獸草木之事，到情與事無不可盡，詩歌的取材變化不斷推陳出新，因此能夠詩歌能夠「不經人道語」〔註 34〕，展現創新之意。然而，要如何才能不斷推陳出新，因應各種的題材呢？只有博學鴻儒才得以開闊更多的境界，因此，李東陽在此則中強調中國詩歌三次體格上的大開拓，除了盛唐杜甫、中唐韓愈外，更加入宋代的蘇軾，表現的手法在於杜甫「以詩詠史」；韓愈「奇字險句」；蘇軾「波瀾壯闊，變化不羈」〔註 35〕。由此可見，李東陽對於詩歌的批評以及史觀的展現，並不僅止於盛唐或者杜甫

〔註 33〕〔明〕李東陽：《李東陽集（三）》，〈懷麓堂詩話〉，頁 1518。

〔註 34〕〔明〕李東陽：《李東陽集（三）》，〈懷麓堂詩話〉，頁 1504。

〔註 35〕連文萍：《明代茶陵派詩論研究》（東吳大學中國文學研究所碩士論文，1988 年），頁 202。

一人身上，反而能夠透過自身才能的判斷，擇取出可供學習或者能有所影響之人。

在選擇的朝代上，也能夠力排眾議，並不局限於唐之前，只要其詩意能夠有所追溯於「詩三百」，或者能夠力陳去俗，幾乎都可以作爲李東陽詩史觀下的讚許之人。如〈擬古樂府詩引〉中云：

> 予嘗觀漢、魏間樂府歌辭，愛其質而不俚，腴而不豔，有古詩言志依永之遺意，播之鄉國，各有攸宜。嗣是以還，作者代出。然或重襲故常，或無復本意，支離散漫，莫知適歸，縱有所發，亦不免曲終奏雅之誚。唐李太白才調雖高，而題與義多仍其舊，張籍、王建以下無譏焉。元楊廉夫力去陳俗而縱其辯博，於聲與調或不暇恤。延至於今，此學之廢蓋亦久矣。〔註36〕

上文我們嘗試以圖示來呈現之：

表 6-3

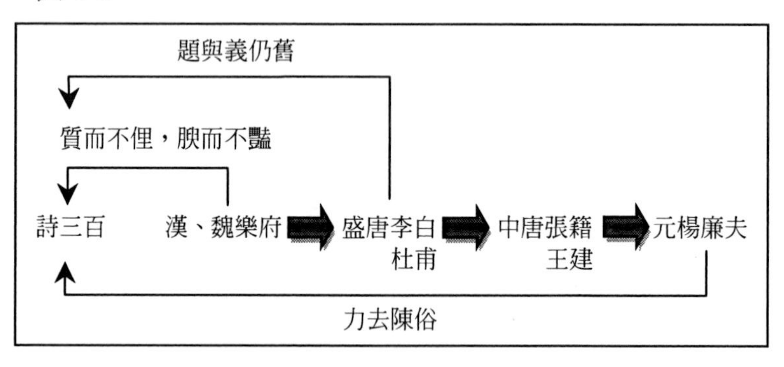

整個系列選擇的標準，都緊扣著與「詩三百」是否能夠相互連結。漢、魏樂府「質而不俚，腴而不豔」符合詩三百言志的遺風，質樸卻又不失敦厚之意；李杜雖然才高，但仍然多依循舊題而行；中唐以下則風格已經偏離「詩三百」一貫的作風，而形成豔靡之風，如評李賀詩「李長吉詩，字字句句欲傳世，顧過於劌鉥，無天眞自然

〔註36〕〔明〕李東陽：《李東陽集（一）》，〈擬古樂府詩引〉，頁3。

之趣。通篇讀之，有山節藻棁而無梁楝，知其非大道也。」〔註 37〕強調過於追求奇巧怪險，有些詩句難免晦澀難解，缺乏唐代的「天眞浪漫」之趣。這裡提到「唐代」不免要思考，李東陽對於詩學批評多以「唐代」爲基準，距唐近則可學；距唐遠則失了本色。不僅如此，對於盧仝、劉叉亦有評述：

> 李長吉詩有奇句，盧仝詩有怪句，好處自別。若劉叉《冰柱》《雪車》詩，殆不成語，不足言奇怪也。如韓退之效玉川子之作，斷去疵類，摘其精華，亦何嘗不奇不怪？而無一字一句不佳者，乃爲難耳。〔註 38〕

詩文多走向險怪幽僻一路，一反圓熟的詩風。二人詩風雖多粗曠，也能突破傳統「詩三百」的形式，但因爲險怪、晦澀之病，使得李東陽認爲「殆不成語，不足言奇怪也。」因此，中唐而下則不足取。再者，就要看到元代楊廉夫能夠去除當時淺俗，以及模擬盛唐缺少自我個性之弊，而「縱其辯博」展現長才，詩歌具有意象奇絕，審美上也能具有強烈個性化，以及力度感，因而引起李東陽注意。

《明史・文苑傳》言李東陽「弘、正之間，李東陽出入宋、元，溯流唐代」，可謂在「無宋詩」、「宗唐」的潮流中獨具一格。我們嘗試針對李東陽於《懷麓堂詩話》中所舉各朝代之「上」製作圖表，如下：

圖表 6-4

魏晉	陶淵明	陶詩質厚近古，愈讀而愈見其妙。韋應物稍失之平易，柳子厚則過於精刻，世稱陶韋，又稱韋柳，特概言之。惟謂學陶者，須自韋柳而入，乃爲正耳。(四十二則)
唐代	李杜	李杜詩，唐以來無和者，知其不可和也。(四十三則)
		野可犯，俗不可犯也。蓋惟李杜能兼二者之妙。(八十六則)

〔註 37〕〔明〕李東陽：《李東陽集（三）》，〈懷麓堂詩話〉，頁 1513。
〔註 38〕〔明〕李東陽：《李東陽集（三）》，〈懷麓堂詩話〉，頁 1524。

唐代		若非集大成手，雖欲學李杜，亦不免不如稊稗之誚。他更何說耶？（一百二十九則）
		杜眞可謂集詩家之大成者矣。（一百三十四則）
	王孟	孟浩然王摩詰足稱大家。（九則）
		作詩不可以意徇辭，而須以辭達意。辭能達意，可歌可詠，則可以傳。王摩詰「陽關無故人」之句，盛唐以前所未道。此辭一出，一時傳誦不足，至爲三疊歌之。後之詠別者，千言萬語，殆不能出其意之外。必如是方可謂之達耳。（十一則）
	韓愈	韓退之《雪》詩，冠絕今古。其取譬曰：「隨風翻縞帶，逐馬散銀盃。」未爲奇特。其模寫曰：「穿細時雙透，乘危忽半摧。」則意象超脫，直到人不能道處耳。（六十九則）
		杜子美漫興諸絕句，有古《竹枝》意，跌宕奇古，超出詩人蹊徑。韓退之亦有之。（三十四則）
		詩與文不同體，昔人謂杜子美以詩爲文，韓退之以文爲詩，固未然。然其所得所就，亦各有偏長獨到之處。近見名家大手以文章自命者，至其爲詩，則毫釐千里，終其身而不悟。然則詩果易言哉？（十五則）
宋代	歐陽修	歐陽永叔深於爲詩，高自許與。觀其思致，視格調爲深。然校之唐詩，似與不似，亦門牆藩籬之間耳。（七十九則）
	梅堯臣	今觀梅之於孟，猶歐之於韓也。或謂梅詩到人不愛處，彼孟之詩，亦曷嘗使人不愛哉？（七十九則）
	蘇軾	賴杜詩一出，乃稍爲開擴，庶幾可盡天下之情事。韓一衍之，蘇再衍之，於是情與事，無不可盡。（七十八則）
	王安石	王介甫點景處，自謂得意，然不脫宋人習氣。其詠史絕句，極有筆力，當別用一具眼觀之。若《商鞅》詩，乃發洩不平語，於理不覺有礙耳。（二十六則）
	朱熹	晦翁深於古詩，其效漢魏，至字字句句，平側高下，亦相依仿。命意託興，則得之《三百篇》者爲多。觀所著《詩傳》，簡當精密，殆無遺憾，是可見已。感興之作，蓋以經史事理，播之吟詠，豈可以後世詩家者流例論哉？（二十九則）

元代	虞集	極元之選，惟劉靜修虞伯生二人，皆能名家，莫可軒輊。……若藏鋒斂鍔，出奇制勝，如珠之走盤，馬之行空，始若不見其妙。而探之愈深，引之愈長，則於虞有取焉，然此非謂道學名節論，乃爲詩論也。（八則）
	楊維楨	元楊廉夫力去陳俗而縱其辯博，於聲與調或不暇恤。延至於今，此學之廢蓋亦久矣。〈擬古樂府詩引〉
明代	高啓	國初稱高楊張徐。高季迪才力聲調，過三人遠甚，百餘年來，亦未見卓然有以過之者。（二十七則）
	楊士奇	楊文貞公亦學杜詩，古樂府諸篇，間有得魏晉遺意者，尤精鑒識，愼許可。（七十四則）
	陳憲章	陳公父論詩專取聲，最得要領。（十八則）
		陳白沙詩，極有聲韻。（七十一則）
	莊昶	莊定山孔暘未第時已有詩名，苦思精鏈，累日不成一章。如「江穩得秋天」，「露冕春停江上樹」，往往爲人傳誦。晚年益豪縱，出入規格，如「開闢以來元有此，蓬萊之外更無山」之類。陳公甫有曰：「百鏈不如莊定山。」有以也。（七十二則）

由上表可以很清楚的看見，李東陽確實如《明史・文苑傳》所言，「弘、正之間，李東陽出入宋、元，溯流唐代，擅聲館閣」，不僅上追魏晉，崇尚唐代，尤以「盛唐」爲主，更出入宋元，甚至延伸到明代。在整個文學的脈絡上，眞正做到取法乎上，並且兼納百川。

以表格而論，李東陽將時代的批評主要集中於「漢魏」、「唐」、「宋」、「元」、「明」五期之間。以時代的區分爲基礎，儘管李東陽對於五期之間的具體評價不同，以下就五個部分分別立述之：

（一）魏晉：從「質而不俚，腴而不豔，有古詩言志依永之遺意，播之鄉國，各有攸宜。」可以得知，李東陽認爲魏晉有「詩三百」的遺志，且能達到濃淡遠近適中的「中庸」之道，正好符合《論語》中所談的「中庸之德」，這樣的境界被稱之爲「詩家難事」〔註39〕。因

〔註39〕〔明〕李東陽：《李東陽集（三）》，〈懷麓堂詩話〉，頁1506。

此，可以得知李東陽對於漢魏格調之詩，評價十分高。

（二）盛唐：《懷麓堂詩話》中常見李東陽提到「唐調」、「唐句」、「唐人詩法」，實際上，他也說明「唐人不言詩法，詩法多出於宋」，根據前章針對何謂「唐調」的探究，一言以蔽之，即是「天眞興趣」的本色，這也是李東陽評李賀詩無「天眞自然之趣」不符唐詩，因而主張「盛唐」之因。再者，李杜、王孟之詩，謂之「淡而愈濃，近而愈遠」〔註 40〕，皆符合「質而不俚，腴而不豔」，也可一併歸之「詩三百」。

（三）宋：在評論宋詩時，多以「唐人不言詩法，詩法多出宋，而宋人於詩無所得。所謂法者，不過一字一句，對偶雕琢之工，而天眞興致，則未可與道。」〔註 41〕在表現手法上以「直率少含蓄」爲主，興趣不足。但仍然不全廢其貢獻，特地提到蘇軾，強調其對詩歌的「題材開拓」之功，使得情與事無不可盡，皆可入詩。但正因爲此，蘇軾部分詩作卻也「傷於快直，少委曲沉著之意，以此有不逮古人之誚。」〔註 42〕可以得知，雖然李東陽對於宋代詩歌並無太多正面的評價，但是對於鳳毛麟角的讚許，仍然不吝嗇，撿其優處，廢其劣點。

（四）元：元詩是針對宋詩作對照，因此李東陽認爲「宋詩深，卻去唐遠；元詩淺，去唐卻近。」〔註 43〕以唐詩作爲標準評價宋元詩，看似對元詩的拉抬身價，但是卻也只是爲了烘托「唐詩」之可貴性。因此後才有援引嚴羽「入門須正」的觀念，強調學詩仍然必須自唐入。儘管如此，《懷麓堂詩話》中仍然將虞集與楊維楨二人提出，並有「眞得少陵家法。世人學杜，未得其雄健，而已失之粗率；未得其深厚，而已失之臃腫。如此者未易多見也。」〔註 44〕，對二

〔註 40〕〔明〕李東陽：《李東陽集（三）》，〈懷麓堂詩話〉，頁 1501。
〔註 41〕〔明〕李東陽：《李東陽集（三）》，〈懷麓堂詩話〉，頁 1503。
〔註 42〕〔明〕李東陽：《李東陽集（三）》，〈懷麓堂詩話〉，頁 1521。
〔註 43〕〔明〕李東陽：《李東陽集（三）》，〈懷麓堂詩話〉，頁 1502。
〔註 44〕〔明〕李東陽：《李東陽集（三）》，〈懷麓堂詩話〉，頁 1513。

人的評價之高，也是可見一斑。

（五）明：明代學詩以「盛唐」爲復古，是既定的說法。李東陽卻認爲太過模擬，無法自抒胸臆。明代詩人首推高啓，認爲「百餘年來，亦未見卓然有以過之者。」極其高的評價。缺憾在於其並未針對此做出例子的示範。而聲韻方面則獨推陳獻章。

儘管以「復古」作爲詩歌批評，並且提出各朝代值得學習之「上」，但李東陽仍然認爲不可一味的機械式模仿，在〈鏡川先生詩集序〉中就尖銳的針對此觀點提出自己的看法：

> 所爲詩者，其名故未改也，但限以聲韻，例以格式，名雖同而體尚亦各異。漢唐及宋，代與格殊。逮乎元季，則愈難矣。今之爲詩者，能軼宋窺唐，已爲極矣。兩漢之體，已不復講。而或者又曰：「必爲唐，必爲宋。」規規焉，俯首縮步，至不敢易一辭，出一語。縱使似之，亦不足貴矣，況未必似乎！……豈必模某家，效某代，然後謂之詩哉。〔註45〕

強調雖然以古爲爲法，但仍然不可亦步亦趨的模擬，批評現實中「互爲蹈襲，陳俗可厭」〔註46〕，或者更可以說是間接的斥責臺閣體末流的文風，文章表面乃是針對東施效顰的抨擊，實際上矛頭指向臺閣末流「千篇一律」的創作風氣。

第三節　「中和美」批評論

李東陽在其詩學理論當中，不僅一次提到「中和」二字，如《懷麓堂詩話》第一百三十二則：「古雅樂不傳，俗樂又不足聽。今所聞者，惟一派中和樂耳。因憶詩家聲韻，縱不能仿佛賡歌之美，亦安得庶幾一代之樂也哉！」〔註47〕或第一則「樂始於詩，終於律，人聲和則樂聲和。又取其聲之和者，以陶寫情性，感發志意，動湯血

〔註45〕〔明〕李東陽：《李東陽集（二）》，〈鏡川先生詩集序〉，頁483。
〔註46〕〔明〕李東陽：《李東陽集（三）》，〈懷麓堂詩話〉，頁1519。
〔註47〕〔明〕李東陽：《李東陽集（三）》，〈懷麓堂詩話〉，頁1530。

脈，流通精神，有至於手舞足蹈而不自覺者」〔註 48〕，部分沒有出現「中和」二字卻表明其意者，諸如「淡」、「遠」……等。究竟「中和」爲何？

自先秦起，「和」的觀念普遍出現。它被廣泛利用音樂、飲食、禮文等等中，作爲理想的美學範式；或者出現在典籍當中，作爲解釋萬物共存的理據。根據〈論李夢楊以「和」爲中心的詩學體系（之一）——以「和」爲依據所規制的詩歌本質與功能〉一文中對於「和」字的定義，可以將之分成兩個概念：一爲合適；一爲和合〔註 49〕，二者皆有「和諧」之意。若我們以這樣的概念來看待李東陽的「中和美」也能夠合理詮釋。李東陽詩歌理論中的「中和」可與本文第三章〈李東陽詩歌根源論〉中「中庸之德」，以及第四章〈李東陽詩歌本質功能論〉中「本於情、不失正」相互參照。綜合兩節的說法，可以得知「不失正」乃是「中和美」的眞諦。中和所達到的是「眞善美」的統一，朱熹在解《中庸》時也曾云：「然中庸之中，實兼中和之意」〔註 50〕，然而，「中」與「和」之間的關係爲何呢？《中庸》中對此二字有直接的解釋：

> 喜怒哀樂之未發，謂之中；發而皆中節，謂之和。中也者，天下之大本也；和也者，天下之達道也。致中和，天地位焉，萬物育焉。〔註 51〕

人性情感未發時，多內心平靜淡雅，不偏不倚，是上天賦予的本性，即謂之「中」；感情表露後，皆能夠符合「中」道，情感不過度，則稱爲「和」。「中」乃是自然未發的抽象本體；「和」則是因時而發的合宜狀態。故以李東陽的「中和」一論，自然強調於「和」字，強

〔註 48〕〔明〕李東陽：《李東陽集（三）》，〈懷麓堂詩話〉，頁 1501。

〔註 49〕侯雅文：〈論李夢楊以「和」爲中心的詩學體系（之一）——以「和」爲依據所規制的詩歌本質與功能〉，東華人文學報第 8 期，2006 年 1 月，頁 97。

〔註 50〕〔宋〕朱熹：《四書集注》（西安：三泰出版社，1998 年），頁 26。

〔註 51〕梁海明譯註：《大學中庸》（太原：山西古籍出版社，1999 年），頁 86。

調情緒發之合宜，也就扣回「不失其正」，恰到好處的意義上了。

李東陽的「和」，不僅僅是文辭上的呈現，聲音部分也占及大因素，如開宗明義第一則：「樂始於詩，終於律，人聲和則樂聲和。又取其聲之和者，以陶寫情性，感發志意，動湯血脈，流通精神，有至於手舞足蹈而不自覺者。」樂本於心，故若人心能和，則氣自然能和。若氣能和者，樂自然能夠和之。因此，此觀念也影響了後來「格調」理論，以「人聲是否和？」作爲詩歌能夠與音韻相互搭配的關鍵。

這裡又有一個問題必須要探討，究竟李東陽的「和」是要呈現怎樣的面貌？才能算的上「美」呢？若以聲韻以及文辭而分，上述我們已然明白人聲必須和諧，令人悅耳的音韻，才能使樂聲和。再者，文辭上呢？李東陽於《懷麓堂詩話》中呈現出非常多的關鍵字，以下製圖表呈現之：

表 6-5

第三則	詩貴意，意貴遠不貴近，貴淡不貴濃。……皆淡而愈濃，近而愈遠，可與知者道，難與俗人言。
第九則	王詩豐縟而不華靡，孟卻專心古澹，而悠遠深厚，自無寒儉枯瘠之病。由此言之，則孟爲尤勝。
第二十四則	質而不俚，是詩家難事。
第二十五則	古歌辭貴簡遠
第四十二則	陶詩質厚近古，愈讀而愈見其妙。
第四十七則	詩太拙則近於文，太巧則近於詞。宋之拙者，皆文也；元之巧者，皆詞也。
一百一十則	作涼冷詩易，作炎熱詩難；作陰晦詩易，作晴霽詩難；作閒靜詩易，作繁擾詩難。貧詩易，富詩難；賤詩易，貴詩難。非詩之難，詩之工者爲難也。
一百一十六則	謂其簡而盡也。

表格中不難發現李東陽獨愛的關鍵字，如「意」、「淡」、「遠」、「質」、「簡」、「古」、「盡」等字。若我們把這些「字」做一個統整性，可

以發現，幾乎不脫離李東陽所認爲的「中和」之美，也就是「詩三百」的範疇之中。這要如何解釋呢？

中庸的修辭以及文辭表現方式，不可過於險怪，因此「簡而盡」的詮釋即是以簡約的文字，表達最深沉的意義。「簡」乃是在文字的鋪排上，運用最簡約而適切的形容，表達深刻且令人省思的最高境界。強調的是文字上令人感受的情感的眞摯與澎湃，不刻意的雕琢字句，卻能產生光采。也就是李東陽強調「辭能達意，可歌可詠，則可以傳」〔註 52〕的標準。

再者，總觀李東陽的詩學批評觀念，可以發現其對「平淡」的風格批評闡述十分多。但何謂「淡」？就司空圖的說法即是「沖淡」之意，主要與「濃烈」作爲對比。但這李又提出一個問題，何謂「濃」呢？即是以美麗的形容，複雜的意象，色彩鮮明的雕琢著詩句，令畫面感受富麗堂皇。「淡」則以反面觀，深厚淡卻內斂，不外顯的文句，也沒有華麗的文字，樸實又平易的表現文意，不將心思花在雕琢上。因此李東陽常言「意象太著」〔註 53〕，即是指過於濃烈的華麗之感。根據此理，可以想見其推崇陶淵明的風格「陶詩質厚近古，愈讀而愈見其妙」其來有因。

值得一提的是「作涼冷詩易，作炎熱詩難；作陰晦詩易，作晴霽詩難；作閒靜詩易，作繁擾詩難。貧詩易，富詩難；賤詩易，貴詩難。」此則所提到的各種內容之詩，其中涼冷、陰晦、閒靜、貧、賤此些類風格，我們可以將之理解爲「淡」；炎熱、晴霽、繁擾、富、貴則是「濃」。若以此推理之法，再回頭看「非詩之難，詩之工者爲難也」可以更清楚知道，李東陽認爲雖主張「淡」，但是如果能依據主張，但搭配各種不同內容的詩作，進行不同的風格創作，才能恰到好處。「含蓄」的手法，與「淡」、「遠」的解釋就更爲接近些，存古意於是而後遠而淡，展現了中和沖淡，卻意義深遠的意境，即是

〔註 52〕〔明〕李東陽：《李東陽集（三）》，〈懷麓堂詩話〉，頁 1504。
〔註 53〕〔明〕李東陽：《李東陽集（三）》，〈懷麓堂詩話〉，頁 1511。

「詩三百」的最高原則，也是李東陽所奉行的詩歌標準。若我們嘗試將此一連串的風格進行製表，可以得下圖：

表 6-6

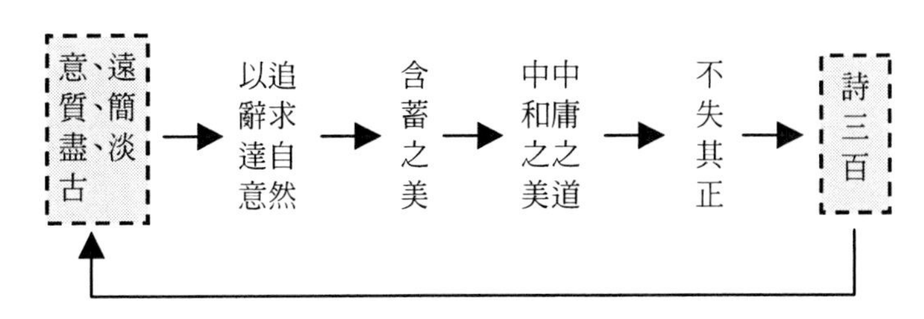

詩歌欲以濃於淡，中和含蓄的手法，將形象渲染出來，就必須透過「比、興」，使詩歌回到抒情的「主情」本質上。李東陽對於詩歌風格的觀念，基本上也源自詩三百的觀念，因此提出的「意、遠、質、簡、盡、淡、古」等風格，幾乎不脫離「中和」的概念，在這觀念下，延伸出適應各種不同內容的詩作，在不變中求變，即是其對於詩三百的承襲與轉變。因此李東陽於〈王城山人詩集序〉中云：「然其敘事引物，感時傷古，憂思笑樂，往復開闔，未嘗不出乎正，觀此亦可知其人也。」〔註 54〕，既然出於「正」，就不脫離中和美，也就回到儒家溫柔敦厚的詩教觀。因此，李東陽所追求的本於情不失正，正好可以配合其批評觀中的「中和」之風格作討論。

第四節　小　結

根據上文對於李東陽「詩學批評與詩史觀」的探析，最後我們將本節之研究成果，擇要點整理如下數點：

（一）李東陽將「盛唐」與「杜甫」作爲詩歌批評與詩史觀的近代重要準則，而上追「詩三百」是其目的，幾乎所有的朝代詩歌批評都依循著這樣的觀念而下。在「宗杜」的脈絡下，產生了詩法

〔註 54〕〔明〕李東陽：《李東陽集（二）》，〈王城山人詩集序〉，頁 395。

的觀念，甚至提出「唐無詩法」的觀念。同時將「漢魏、盛唐」作爲詩歌的第一義，透過遠近親疏的關係，梳理出「唐詩 → 元詩 → 宋詩」的脈絡。

（二）李東陽與前人最大的不同在於其雖主「杜甫」崇尚「盛唐」，但卻不排斥其它，反而能出入宋元，兼師眾長。透過「取法乎上」的原則，將各朝代的優劣逐一舉出，基本貶抑宋元之詩，但卻未因貶抑而將所有詩人一概否定，否而能就詩歌史上的貢獻，作客觀的批評，給予公正的說法。

（三）關於風格的批評上，基本上承襲著「詩三百」的觀念而下，將「意、遠、質、簡、盡、淡、古」等特質，納入中和的風格之中，進行討論。也將「上追詩三百」的觀念透過風格的提倡，更加凸顯。

第七章　結　論

李東陽是明代成化、弘治年間的文壇領袖，同時身爲內閣重臣的他，詩歌作品多集於《李東陽集》，主要的詩學理論則見於《懷麓堂詩話》。針對詩學理論他有期承先啓後的地位，亦有獨特的見解，既修正了前代，更給予後者一道曙光，令文學的走向更爲開闊。透過本文的研究，可以發現李東陽其生平中較爲人不能接受的事蹟或許是囿於時代因素，更可以較清楚的發現其詩學觀念裡，與前代與後代的不同以及傳承之處。

本文以「李東陽詩學理論研究」爲題，主要分成兩個部分，一爲李東陽本身的背景；一則爲其詩學理論的部分。本身背景主要以生平、時代狀況、與茶陵派之關係做爲鋪展。詩學理論則分成詩歌本源論、詩歌本質功能論、詩歌創作方法、詩歌批評與史觀四大主軸細緻說明。本文透過這兩個區塊，並且基於前輩對於茶陵派與李東陽本身的研究成果上，抽絲剝繭針對其詩學理論做脈絡分析，以期能更清楚定位李東陽於明代復古文壇上的價值，以及明代中後期所承何來？

本章擬以二個部分，一爲本論題之回顧；二爲本論題之限制與展望，來結論本篇論文。

第一節　本論題回顧

明初以降，地域詩學盛行，再者由於上位者高壓政策與政局穩定，產生了臺閣體的詩文風格，加上內閣大臣「三楊」的提倡，大抵能夠搭配當時歌舞昇平的盛世觀。但卻後繼無力，《明詩別裁集》中沈德潛（1673～1769）曾說：「永樂以還，體崇臺閣，骫骳不振。」〔註 1〕正如上述所言，臺閣體詩文已不敷現實，無法包容詩人面對政局的不穩之心，因此產生了詩歌風格的改變，李東陽即是這主張改變者，對後來「復古派」前後七子的崛起影響，其功不可沒。

（一）李東陽背景考察

一、李東陽所處年代，正於明代走下坡的時期，因此政治氣氛與文人處境自然都受到威脅，與臺閣體所不同是高壓下的三楊所帶領館閣文學正符合當時國政，但李東陽所處之際，正於土木堡之後。其後不僅上位者無力朝政，更任由宦官干政，不少權臣受到迫害，環境改變使得文學的走向也隨之更迭。臺閣體的存在已然不符現實，繁榮不在，盛世之音不聞。內憂不止，外患不斷的種種壓迫，歌功頌德的文學觀不再，取而代之的是詩歌「貴情思」的個人情志表現。

二、科舉取士以及翰林制度的暖床，正好爲李東陽的文學觀起了萌芽作用，志同道合於是能夠互相交流的環境，使得李東陽能有別於當時的臺閣體，造成茶陵派蔚爲風潮。

三、學術思潮上也因「理」的禁錮，使文學容易形成以文爲詩，將個人情志與放於一旁。明初的「詩文一體」，使得詩歌創作趨向「功能」、「尙樸」的道路，至盛明時期的臺閣派，詩、文的觀念更爲混亂，詩歌的特徵完全被散文所掩蓋，成爲附庸，失去獨立存在的意義，只剩下「載道、世用」的二者共存功能。因此李東陽提出「詩文之辨」，將「格調」理論作清晰的說明與區格。再者，白沙心學的興起，也對李東陽造成一定的影響，以「本心」爲主正可以

〔註 1〕〔清〕沈德潛等編：《明詩別裁集》（上海：上海古籍出版社，2008 年 4 月第 4 刷），頁 1～4。

符合李東陽主張詩歌是由詩人心靈感觸所表達的外在形式，故如果直接孤立於人之外，是不可能存在的，當人與外界發生關係後，經由感觸而影響其心理的情緒波動，將此變化訴諸吟詠，就是詩歌。但過於俗化是陳、莊派的最大弊病，這也是李東陽強調「雅俗」必須中和的立論所在。

四、隨著社會的改變，臺閣體流於形式的框架，以及內容的貧乏單調，漸漸的受到改變，正統、景泰後，開始有文人表現出不同於雍容雅正的格調，表達自己的聲音。李東陽算是首位在文學上有系統的進行更新，一改臺閣體獨尊的主張，提倡山林與臺閣並重的理念。而在他的觀念中，僅有李杜大家，能夠表現出恰如其分的臺閣與山林氣融合呈現。期待力圖從臺閣過份注重理學的制式化中脫拔出來，探求另一種兼具美感與實用的審美觀，正是李東陽與臺閣最大的不同之處。

（二）李東陽詩學理論考察

一、李東陽詩歌本源以三個面向作爲基礎進行追溯，一爲「詩三百」；一爲論語「質而不俚」作爲規範；一爲嚴羽《滄浪詩話》作爲基準。其中「詩三百」乃是其詩歌理論追尋的大宗。在「詩言志」的基礎上富含著「緣情」的思想，詩歌形成其「興寄」的工具，既能言己志亦能抒己情。再細緻來看，可以發現其思想成自「詩三百」中儒教觀念濃厚，強調詩歌有政事名教的思想於其中，並且主張必須溫柔敦厚，因此講求中庸，不偏不倚，不多偏頗。本源中值得一提的是李東陽對「樂」的溯源，強調詩樂同源，此觀點也成爲他提倡「格調」的最關鍵基礎，更是後世影響中，十分劇烈的部分。「質而不俚」部分，幾乎可以與中庸之德合併一起，講求對詩歌的中和，達到「質古」之效。至於《滄浪詩話》則大部分的被李東陽所盡承，崇「盛唐」觀念，講求「興寄」甚至是「詩文之辨」也都其來有源，不同於是李東陽並不專主盛唐而廢其他，主張兼容並蓄。

二、李東陽詩歌本質功能論中以「格調」作爲最大的區塊，並主張詩歌必須主情，但不能禮義，於是造成「主情而不失正」的觀念。「格調」一詞眞正給予清晰詮釋者當屬李東陽第一人。「格」方面包含作家個人風格與作品體裁以及時代與地區性的差別；「調」則是包含音韻、節奏、與聲調等方面。以「格」與「調」二者分別觀之，可以知道合於中庸之道與中和之美，也就和於儒家傳統。承於嚴羽的妙悟，又能開拓出眞意，這乃是突破臺閣末流以雅正爲主，以政治歌詠爲中心的太平之思，而能將詩歌拉往審美與個人的意志上，抬高文學爲政治附庸的本質，令詩歌的走向趨於文學的個人審美化。不過個人審美化中更包含了主情的成分，但卻很適度的以「正」作爲條件，將詩歌的價値推向溫柔敦厚的走向上。

三、李東陽詩歌創作方法以「師古」作爲基準，但師古之中卻不照單全收，反而能在自我情性上多所發揮。因此，詩歌的創作上，雖然格律與聲調須要師古唐代，但卻不獨尊一朝，反而能夠透過兼納眾法，展現其大度的雍容之感。在創作方法上主張識、學、力缺一不可，但首重識，不過前提必須要博學，認爲只有博學才能培養識、力。在主情上，反對平鋪直述，認爲情志必須發於比興，才能將形象更加具體化。自聲調上，提出了「先唐調而後杜調」，認爲唐調乃是不變者，必須要博而廣才能體會而進行「變」。

四、李東陽詩歌批評與詩史觀上，以兩個部分呈現之，一爲李東陽之詩史觀，一爲其主張的風格觀。詩史觀中以「盛唐」作爲主軸，並將焦點放於「杜甫」，但是卻不因此而廢棄其他。在整個《懷麓堂詩話》的範疇中，我們不難看到，李東陽遠紹「詩三百與漢魏」，中承「盛唐杜甫」，出入宋元，擇其「上」者而從之，不作一家之談。儘管對宋元詩有所不滿，但仍客觀的舉出有助益者，加以讚許。風格上主張「詩三百」經典風格，以含蓄委婉的中和美作爲詩歌中心，並連結比興，將「意象」塑造成儒家傳統詩教之「中和美」。因此，整個批評的觀念以及詩史觀趨於寬容，使論詩的空間更加寬闊多元，也能夠自成一圓，使李東陽的詩學理論有了統合性。

整體來說，李東陽詩論具備著明代詩歌承先啓後的地位，承襲著臺閣體卻能有所修正，提倡「格調」講求辨體，強調詩文之間各有體而不相亂，故不同於宋濂與方孝儒等以「論文」方式理解詩歌。詩文有別，且必須配合音韻，以詩之體制論詩，因此能夠開啓李何之前七子的「格調」論詩。強調詩必具眼，具耳，要能達到「識」之能力，重視詩歌之間「抑揚頓挫」的結構，達到崇「杜」之長篇中「有節奏，有操有縱，有正有變」的效果。詩論中推崇李杜，可謂承於《滄浪詩話》，但卻能夠針對細節部分加以分析，並且肯定時代、地域性的詩歌差異，而並非僅限於第一義的「漢唐、魏晉」之詩。正因爲不主一格，能夠兼納眾長，因此強調詩法之不可泥亦不可廢，必須要講求自然之妙，詩歌發乎本情，達到「開合呼喚，悠揚委婉」之效。因此，李東陽雖開啓了前七子的格調說，卻有別於其「詩必盛唐」的主張，能多元廣納，擇取精華。

第二節　本論題限制與展望

在本文的研究中，各章撰寫與理解儘量做到多元，自各角度採兼容的方式進行視察，但確實也因爲研究上的限制與能力所及，導致成果上的缺憾，以下筆者就要者條列如下：

一、撰寫本篇論文時，題目鎖定在詩歌理論上，加上李東陽著作繁多，不及備載，因此只能就其《懷麓堂詩話》以及文章中相關詩學理論作分析，較無法地毯式的搭配其詩作進行比較，觀察是否合於其詩學理論。但是筆者認爲，「詩學理論」相對於「創作」而言是「理想意境」，不一定能夠被作者貫徹到實際的作品上。換句話說，如果能夠進一步驗證是否理論與實際能夠搭配，即能提高理論的實用性。

二、李東陽之所以能夠蔚爲風潮，除了其自身的成就以及詩學理論的提倡外，共時性的友人以及門人也相互影響之。獨木難成林，正因爲相互唱和交流，使得文學理論能夠很流暢的得到傳播，甚至形成隱形門派。若能夠將其友人以及門人的詩學理論受其影響的部分作一探討，更能明白李東陽創作詩歌的動機與其思想的脈絡，也可以凸顯出當時的文壇風氣，作一整個茶陵派的定義與轉折價值。但因爲篇幅上的限制，以及主題的規範，著實難以全貌呈現之。

三、李東陽所提倡的詩學理論，在文學史上當屬轉折地位，上承臺閣體，下起前七子，在論題的討論中，如果能將三者之間進行並列式的比較，如臺閣體詩學理論與李東陽詩學理論之異同；前七子詩學理論與李東陽詩學理論之異同，也許更能凸顯出李東陽在成化、弘治年間於文壇所占據的地位以及重要性。但若要將三者進行橫向比較，則必須對臺閣體與前七子理論進行大幅的了解與剖析，礙於整個論題的中心鎖定，如果進行此部分研究，必然是浩大工程。不過這的確是值得我們深入探究的轉折領域。

四、將明代文人集團與李東陽時代拉開來看，可以得知，實際上，臺閣體末流並非一開始就連接著李東陽，中間尙有文士思想上開始反動，如景泰十子、東南五才子、理學詩派等等，針對臺閣末流之冗沓臃腫詩風不滿，發起別開生面自成體格的詩風，或多或少與李東陽有所相連性。如果將這部分一併考慮進去，也許更能將成化、弘治一代的詩歌轉變勾勒的更加清晰，也更能凸顯李東陽於此時代所扮演的角色與其地位如何。然而，礙於篇幅以及領域問題，促使筆者無法將之一併納入，但此方向可供後來學者思考，必定十分有趣。

李東陽的詩學理論價值評價不一，有人採取肯定，認爲雖未盡脫臺閣之氣，但確實對於後來文壇起了復古之影響；亦有人認爲其不過是臺閣末流所展現的另一種風貌，不足爲奇，猶以「前七子」詬病最盛。最後，筆者引清代朱庭珍於《筱園詩話》中言論作爲本文收束，給予李東陽一個客觀合理的定位：

> 七子之前，李茶陵《懷麓堂集》詩，已變當時臺閣風氣，宗少陵，法盛唐，格調高爽，首開先派。……倡復古之說，李、何從而繼起，大振其緒王、李再繼法席，復衍宗風，本一派相傳而下。……錢牧齋又翻前案，力推茶陵爲一代宗師，痛抑前後七子。平心而論，茶陵在明，自是名家，與李、何、王、李並立無讓，其樂府自成一格，非七子所及。〔註2〕

李東陽對於傳統的繼承與發展，遠承「詩三百」，中紹「杜甫」，近承臺閣而修正之，是明代復古派的開端，開啓前後七子創作「文必秦漢，詩宗盛唐」的先河，推動明代文風轉變，界於臺閣體與復古派之間的橋梁，若能夠將之客觀對待，較能夠還原當時的文學風氣，使我們的研究與所知更貼近事實。

〔註2〕〔清〕朱庭珍：《筱園詩話》卷二，見郭紹虞編《清詩話續編》（上海：上海古籍出版社，1983年），頁2361。

附　錄　《四庫全書總目》引用李東陽《懷麓堂詩話》表

編撰者	書　名	引《懷麓堂詩話》語	頁　碼
〔明〕宋濂	《洪武正韻》十六卷（江蘇周厚堉家藏本）	李東陽《懷麓堂詩話》曰：「國初顧祿爲宮詞，有以爲言者，朝廷欲治之。及觀其詩集，乃用《洪武正韻》，遂釋之。此書實初出，亟欲行之故也。然終明之世，竟不能行於天下，則是非之心，終有所不可奪也。」	卷四十二 經部四十二 小學類三 頁 0363
〔宋〕嚴羽	《滄浪集》二卷（兩淮鹽政採進本）	李東陽《懷麓堂詩話》曰：「嚴滄浪所論超離塵俗，眞若有所自得，反覆譬說，未嘗有失。顧其所自爲作，徒得唐人體面，而亦少超拔警策之處。予嘗謂識得十分，只做得八九分，其一二分乃拘於才力。其滄浪之謂乎」。	卷一百六十三 集部十六 別集類十六 頁 1399
〔明〕楊基	《眉菴集》十二卷（安徽巡撫採進本）	李東陽《懷麓堂詩話》謂孟載《春草》詩最傳，然「綠迷歌扇，紅襯舞裙」，已不能脫元詩氣習，至「簾爲看山盡捲西」，更過纖巧，「春來簾幙怕朝東」，直豔詞耳。	卷一百六十九 集部二十二 別集類二十二 頁 1472

〔明〕林鴻	《鳴盛集》四卷(浙江汪啓淑家藏本)	李東陽《懷麓堂詩話》曰:「林子羽《鳴盛集》專學唐,袁凱《在野集》專學杜,蓋能極力摹擬,不但字面句法,並其題目亦效之。開卷驟視,宛若舊本。然細味之,求其流出肺腑、卓爾自立者,指不能一再屈也」。	卷一百六十九 集部二十二 別集類二十二 頁 1472
〔明〕解縉	《文毅集》十六卷(江西巡撫採進本)	故李東陽《懷麓堂詩話》謂其詩無全稿,眞僞相半,蓋出於後人竄亂者爲多。	卷一百七十 集部二十三 別集類二十三 頁 1482
〔明〕楊士奇	《東里全集》九十七卷別集四卷(江蘇巡撫採進本)	李東陽《懷麓堂詩話》曰:「楊文貞《東里集》手自選擇,刻之廣東,爲人竄入數首。後其子孫又刻爲續集,非公意也。」	卷一百七十 集部二十三 別集類二十三 頁 1483
〔明〕岳正	《類博稿》十卷附錄二卷(浙江汪汝瑮家藏本)	東陽《懷麓堂詩話》稱蒙翁才甚高,俯視一切,獨不屑爲詩,云:「既要平仄,又要對偶,安得許多工夫!」云云。蓋得其實。	卷一百七十 集部二十三 別集類二十三 頁 1487
〔元〕虞集	《杜律註》二卷(內府藏本)	李東陽懷《麓堂詩話》亦云:「徐竹軒以道嘗謂予曰:杜律非虞伯生註。宣德初已有刊本,乃張姓某人註,渠所親見。」	卷一百七十四 集部二十七 別集類存目一 頁 1532
〔元〕吳會	《書山遺集》二十卷(江西巡撫採進本)	李東陽《懷麓堂詩話》尚引其《輓張性》詩,證《杜律註》非虞集作,則正德間尚存,近世已久無傳本。	卷一百七十四 集部二十七 別集類存目一 頁 1547
〔明〕楊士奇	《別本東里文集》二十五卷(江蘇巡撫採進本)	疑即《懷麓堂詩話》所謂士奇自定之本。	卷一百七十五 集部二十八 別集類存目二 頁 1552
〔明〕劉定之	《呆齋集》四十五卷(浙江巡撫採進本)	李東陽《懷麓堂詩話》曰:「劉文安公不甚喜爲詩,縱其學力,往往有出語奇崛、用事精當者,如《英廟輓歌》、《石鐘山歌》等篇,皆可誦傳,讀者擇而觀之可也。」其言可謂婉而章矣。	卷一百七十五 集部二十八 別集類存目二 頁 1556

〔明〕 卞榮	《卞郎中詩集》七卷（浙江汪汝瑮家藏本）	李東陽《懷麓堂詩話》曰：「詩在卷冊中易看，入集便難看。古人詩集非大家數，除選出者鮮有可觀。卞戶部華伯在景泰間盛有詩名，對客揮翰，敏捷無比。近刻爲全集，殆不逮所聞。」是當時已有公論矣。	卷一百七十五 集部二十八 別集類存目二 頁 1557
〔明〕 張弼	《東海文集》五卷（兩江總督採進本）	李東陽《懷麓堂詩話》載弼自評其書不如詩，詩不如文，以爲「英雄欺人之語」，誠篤論云。	卷一百七十五 集部二十八 別集類存目二 頁 1560
〔明〕 李兆先	《李徵伯存》稿十三卷（兩淮鹽政採進本）	《麓堂詩話》載兆先論詩之語，可云夙慧。東陽所作兆先誌文亦悼惜特甚。	卷一百七十六 集部二十九 別集類存目三 頁 1579
〔宋〕 吳渭	《月泉吟社》一卷（編修汪如藻家藏本）	李東陽《懷麓堂詩話》曰：「元季國初，東南士人重詩社。每一有力者爲主，聘詩人爲考官，隔歲封題於諸郡之能詩者，期以明春集卷私試。開牓次名，仍刻其優者，略如科舉之法。今世所傳惟浦江吳氏《月泉吟社》取羅公福爲首，其所刻詩以和平溫厚爲主，無甚警拔，而卷中亦無能過之者」云云。則鳳等所定，東陽固以爲允矣。	卷一百八十七 集部四十 總集類二 頁 1703
〔元〕 楊士宏	《唐音》十四卷（安徽巡撫採進本）	李東陽《懷麓堂詩話》則曰：「選詩誠難。必識足以兼諸家者，乃能選諸家，識足以兼一代者，乃能選一代。一代不數人，一人不數篇，而欲以一人選之。不亦難乎？選唐詩者，惟楊士宏《唐音》爲庶幾」云云。其推之可謂至矣。	卷一百八十八 集部四十一 總集類三 頁 1709

參考書目

說明：

（一）本書目共分五大類：古籍、今人專書、學位論文、期刊論文以及網路資源等五類。

（二）古籍分成經、史、子、集四部。

（三）五類中除了古籍類李東陽著作將優先排序外，其餘均依照姓氏筆劃爲排序之依準。

（四）本書目以正文以及附註中徵引之文獻爲限。

一、古籍類

（一）經　部

1. 方向東注評：《《大學》、《中庸》注評》（南京：鳳凰出版社，2006年6月）。
2. 〔漢〕孔安國：《尚書注疏》卷三（臺北市：藝文印書館，十三經注疏本，1979年）。
3. 〔唐〕孔穎達，李學勤主編：《禮記正義》（臺北：臺灣古籍，2001年10月）。
4. 〔漢〕毛亨傳、〔漢〕鄭玄箋、〔唐〕孔穎達疏：《毛詩正義》（北京：北京大學出版社，2000年12月）。
5. 毛傳、鄭箋、孔穎達疏：《毛詩注疏》（臺北：文藝印書館，十三經注疏，嘉慶二十年重刊宋本）。
6. 〔宋〕朱熹：《中庸章句》（臺北：中國子學名著集成編印基金會，1987年）。
7. 〔宋〕朱熹著：《詩集傳》（北京：中華書局，1985年7月）。
8. 〔宋〕朱子集註、蔣伯潛廣解：《論語新解》（臺北：啓明書局，1952年）。
9. 〔宋〕朱熹：《論語集注》（臺北：藝文書局出版社，1966年）。
10. 〔宋〕朱熹：《四書集注》（西安：三秦出版社，1998年）。
11. 〔魏〕何晏集解〔宋〕邢昺疏〔清〕阮元校勘：《論語注疏》收錄於《楊樹達文集（十六）》（上海市：上海古籍出版社，1986年2月第一版）。
12. 林堯俞等纂編、俞汝楫等編撰：《禮部志稿》（收入《四庫全書影印文淵本》）。
13. 梁海明譯註：《大學中庸》（太原：山西古籍出版社，1999年）。
14. 楊伯峻主編：《論語疏證》（上海：古籍出版社，1986年2月）。

（二）史　部

1. 〔清〕查繼佐：《明書・經濟諸臣列傳・李東陽》，收入姜衡湘編《李東陽研究文選》（長沙：湖南人民出版社，2009年）。
2. 〔漢〕班固著・陳國慶匯編：《漢書藝文志匯編》（北京：中華書局，1983年）。
3. 〔漢〕班固著・金少英集釋：《漢書食貨志集釋》（北京：中華書局，1986年10月）。
4. 〔漢〕班固：《漢書》（收入《四庫全書影印文淵閣本》）。
5. 〔清〕張廷玉等撰：《明史》（北京：中華書局，1974年7月）。
6. 黃景昉：《國史唯疑》（臺北：正中書局，1994年）。
7. 〔清〕黃宗羲撰、沈善洪主編：《明儒學案》（浙江：古籍出版社，1992年）。
8. 〔宋〕范曄著、〔唐〕李賢等註《後漢書》（北京：中華書局，1997年版）。
9. 〔清〕谷應泰《明史記事本末》（臺北：中華書局，1997年）。
10. 〔明〕廖道南撰：《殿閣詞林記》，引自王雲五主編《四庫全書珍本九集》（臺北：臺灣商務，1978年）。
11. 〔明〕鄭士龍編輯：《國朝典故》（收入《四庫全書影印文淵閣本》）。

（三）子　部

1. 〔明〕王世貞著、羅仲鼎校注：《藝苑卮言校注》（濟南：齊魯書社，1992年7月第1版）。
2. 張雙棣：《淮南子校釋》（北京：北京大學出版社，1997年8月）。
3. 〔明〕沈德符：《萬曆野獲編》（北京：中華書局，1959年）。
4. 〔南梁〕顏之推：《顏氏家訓》，見於《百子全書》（浙江：浙江古籍出版社，1919年）石拓本。
5. 〔清〕顧炎武：《日知錄》（成都：巴蜀書社，1992年4月）。

（四）集　部

1. 〔明〕方孝儒：《遜志齋集》，收錄紀筠：《四庫全書》第1235冊（上海：古籍出版社，1987年）。
2. 〔清〕王士禎：《池北偶談》（收入《四庫全書影印文淵閣本》）。
3. 〔明〕毛先舒著・唐汝詢選釋・王振漢點校：《唐詩解序》（河北：合北大學出版社，2001年）。
4. 〔明〕王越：《黎陽王太傅詩文集》（收入《四庫全書影印文淵閣本》）。
5. 〔清〕王國維著・藤咸惠注：《人間詞話新注》（山東：齊魯書社，1981年11月）。
6. 〔宋〕朱熹著・朱傑人主編：《朱子全書》（上海：古籍出版社，2002年12月）。
7. 〔清〕朱庭珍：《筱園詩話》，見郭紹虞編《清詩話續編》（上海：上海古籍出版社，1983年）。
8. 〔清〕朱彝尊選編：《明詩綜》（北京市：中華書局，2007年版，第一刷）。
9. 〔清〕沈德潛《說詩晬語》（北京：人民出版社，1979年9月）。
10. 〔明〕李夢陽《空同集》（收入《四庫全書影印文淵閣本》）。
11. 〔明〕李東陽・李慶立校釋：《懷麓堂詩話校釋》（北京：人民文學出版社，2009年10月）。
12. 〔明〕宋濂：《宋文憲公全集》（收入《四庫全書影印文淵閣本》）。
13. 〔明〕李紹文：《皇明世說新語》（收入周駿富輯《明代傳記叢刊・學林類22》，臺北：明文書局）。
14. 〔明〕何良俊：《四友齋叢說》，收錄於陳田《明詩記事》（板橋市：廣文書局，1971年）。
15. 〔清〕宋犖：《漫堂詩話》，收入《清詩話》（臺北：藝文印書館，1977

年）。

16. 〔明〕宋濂：《宋學士全集》（北京：中華書局，1985 年）。
17. 〔明〕宋濂：《文憲集》（臺北：世界書局，1988 年）。
18. 〔清〕沈德潛等編：《明詩別裁集》（上海：上海古籍出版社，2008 年 4 月第 4 刷）。
19. 〔明〕李東陽著、周寅賓典校：《李東陽集》（湖南：嶽麓書社出版，2008 年 12 月）。
20. 〔明〕金又孜：《金文靖集》（收入《四庫全書影印文淵閣本》）。
21. 〔明〕徐泰《詩談》，收錄於《學海類編》（臺北：藝文出版社，1966 年）。
22. 〔明〕倪岳：《青谿漫稿》（收入《四庫全書影印文淵閣本》）。
23. 〔明〕夏尚樸：《東巖集》（收入《四庫全書影印文淵閣本》）。
24. 〔宋〕姜夔：《白石道人詩説》，見於何文煥輯《歷代詩話》（北京：中華書局出版，1981 年）。
25. 〔明〕高棅：《唐詩品匯》（上海：上海古籍出版社，1981 年）。
26. 〔明〕胡應麟：《詩藪》（上海：上海古籍出版社，1979 年 11 月）。
27. 〔唐〕殷璠：《河嶽英靈集》，收錄於《唐人選唐詩》（上海：上海古籍出版社，1958 年 12 月）。
28. 〔清〕陳田：《明詩紀事》（收入周駿富輯《明代傳記叢刊・學林類 11》，臺北：明文書局）。
29. 〔清〕張伯行：《正誼堂文集》（收入《四庫全書影印文淵閣本》）。
30. 〔清〕陳鼎輯：《東林列傳》（收入周駿富輯《明代傳記叢刊・學林類 3》，臺北：明文書局）。
31. 〔明〕陳獻章：《陳獻章集》（北京：中華書局，1987 年）。
32. 〔明〕莊昶：《定山集》（收入蔣國榜輯：《金陵叢書》，臺北市：大西洋圖書公司，1960 年）。
33. 〔明〕陸容《式齋先生文集》（〔明〕弘治十四年（1501）崑山陸氏家刊本）。
34. 〔明〕陳子龍等輯《皇明詩選》，收錄《四庫禁燬書叢刊補編，第 55 冊》（北京：北京出版社，2005 年）。
35. 〔明〕陸容：《菽園雜記》（北京：中華書局，1985 年 5 月）。
36. 張伯偉：《全唐詩詩格匯考》（江蘇：江蘇古籍出版社，2002 年 4 月）。
37. 〔明〕焦竑：《玉堂叢話》（收入《四庫全書影印文淵閣本》）。

38. 〔清〕黃宗羲編：《明文海》（收入《四庫全書影印文淵閣本》）。
39. 〔明〕楊榮：《文敏集》（收入《四庫全書影印文淵閣本》）。
40. 〔明〕楊士奇：《東里文集》（北京：中華書局，1998 年 7 月第 1 版第 1 刷）。
41. 〔明〕劉基．蔡景康選：《明代文論選》（北京：人民出版社，1993 年）。
42. 〔明〕楊士奇：《東里續集》（收入《四庫全書影印文淵閣本》）。
43. 〔梁〕劉勰《文心雕龍篇》（臺北：文史哲出版社，1984 年 3 月版）。
44. 〔明〕楊榮：《文敏集》（收入《四庫全書影印文淵閣本》）。
45. 〔明〕鄭曉：《今言》（北京：中華書局，1984 年）。
46. 〔清〕魯九皋：〈詩學源流考〉，收錄於郭紹虞編選．富壽蓀校點：《清詩話續編》（上海：古籍出版社，1983 年 12 月）。
47. 〔南梁〕鍾嶸：《詩品》（臺北：臺灣古籍出版社，1997 年）。
48. 〔清〕錢謙益：《列朝詩集小傳》（上海：上海古籍出版社，2008 年 4 月第 1 刷）。
49. 〔明〕謝鐸：《桃溪淨稿》（收入《四庫全書影印文淵閣本》）。
50. 〔明〕謝榛：《四溟詩話》，收入何文煥、丁福保編：《歷代詩話續編》（臺北：木鐸出版社，1983 年）。
51. 〔明〕謝鐸：《桃溪淨稿》（收入《四庫全書存目叢書》）。
52. 〔明〕羅玘：《圭峰集》（臺北：臺灣商務印書館影印文淵閣四庫全書，1983 年初版）。
53. 〔宋〕嚴羽：《滄浪詩話》（北京：人民文學出版社，1983 年 8 月）。
54. 〔宋〕嚴羽著．郭紹虞校釋：《滄浪詩話校釋》（北京：人民文學出版社，1983 年 8 月）。
55. 〔唐〕釋皎然著，李壯鷹校注：《詩式校注》（山東：齊魯書社，1986 年）。
56. 〔南宋〕嚴羽：《滄浪詩話》，收入〔清〕何文煥、丁福保：《歷代詩話》（北京：中華書局，1981 年）。

二、今人專書

1. 丁威仁《明洪武、建文時期地域詩學研究》（臺北：花木蘭文化出版社，2008 年 3 月初版）。
2. 王運熙、顧易生主編：《中國文學批評通史》（上海：古籍出版社，1996 年 2 月）。

3. 王運熙、顧易生:《中國文學批評史新編》(上海:復旦大學出版社,2001 年 11 月)。
4. 王國維:《人間詞話》(上海:上海古籍出版社,1998 年)。
5. 朱自清:《詩言志辨》(臺北:頂淵出版社,2001 年)。
6. 朱易安:《中國詩學史・明代卷》(廈門:鷺江出版社,2002 年 9 月第 1 版)。
7. 江增慶:《中國文學史》(臺北市:五南圖書,2001 年版)。
8. 〔日〕吉川幸次郎:《元明詩概說》(臺北:幼獅文化,1986 年 6 月)。
9. 李曰剛:《中國詩歌流變史》(臺北:文津出版社,1987 年 2 月)。
10. 周寅賓:《李東陽與茶陵派》(長沙:湖南大學出版社,2008 年 1 月)。
11. 胡懷琛:《中國文學史綱》(臺北市:臺灣商務印書館,1958 年版)。
12. 胡雲翼:《中國文學史》(臺北市:莊嚴出版社,1982 年版)。
13. 袁行霈:《中國文學史》(臺北:五南書局,2003 年)。
14. 袁行霈、孟二冬、丁放《中國詩學理論》(安徽:教育出版社,1994 年 12 月)。
15. 馬積高・黃鈞:《中國古代文學史》,(臺北:萬卷樓,1998 年初版)。
16. 郭紹虞:《中國歷代文論選》(上海:上海古籍出版社,2001 年 10 月)。
17. 郭紹虞:《中國文學批評史》,(臺北:文史哲出版,1990 年 7 月版)。
18. 張健:《明清文學批評》(臺北:國家出版社,1983 年 1 月版)。
19. 陳良運:《中國詩學體系論》(北京:中國社會科學出版社,2003 年 4 月第 1 版第 3 刷)。
20. 黃文吉:《中國詩文中的情感》(臺北:臺灣書局,1988 年 3 月)。
21. 葉慶炳:《中國文學史》(臺灣:學生書局,1987 年 8 月)。
22. 劉大杰:《中國文學發展史》(上海:復旦大學出版社,2006 年 1 月)。
23. 蔡英俊:《中國古典詩論中「語言」與「意義」的論題——「意在言外」的用言方式與「含蓄的美典」》(臺北:臺灣學生書局,2001 年)。
24. 蔡鎮楚:《中國詩話史》(湖南:湖南文藝出版社,1988 年 5 月第 1 版第 1 刷)。
25. 廖可斌:《復古派與明代文學思潮(上)、(下)》,(臺北:文津出版社,1994 年 2 月初版)。
26. 錢振民著・章培恒主編:《李東陽年譜》(南京:復旦大學出版社,

1995 年 12 月)。
27. 錢茂傳:《明代史學的歷程》(臺北:社會科學文獻出版社,2003 版)。
28. 蔡英俊:《比興物色與情景交融》(臺北:大安出版社,1995 年 3 月)。
29. 錢振民:《李東陽年譜》(南京:復旦大學出版社,1995 年 12 月)。
30. 蕭華榮:《中國詩學思想史》(上海:華東師範大學,1996 年)。
31. 簡錦松:《明代文學批評研究》(臺北:臺灣學生書局,1989 年 2 月初版)。

三、學位論文

1. 司馬周:《茶陵派研究》(南京師範大學中國文學系研究所博士論文,2003 年 5 月)。
2. 吳瑞泉:《明清格調詩說研究》(東吳大學中國文學系博士論文,1987 年)。
3. 吳青蓮:《李東陽詩歌研究》(文化大學中國文學研究所碩士論文,2011 年)。
4. 周馳靖:《李東陽詩歌及其詩學理論研究》(湖南科技大學中國文學研究所碩士論文,2007 年)。
5. 卓福安:《王世貞詩文論研究》(東海大學中國文學研究所博士論文,2003 年)。
6. 連文萍:《明代詩話考述》(東吳大學中國文學所博士論文,1998 年 6 月)。
7. 連文萍:《茶陵派詩論研究》(東吳大學中國文學研究所碩士論文,1988 年)。
8. 馬亞芳:《李東陽文學理論研究》(廈門大學中國文學研究所碩士論文,2009 年)。
9. 張日郡:《明代臺閣體及其詩學研究》(新竹教育大學中國文學系碩士論文,2011 年)。
10. 劉化兵:《明代成化至正德前期士人與詩派研究》(山東大學中文研究所博士論文,2005 年 4 月)。
11. 曾碧清:《明代格調理論研究》(四川師範大學文學院碩士論文,2008 年)。
12. 熊小月:《李東陽詩歌研究》(西北師範大學中國文學研究所碩士論文,2010 年)。

四、期刊論文

1. 李百容：〈從「群體意識」到「個體意識」論文學史「詩言志」與「詩緣情」之對舉關係——以明代格調、性靈詩學分流起點作爲論證核心〉《新竹教育大學人文社會學報》第二卷第一期，2009 年。
2. 周寅賓：〈李東陽詩話對嚴羽詩話的傳承與發揚〉《衡陽師範學院學報》第二十六卷第一期，2005 年 2 月。
3. 侯雅文：〈論李夢楊以「和」爲中心的詩學體系（之一）——以「和」爲依據所規制的詩歌本質與功能〉，東華人文學報第 8 期，2006 年 1 月。
4. 許建崑：〈文學大眾化與大眾文學化——重構明代文學史論述的主軸〉，南華大學文學系編《明清文學與學術思想研討會論文集》，2004 年 5 月。
5. 陳岸峰：〈格調的追求－論沈德潛對明清詩學的傳承與突破〉，收錄於《漢學研究》第 24 期第 2 期。
6. 葉嘉瑩：〈中國古典詩歌中形象與情意之關係例說：從形象與情意之關係看賦、比、興之說〉，收錄於《迦陵談詩二集》（臺北：東大圖書公司，1985 年 2 月初版）。
7. 劉建軍：〈文學流派中的觀點〉，收錄於《中國大百科全書・中國文學分冊》（臺北：錦繡，1993 年）。
8. 鄭毓瑜：〈李東陽的詩論〉，收錄於《中外文學》第二十卷第三期，1983 年 8 月。
9. 鄭毓瑜：〈詮釋的界域——從〈詩大序〉再探「抒情傳統」的建構〉，《中國文哲研究期刊》第二十三期，2003 年 9 月。
10. 鄭禮炬、程芳妹：〈李東陽詩歌創作的轉變取向〉《貴州師範大學學報》第八期，2008 年。
11. 鄧新躍：〈論李東陽以聲辨體的詩學思想〉《中南大學學報》第十二卷第四期，2006 年 8 月。
12. 簡恩定：〈明代「格調說」與「復古派」與杜詩的連結〉，收錄於空大人文學報第 19 期。
13. 薛泉：〈李東陽復古思想探悉〉《武漢大學學報》第五十九卷第三期，2006 年 5 月。

五、網路資源

1. 中央研究院歷史語言研究所製作的「漢籍電子文獻資料庫」 http://hanchi.ihp.sinica.edu.tw/ihp/hanji.htm

2. 臺北故宮【寒泉】古典文獻全文檢索資料庫
http://libnt.npm.gov.tw/s25/